行人

The Wayfarer

Natsume Sōseki

こうじん

夏目漱石

林皎碧／譯

目次

朋友

1

從梅田車站一下車，我就遵照母親的囑咐，立刻雇輛人力車，前往岡田家。岡田是母親的遠房親戚。我不清楚他相當於母親的什麼人，只知道他是一個遠親。

我在大阪下車，立刻去找他是有原因的。自己來這裡的一週前，和朋友相約抵達後十天內在大阪見面，一起去爬高野山[1]。假如時間允許，再從伊勢繞到名古屋。由於兩人決定此事時，並沒有指定在哪裡碰面，我就把岡田的姓名和住址告訴朋友。

「那麼，我到大阪後再看情形，反正打電話過去，馬上就知道你到了沒。」朋友臨別時特地如此說道。我自己並不清楚岡田家是否有電話？立刻拜託他如果沒電話，請打電報或寫封信來。朋友計畫搭甲州線到諏訪後，回頭經木曾到大阪。我則考慮搭東海道線直抵京都，停留四、五天把事情辦好後，同樣前往大阪。

我在京都錯過預定離開的日期，為想早一點知道朋友的消息，一出車站我一定得先去岡田家。這樣做只為自己好辦事，換句話說，不過就是配合自己的情況而已，那和剛才提到母親的囑咐，根本是兩回事。母親交代我一抵達大阪，無論如何得先去岡田家，還事先把幾乎成為負擔的一大包罐裝糖果塞進皮箱，作為伴手禮。

雖然這是一種老派做法，其實母親還盤算著要辦另一件重要的事情。

我不太清楚母親和岡田之間，到底誰是大房、二房之類的牽扯關係。對於母親交託的事情，既不抱期待也沒興趣。但是，多少抱著好奇心想跟好久不見的岡田這號人物會面——他是一個生成國字臉，喜歡鬍鬚又長不出鬍鬚，頭髮稀疏，處世穩重的人。——至今岡田也常到東京辦事，兩人總是擦肩而過，碰不到面。因此，我一直沒機會看到他那張沉溺在酒精中的國字臉。我在車上屈指一算，感覺像似前陣子才離開的岡田，竟然已分開五、六年。他最在意的頭髮恐怕岌岌可危，我想像他那稀疏的頭髮已經蓋不住頭頂的模樣。

岡田的毛髮果然不出所料地稀稀疏疏，不過他的住所比我想像中清爽乾淨。

「這裡的人喜歡在空出來的地方築上一道高牆，弄得陰陰暗暗，真傷腦筋。我不喜歡那樣，所以蓋了二樓，請上來看看。」他說道。因為我惦記朋友的事情，趕緊問他「是否收到某某某來的消息」。岡田露出奇怪的表情，答說「沒有啊」。

1 高野山位於和歌山縣北部，平安時代空海在此開道場，為日本佛教聖地。

2

我跟著岡田上二樓。他對從自家樓上眺望的景觀，感到頗為自豪，陽光毫不容情地從沒有檐廊的客廳窗子照射進來，那種炎熱非同一般。壁龕上的掛軸已經曬到翹起來。

「那不是因為日照才翹起來，而是一年到頭都掛在那裡，糨糊乾掉才會變成那樣。」岡田一本正經地辯解道。

「原來是那幅春梅黃鸝圖啊！」我很想如此說道。記得他準備結婚時，父親送他這幅作品，岡田得意洋洋拿到房間給我看。那時，我半開玩笑說道：「岡田，這幅吳春[2]的畫是贗品，所以父親才會送給你。」惹得他很生氣。

兩人看著掛軸，回憶當時的情景，像孩子般笑出來。看來岡田有意要坐在窗台上閒聊下去的樣子。我只好換穿襯衫和長褲躺在那裡陪他聊。他講了天下茶屋[3]的故事啦！將來的發展啦！電車的便利性啦！他講的那些事都是我不太感興趣的話題，所以只是「嗯嗯」地聽著。不過，他說到我在有電車通行的地方還特地雇人力車時，我覺得自己真愚蠢。然後，兩人就下樓了。

不久，岡田的妻子回來。他的妻子名叫阿兼，雖然長得不是很標緻，但皮膚白皙、緊緻，遠看也是一個挺不錯的女人。她是我父親任職官署的屬下的女兒，當時經常拿著我們訂購的衣物從廚房門進出。那時候，岡田還在我家當食客，住在靠近廚房門的書生[4]房，就在那裡讀書、睡午覺，有時也會做些烤地瓜之類的事。他們就是這樣認識的。不過從認識後，如何步上結婚的過程，我並不太清楚。雖然岡田是母親的遠房親戚，在我家卻等同書生的待遇，所以女傭們不敢對我和哥哥說的事，都大剌剌對他說。我也經常聽到像「岡田，阿兼在問候你」之類的話。但是岡田絲毫不放在心上，大約只當作是玩笑話吧！後來，他從高商畢業，一個人前往大阪某保險公司任職。聽說那是父親幫忙斡旋的工作。過了一年左右，他飄然回到東京。這次他和阿兼手牽手前往大阪。聽說這也是我的父母親為他們作主的。當時，我打算攀登富士山，正行走在甲州路[5]上，外出不在家。後來才聽說這件事，感到有些驚訝。仔細一想，岡田為迎接新婚妻子來東京時，我正在御殿場[6]搭上反方向

2 吳春為江戶時代畫家松村月溪（一七五二—一八一一）的雅號。
3 天下茶屋為地名，位於大阪市西城區，因關白殿下豐臣秀吉在此飲茶，稱「殿下茶屋」。秀吉統一日本，取得天下後，更名為「天下茶屋」。
4 書生指明治、大正年間，住在富裕人家的窮學生，不必付房租，但是會幫忙處理些雜務。
5 甲州路為連結江戶和甲府（現在的東京和山梨縣）之間的道路。

的火車和他擦身而過。

阿兼腋下夾著折好放在格子門前的陽傘和小包包，從玄關走向廚房時，表情顯得有些尷尬。她走在強烈陽光照射下的外頭，整張臉帶著汗水又被曬得紅咚咚。

「客人來了！」岡田毫不客氣地大聲說道時，阿兼從裡頭輕聲答道：「我回來了。」她的聲音喚起我懷念的回憶，我以前穿的久留米絣[7]和法蘭絨襯衣都是請她縫製的。

3

阿兼動作明快，態度沉穩，看不出是庸俗家庭出身。「從二、三天前就想著您快到了，一心一意等著啊！」當她說這話時，眼波流露親切，不僅比起我家妹妹更有氣質，模樣也更勝妹妹幾分。我和阿兼交談一會兒後，發覺如此一個女人，無怪乎岡田特地跑到東京把她娶回家。

五、六年前，這個年輕的人妻還正如一朵花時，我對她的聲音和容貌就很熟悉，卻沒機會這般親切交談。如今重逢她已成為岡田夫人，我竟無法毫不拘束地跟她應對。因此，我好像跟自己同階層的陌生女子對話般，總是說些客套話。不知道岡田對此覺得好笑呢？還是開心呢？不時對著我發笑。不僅如此，偶爾還看著阿兼而笑。阿兼倒是若無其事。當阿兼有事進到裡頭時，岡田故意壓低聲音，碰一下我的膝蓋，以嘲諷的語調說道：「為什麼對她講話一本正經？不都是熟人嗎？」

「真是一個好太太。早知道我就娶她。」

「不要開玩笑！」岡田話說完，笑得更大聲。一會兒，露出嚴肅的神情，問道：「你不是向令堂說過她的壞話嗎？」

「什麼壞話？」

「岡田帶那樣的女人到大阪，真可憐！假如再等一陣子，我就可以幫他找個相當不錯的女人。」

「那已經是過去的事了。」

雖然我如此回答，卻感到過意不去，而且有些狼狽。我總算明白剛才岡田為什麼以奇怪的眼神不時看著自己妻子。

「那時候，我被母親狠狠痛罵一頓。母親說你一個學生懂什麼？岡田的事，我

---

6 御殿場位於靜岡縣東部，為富士山周邊及箱根之交通要道。

7 久留米絣為福岡縣久留米一帶所生產的織布。

和你父親自然會安排得讓當事人雙方都滿意，你不要多管閒事，閉上嘴！反正我已經被罵一頓了。」

我挨母親訓誡是事實，不過為要替自己辯解，敘述這件事時多少有些誇張。岡田一聽，笑得更開心了。

儘管如此，阿兼回到客廳時，我難免有些尷尬。討人厭的岡田還故意對妻子說：「剛才二郎很稱讚妳，還不趕快好好謝謝人家。」

「因為你說了我太多壞話的緣故吧！」阿兼微笑看著我答道。

晚飯前，我換上浴衣[8]和岡田兩人到山丘上散步。稀稀疏疏的人家，還有圍繞屋舍的籬笆，讓我回想起越過東京山邊的郊外。突然我又想起那個約定在大阪見面的朋友的事，冷不防問岡田：「你家有沒有電話？」

「那種房子看起來像有電話的樣子嗎？」岡田回答此話時，臉上浮現出好心情。

4

夏日的傍晚比較長。兩人散步的山丘上，比平地顯得更明亮。不過，遠方的樹木籠罩在暮色中，逐漸變成一團黑，天空也立刻暗下來。我借著落日餘暉看了岡田一眼。

「看起來你比在東京時更爽朗，氣色也更好。真不錯。」

「是啊！託你的福。」岡田曖昧地答道，回答聲中滿是開心。

岡田說晚飯大概準備好了，我們往回走吧！兩人在回去的途中，我突然對岡田說道：「你和阿兼的感情真好。」我是真心這麼認為，岡田卻以為我在嘲笑他，只是笑一笑，什麼話都沒回答，但也沒加以否認。

一會兒，他的好心情忽然不見了，而且好像要透露什麼祕密地壓低聲音，又像是自言自語般看著自己的腳，說道：「我和她在一起，前前後後也將近五、六年，卻一直沒孩子。到底怎麼回事？我很在意這件事……」

我什麼話都沒回答。我認為天底下沒有哪一個人是為生孩子而討老婆，但是討老婆後，想不想要孩子？那就不是我所能判斷的了。

「結婚後，就會很想要個孩子嗎？」我問道。

「我也不知道自己會不會疼愛孩子，可是為人妻子不生個孩子，總覺得就稱不上是夠資格的妻子……」

8 浴衣為和服的一種。不穿襯衣直接穿在身上的一種單層衣裳。

岡田單純只是希望自己的妻子和世間的妻子一樣，才想生個孩子。我想對他說，「現在是一個想結婚卻怕有孩子的艱苦世界，不如往後些再生孩子」。沒想到，岡田又補上一句：「何況只有兩個人，感覺挺冷清。」

「正因為只有兩個人，感情才會好啊。」

「難道有孩子後，夫婦的感情就會轉淡嗎？」

實際上，岡田和我都沒有這方面的經驗，兩人卻煞有其事地談論。

回到家，餐桌上已經擺好生魚片、湯之類的菜餚等著我們回來。阿兼略施脂粉，為兩人斟酒。不時拿著團扇，為我搧風。風一搧到我的臉龐，隱約就可以聞到阿兼的粉香。我覺得那比啤酒或山葵的味道更有人的氣味。

「岡田每晚都喝酒嗎？」我問阿兼。阿兼面帶微笑地答：「真是一個酒鬼，傷腦筋。」還故意瞥了丈夫一眼。她的丈夫答道：「哪有？妳也不會讓我一直喝下去啊！」他話一說完，順手拿起一旁的團扇，往胸前「啪嗒啪嗒」搧起來。我突然又想起理應在這裡碰面的朋友。

「太太，剛剛去散步時，有沒有一個姓三澤的人寫信或打電報給我呢？」

「沒有啦，你啊，沒問題啦。我的妻子會留意這件事，對不對？阿兼。——這樣不是很好嗎？管他三澤一個人或二個人要來不來？二郎，難道你那麼不喜歡待在我家嗎？你可是有義務先去辦好那件事啊！」

岡田說著說著，又往自己的杯子「咕嘟咕嘟」倒滿啤酒。看來他已經醉醺醺了。

5

那一晚，我終究還是留宿在岡田家。我一個人睡在二樓六張榻榻米大的房間，蚊帳內酷熱難耐。我盡可能不去驚動他們夫婦，悄悄把板窗打開。因為睡在窗邊，透過蚊帳也能看到夜空。我試著把頭從蚊帳的紅布邊伸出來一看，滿天星光閃爍。當我看著星星時，也沒忘記樓下岡田夫婦的現在和往昔。假如我結婚後，也能像他們如此親熱，想必很幸福吧！一種羨慕之情油然而生。不過，對於三澤音信全無，我也很擔心。繼之一想，能夠在這般幸福的家庭作客，為等候三澤的消息拖個四、五天也不是壞事。岡田所說的「那件事」，倒是隨便怎樣都好。

翌日，眼睛一睜開，從窗下狹窄的院子，傳來岡田的聲音。

「喂！阿兼，終於開出美麗的花了，快來看啦！」

我看一看時鐘，又躺下去。然後，擦根火柴，點了根敷島牌[9]香菸，暗中等待阿兼的回答。不過，根本沒聽到阿兼的聲音。岡田又重複喊了二、三次「喂！」、「喂！阿兼。」不久，清楚地聽到「你真是急性子，現在不是看牽牛花的時候，我正在廚房忙著啦！」阿兼好像從廚房走出來，站在客廳的檐廊。

「但是，真的開得很漂亮！——對了，金魚怎樣？」

「金魚還在動著。不過，金魚好像不是那麼好養。」

我認為阿兼可能會對面臨死亡命運的金魚說些感傷的話。我邊抽菸邊等著。不過等了一下子，卻沒聽到阿兼開口說話，也沒聽到岡田的聲音。我放下香菸，起身走下相當陡的樓梯，每下一階都發出響聲。

三個人用完早餐後，岡田就得去公司上班，他很遺憾說沒有時間陪我到處走走。我邊說自己來之前，完全沒料到會有這些事，邊坐著望他穿著一身白色立領衣服的模樣。

「阿兼，妳有空的話，也可以帶二郎到處走走。」岡田好像突然想到什麼似地說道。這時候，阿兼一反常態，對她的丈夫和我都默不吭聲。

「不必麻煩，我跟你一起到你公司那一帶，隨意走走就好。」我說著立刻站起來。阿兼到玄關拿起我的陽傘遞給我，然後只說了一句：「早點回來。」

我搭了兩次電車，下了兩次車。然後就到岡田上班的那家石砌公司附近，信步閒逛。不知道是同一條河流，還是不一樣的河流？反正我看到兩、三次河面。不久後，我熱到受不了，又跑回岡田家。

我上到二樓——我覺得從昨晚起，這間六張榻榻米大的房間已經成為我的房間了。——我剛要休息，就聽到有人上樓的腳步聲，原來阿兼上來了。我嚇一跳，趕緊披件衣服在赤裸的身上。昨天還梳著蓬蓬頭的阿兼，不知什麼時候已經改梳成大圓髻的包包頭。桃色的髮帶從髮髻間露出來。

6

阿兼把放著汽水和杯子的黑色托盤擺在我的面前，問道：「要不要喝這個？」我答了一聲「謝謝」，就要把托盤拉近自己。阿兼說了一句「我來就好」，趕緊拿起汽水瓶。這時候，我默默地看著阿兼白皙的雙手。她的指頭上戴著一只我昨晚沒注意到、閃閃發亮的戒指。

9 明治政府於日俄戰爭前為籌措軍費，強化菸酒專賣，同時新發售敷島、大和、朝日、山櫻等四種香菸，其中以敷島為最高級。

我舉起杯子潤潤喉嚨時，阿兼從腰帶間拿出一張明信片。

「您剛才出去後收到的。」她一開口就是笑咪咪。我看到明信片的正面寫「三澤」兩個字。

「終於來了。讓您久等了……」

我微笑著，立刻翻過來看。「也許會遲一、兩天後抵達」——明信片上僅僅寫了如此幾個大字。

「簡直就像一封電報。」

「所以妳才在笑嗎？」

「並不是這樣，不過總覺得太過於……」

阿兼話到這裡就停住了。我很想逗阿兼笑，於是追問：「太過於怎樣？」

「太過於浪費了。」

阿兼饒有興味地說起她的父親是一個非常精打細算的人，就算寄信給阿兼，大致上明信片就能把事情講清楚，她的父親卻要以蠅頭小字寫上十五行。

我只顧對眼前的阿兼東問西問，把三澤的事都忘光光了。

「太太，妳想不想有個孩子呢？像這樣一個人在家，也很無聊吧？」

「不會啊！也許因為我是在兄弟姐妹眾多的家庭辛苦長大，所以我認為再沒有比孩子更讓父母親吃盡苦頭的事了。」

「不過，有一、二個孩子也不錯吧！岡田說沒有孩子覺得很冷清。」

阿兼默不吭聲地望著窗外。她轉過頭來時，也不看我，只盯著榻榻米上的汽水瓶看。我絲毫沒有察覺到還問她：「太太為什麼不生孩子呢？」沒想到阿兼整張臉忽然漲紅起來。因為彼此很熟，講話才會不見外，沒想到造成這般無趣的結果，我實在很後悔。可是也不知該如何是好？那時候，我只認為阿兼很可憐，我做夢也想不到阿兼竟然會臉紅。

我暗忖自己無論如何都得讓這個侷促不安、不知所措的年輕人妻從尷尬中解困，因此我必須轉換話題。於是，我就提起原本不放在心上、岡田所謂的「那件事」來，阿兼立刻恢復平常的模樣。不過，她可能想讓丈夫處理，所以不肯多話。我也就沒辦法追根究柢東問西問。

7

從岡田的口中正式談起「那件事」是在當天的晚上。我喜歡靠近露水的簷廊，就坐在那裡。原本岡田和阿兼面對面坐在客廳，一開始談起那件事，岡田立刻走到檐廊。

「離太遠，講話不方便。」他邊說邊拿著一張有圖案的坐墊放在我面前。阿兼還是坐在原來的位子不動。

「二郎，看過照片了吧？上一次我寄去的那張。」

那張照片中的人是和岡田同公司的一個年輕人。岡田不知道我們收到這張照片時，家人輪流看，還品頭論足一番。

「有，看了一下。」

「你覺得怎樣？」

「有人說有一點凸額。」

阿兼笑出聲來。我也覺得好笑。其實，看到那張照片，最早說那男子有點凸額的人，就是我自己。

「阿重說得吧？她就是會說那種苛薄話的人。她的那張嘴巴無人能敵啊！」

岡田認為我妹妹阿重是一個嘴巴很壞的女人。因為之前阿重說過岡田「臉看起來好像將棋的棋子」。

「阿重講什麼都無所謂，重要的是當事人覺得如何？」

我從東京啟程時，母親告訴我已經答覆岡田說阿貞本人沒有異議。因此，我就回答說「當事人的態度和我母親的答覆一樣」。岡田夫婦盡可能把佐野這個未來對象的個性、人品、將來的志願以及其他各方面逐一講給我聽。最後，又舉例說明當事人佐野非常希望這門親事能夠圓滿成功。

阿貞這個女孩子，無論就容貌來說，還是所受的教育來說，都不是很特殊。因此，在我家裡也只是個麻煩而已。

「對方實在太來勁，總讓人覺得不安。你到那裡，可得給我好好看清楚。」我就這樣被母親委以大任。

我對阿貞的命運並沒有多大的興趣，卻也希望一切能順利。我認為這對阿貞既是一件好事，也是一件危險的事。因此，我一直默默聆聽岡田夫婦所說的事，不意地冒出一句話——「他為什麼那般中意阿貞啊？又沒見過面。」

「因為佐野本身是一個踏實的人，所以想找一個刻苦耐勞的對象。」

阿兼往岡田的方向看過去，為佐野的態度作辯解。岡田立刻回答：「對啊！」但除此之外，他們似乎也沒有別的說法。總之，我和岡田說好明天和佐野見個面，然後就上六張榻榻米大的二樓了。我枕在枕頭上暗忖，自己的婚事也會這麼簡單就決定嗎？我感到有些害怕。

8

翌日，岡田中午就從公司返回家中。他把西裝一丟，迅速跑到廚房沖個澡，就說：「走吧！」

阿兼不知什麼時候打開衣櫃的抽屜，把岡田的衣服拿出來。雖然我不怎麼在意岡田穿什麼衣服，無意間卻看到阿兼在幫岡田穿衣服、繫腰帶。當阿兼問道：「二郎，您準備好了嗎？」我才猛然站起來。

「今天，妳也一起去吧！」岡田對阿兼說道。「可是……」阿兼雙手拿著紗質短褂，抬起頭看著丈夫。我正上樓梯，也對她說：「太太也一起去吧。」

我換好西服下樓一看，阿兼已經換好和服，繫好腰帶了。

「動作好快呀！」

「對，很快就換好。」

「因為不是換上什麼講究的衣服啦！」岡田說。

「到那裡去，這樣就可以了。」阿兼答道。

三個人冒著酷暑，走下山丘。走到車站立刻搭上電車。我不時看著並坐在自己對面的岡田和阿兼。其間，突然想起三澤的明信片。那張明信片到底從哪裡寄出的呢？還有現在就要去見面的佐野，不時也浮現在腦海中。可是，想到這些的同時，總是跟著浮現出「好奇」兩個字。

這時候，岡田突然往前弓著身子，問道：「怎麼樣？」我只回答一句：「挺不錯。」岡田又伸直身子，不知向阿兼說了什麼。看到他臉上露出得意的神情。這次輪到阿兼把臉湊近，說道：「如果喜歡的話，歡迎您也來大阪。」我不由得回了一聲：「謝謝。」這時我才明白剛剛岡田突然問「怎麼樣」的意思。

三個人在濱寺[10]下車。我對這地方不了解，但是走在大松樹和沙石之間，感覺這果真是一處好地方。不過，岡田在這裡倒沒有重複那句「怎麼樣」。阿兼撐著陽傘俐落地走著。

「快到了吧？」

「對。說不定他已經出來等我們了。」

我跟在兩人後頭，邊聽他們如此交談，邊來到一棟又大又漂亮的料理店門前。最讓我驚奇地莫過於料理店怎會如此之大？等到被接待進去時，我更對走道之長感到驚訝。於是，我們三個人走下一階一階的階梯，穿過窄窄的走廊。

10 濱寺為臨大阪灣的名勝地，自來以白沙、綠松的美景出名，現在為臨海工業區。

「這是隧道。」

當阿兼如此告訴我時，我認為她在開玩笑，心想絕對不是真的在地底下。因此，我只是笑一笑地走過昏暗的地方。

客席裡，佐野獨自站在門檻邊，露出穿著西裝褲的一隻腳，邊抽菸邊眺望大海。當他聽到我們的腳步聲，立刻轉過頭來。只見到他的額頭下，戴著一副金邊眼鏡，閃閃發亮。一進入廂房，第一個和他四目相視的人，就是我。

9

看起來佐野比照片中還更凸額。不過，可能由於夏天把頭髮剪短，額頭看起來寬展，才會有這種感覺吧！初次見面，他說了「請多多關照」後，客氣地鞠躬致意。雖然這是普通的問候禮節，但因為場合的緣故，我聽起來總有種怪怪的感覺。我對那件事並未抱著強烈的責任心，此時突然有一種沉悶的束縛感。

四個人坐在餐桌旁交談。看起來阿兼和佐野的交情很好，兩人不時彼此戲謔。

「佐野，聽說你那張照片，在東京的評價真是不得了啊！」

「怎麼不得了？——可能是好的不得了吧？」

「那當然。如果認為我亂說，那問問你旁邊這位先生就知道。」

佐野面露笑容看著我。我覺得自己不講幾句話，恐怕不太好，所以一本正經地說道：「不管怎麼說，大阪的攝影技術都比東京更發達。」岡田卻在一旁插嘴道：「那又不是淨琉璃[11]。」

雖然岡田是母親的遠房親戚，可能是長時間在我家當食客的緣故，自來對我和哥哥講話時，總是習慣以略低我們一等的用詞和語氣來交談。雖然好久不見，昨天、前天，他對我講話仍是如此。可是，當佐野一加入交談時，可能他覺得在朋友面前，以那種低人一等的遣詞用字會沒面子，對我的講話方式突然變成對待平輩的平等方式[12]。有時豈止平等？甚至還帶著一股傲慢。

我們四個人所在的客席，可以看見對面有一棟高度不一樣，結構大致相同的房子的二樓。我們抬頭往上看過去，只見把紙門拆掉的大廳中，有一群腰繫角帶[13]的

---

11 淨琉璃為江戶時代發源於大阪的一種戲曲，類似台灣的布袋戲。由於大阪為淨琉璃的發源地，此處岡田才會提出來自誇。

12 由於日本社會很注重長幼尊卑，表達同一種意思，會因人我關係的不同，講話的語氣和遣詞用字也會隨之改變。

13 角帶為一種長約四公尺、寬約十八公分的窄幅男用腰帶。

年輕人，其中有一人把拭手巾搭在肩膀，正在跳舞。「大概是店裡的員工正在同樂會吧！」當我們正在猜測時，有一個十六、七歲的小伙子走到欄杆旁，毫不客氣就把一堆穢物吐在屋簷上。這時候，又有一個差不多年紀的小伙子叼著香菸走過來，操著純粹的大阪口音說「喂！振作點，我在這裡，怕什麼」。原本我們四個人露出不舒服的表情望著欄杆的方向，看到這裡終於忍不住笑出來了。

「兩個都喝醉了，都只是些小毛頭啊！」岡田說。

「很像你。」阿兼批評道。

「像哪一個呢？」佐野問道。

「兩個都像。又是吐又是發酒瘋。」阿兼答道。

岡田反倒露出愉快的神情。我默不吭聲。佐野獨自高聲大笑。

我們四個人在太陽還高掛的四點左右，就走出店外踏上歸途。在途中道別時，佐野脫下帽子，向我致意道：「後會有期。」三個人就從月台走出來。

「怎樣呢？二郎。」岡田立刻問道。

「好像不錯。」

除此之外，我也不知道該怎麼回答才好。儘管如此，這樣回答後，我還是不得不認為自己相當不負責。同時也認為這種不得已的不負責，是大部分介入他人婚事的人都會有的經驗吧！

10

我為等待三澤的消息，還要叨擾岡田二、三天。坦白說，他們也不讓我去住外面的旅館。這期間，我盡可能獨自一個人在大阪到處閒蕩。可能是街道狹窄的緣故吧？我看到路上行人比起東京人更是精神奕奕，鱗次櫛比的屋舍比起東京零零落落的屋舍也更整齊美觀，幾條河流的水量充沛、靜靜地流著。總之，每天必定有一、二件奇特有趣的事情映入我眼中。

我和佐野在濱寺一起吃飯的隔天晚上又會面。這一次，他穿著浴衣來找岡田。那時，我和他也東扯西扯聊了二個多小時。然而，那不過就是重複一次前天岡田所辦的小型聚會而已，佐野並沒有讓我留下更特別更新的印象。老實說，我除了認為佐野是一個很平凡的人之外，對他毫不了解。但是我對母親和岡田有義務，不能說毫不了解就沒事了。我在那二、三天裡，終於寫了一份報告書給在東京的母親，告訴她已經和佐野見過面了。

無可奈何之下，我寫了「佐野本人和那張照片很像」、「雖然喝酒，臉都不會紅」、「聽說他像父親一樣，不唱謠曲[14]，而是在學習義太夫節[15]」。然後敘述岡田夫婦好感情的樣子，再寫上「那般好感情的岡田夫婦所斡旋的婚事，肯定錯不了」。最後又寫上「總之，看起來佐野這個人跟大部分有家眷的人沒兩樣。阿貞也有資格成為一個普通的妻子，所以答應他們的婚事，不也是挺好的嗎？」

我在封緘時，有一種終於結束義務的感覺。但是，想到憑這一紙就要永久決定阿貞的命運，對於自己的輕率多少感到愧疚。我在把信裝進信封前，拿去給岡田看。岡田大致瀏覽一下後，說了聲「很好」。阿兼的手完全沒去碰信。我坐在他們的面前，端詳兩人。

「這樣就可以吧？只要這封信寄出去，家人就會下決定。因此，佐野也不能動搖心意了。」

「很好。這是我最希望的結果。」岡田突然毫不保留說出自己的期盼。阿兼也以女人的說法重複同樣的意思。聽他們兩人蠻不在乎地說著，與其說是安心，我反而感到有些心虛。

「什麼事讓你那般擔心呢？」岡田露出微笑，邊抽菸邊問。「對於這件事，最冷淡的人不就是你嗎？」

「我是冷淡沒錯，可是過於輕率，對雙方都有些說不過去。」

「怎能說輕率呢？你都寫了那麼一封長信了。想必令堂也會滿意，我們這一邊，從一開始就決定了。再沒有比這更可喜可賀，對不對？老公。」

阿兼說完話後，看著岡田。岡田露出確實如此的表情。我討厭講一大堆道理，就當著兩人的面，貼上一張三錢的郵票。

11

我把那封信寄出去後，就想離開大阪。岡田也說沒必要讓我在那裡等到母親回信。

「不過，還是再待幾天吧！」

這是他不斷重複的一句話。我非常了解他們夫婦的好意，同時也想像得到自己帶給他們的麻煩。夫婦倆對於我這般厚臉皮的客人，多多少少會感到拘束。我恨透那個只寫了一張電報般的明信片後，就音訊全無的三澤。假如到明天依然沒消息的

14 所謂謠曲指能劇的唱詞，相當於戲劇中的劇本。

15 義太夫節為淨琉璃之一。為江戶時代前期，由大阪的竹本義太夫所創始。

話，我決定獨自去攀爬高野山。

「那麼，明天邀佐野一起去寶塚[16]吧？」岡田說道。我不要岡田再為我硬挪出時間。講白一點，到溫泉地又吃又喝，我覺得對阿兼不好意思。乍看之下，阿兼好像是一個愛打扮的女人，那是因為她白皙的臉龐及模樣才讓人有這種想法。其實，就她的個性來說，根本比普通的東京人還樸素。我認為，她可能連外出丈夫的荷包都會有某種程度的限制。

「不喝酒的人，一輩子都占便宜。」

阿兼知道我滴酒不沾，有一次流露羨慕的神情如此感嘆道。縱使如此，當岡田喝得滿臉通紅，粗聲粗氣地對我說：「二郎，好久沒有玩相撲，來比賽一下吧！」雖然阿兼皺著眉頭，卻露出開心的眼神。依我的推測，阿兼並不是討厭丈夫喝醉酒，而是捨不得喝酒的費用。

我回絕岡田提出去寶塚的好意，打算明天早上岡田上班不在家時，獨自搭電車到處轉一轉看一看。岡田過意不去地說：「這樣子嗎？到文樂座[17]看戲也很好，可惜天氣太熱沒營業。」

翌日早晨，我和岡田一起出家門。他在電車上突然提起我剛忘記的阿貞的婚事。

「我從不認為自己是你家的親戚。我是你的父母親收留我當食客而受到栽培的人。我現在的工作，還有阿兼，都是你的父母親幫忙才有的。因此，我時常在想有一天自己一定要報恩——這就是我為什麼要去解決阿貞問題的動機。絕對沒有其他的意圖。」

他的主張就是，阿貞既然已經成為家中的麻煩，就得幫她找個婆家儘早嫁出去。我作為家中的一分子，理應感謝岡田的善意。

「府上也是想早一天把阿貞嫁出去吧！」

我的父母親確實有這種想法。不過，此時我的眼前浮現的則是阿貞和佐野這兩個毫無源淵的人，在一起卻又各自分離。

「他們會幸福嗎？」

「難道不會幸福嗎？看看我和阿兼就知道啊！我們結婚以來，不曾大吵大鬧過。」

「你們比較特別，可是……」

---

16 寶塚位於兵庫縣的一處溫泉地。

17 原文為「文樂」，指文樂座，即大阪專門演出人形淨琉璃的劇場。

「哪裡是這樣，天底下的夫婦都差不多啦。」

岡田和我的交談，至此告一段落。

12

翌日下午，仍然沒有收到三澤的任何音訊。急性子的我，等這個懶散的人等到不禁火大。縱使硬著頭皮，我下定決心也要獨自去旅行。

「怎麼不再等個一、二天呢？」阿兼親切地說道。當我剛上二樓把浴衣和腰帶塞進皮箱時，阿兼從樓下執拗地勸說：「再留一、二天，好嗎？」即使這樣，她還不放心，從樓梯口伸出頭來，看到我正在收拾行李，說道：「怎麼已經在收拾行李？我去端茶過來，請等一下。」話一說完，就下樓了。

我盤腿坐在那裡翻閱旅遊指南。心中暗自盤算該如何安排行程，可是怎麼安排都不順，於是就躺下。仰著頭想像和三澤一起到處遊走的愉快情景。眼前浮現三澤走下富士山須走口[18]時滑一跤，把繫在腰間那個裝滿金明水[19]的大玻璃瓶給摔壞了，不過他依然把玻璃瓶綁在腰間繼續走的模樣。這時候，我又聽到阿兼上樓梯的腳步聲，趕緊起身坐好。

「幸好信來了。」阿兼站著，好像鬆了一口氣似地說道後，立刻坐在我面前，把剛剛收到的三澤來信遞給我。我立刻拆開信。

「終於抵達了嗎？」

我沒勇氣回答阿兼。因為三澤在三天前抵達大阪，臥病躺了兩天，結果住院了。我指著醫院名稱問阿兼，醫院在哪裡。阿兼只知道大約的地理位置，並不知道這家醫院。總之，我決定提起皮箱先離開岡田家。

「怎會變成這樣呢？」阿兼一再重複這句話表示同情。我無法拒絕阿兼的好意，只好讓女傭幫提著皮箱跟我到車站。在半路上，我一直要女傭回去，她怎樣都不肯回去。她講的話我聽是聽得懂，可是像我這種不熟悉當地的人，聽得懂也記不起來。道別時，為感謝這幾天來的照顧，我給她一圓當謝禮，並說了聲「再見，平安健康」。

我下了電車，坐上人力車，人力車穿過軌道，轉進一條窄窄的道路，筆直地往前奔駛。由於跑得飛快，好幾次差點撞到迎面而來的腳踏車或人力車。我提心吊膽

18 須走口位於靜岡縣，是富士山登山口之一。

19 金明水指富士山頂北側的久須志岳山崖下所湧出的山泉，一般都認為金明水為聖水，登山客通常會裝一些回去當紀念。

地，終於在醫院前下車。

我提著皮箱走上三樓。為找三澤，我查看所有病房。三澤躺在走廊盡頭，一間八張榻榻米大的病房裡，胸口上放著冰袋。

「你怎麼啦？」我一進病房就問道。他什麼話都沒回答，只是露出苦笑。「又是吃太多了嗎？」我像在斥責般說道，隨後盤坐在枕頭邊，把上衣脫掉。

「那裡有坐墊。」三澤翻了一下眼，往病房內的角落看過去。我看他的眼神和氣色，弄不清楚他的病情到底多嚴重。

「有沒有請護士來照顧呢？」

「有，剛剛出去。」

13

三澤是一個平時胃腸就不太好的人，動輒上吐下瀉。朋友都批評他不注意保養身體。他本人則是辯說因為遺傳自母親，天生體質就不好。他經常翻閱有關消化器官的書籍，滿口都是「胃鬆弛」、「胃下垂」、「筋痙攣」等術語。我們經常勸他，他反而露出一副「你們這些外行人，懂什麼」的神情。

「你知道酒精是透過胃吸收，還是腸子吸收呢？」他總是裝模作樣說出這類話。可是他一生病，必定叫我去。雖然我心中嘀咕著「你看，又來了」，卻一定會去探病。他的病短則二、三天，長則一、二週，大抵上就會痊癒。因此，他對自己的病鑾不在乎，更認為那些探病者是大驚小怪。

不過，這一次我先被他病到要住院嚇一跳，看到他的胃上擺著冰袋更是嚇一大跳。我一直都認為冰袋是擺在額頭或心口上。我盯著那個隨著脈動而上下動的冰袋，不禁產生厭惡感。我愈是坐在枕頭邊愈是找不出什麼適當的話來。

三澤叫護士拿冰淇淋過來。我端起其中一杯，他說他要吃另一杯。我認為他除了藥物和固定的餐飲外，不宜去碰那種東西，所以就勸阻他。這麼一來，三澤生氣地說道：「你以為消化一杯冰淇淋，得要多強壯的胃呢？」他板起面孔準備跟我爭辯。其實，我對那些事一竅不通。護士說是可以吃，不過為了謹慎，她特地跑到護士站去問清楚。護士回來時，說吃一點沒問題。

我上廁所時，瞞著三澤把護士叫來問，病人病情到底如何？護士答說大概是胃不好吧！進一步問下去，護士老實說自己今天早上剛由護士會派來，所以還不清楚。無可奈何之下，只好下樓去問醫務人員，那裡有個男人連三澤的名字都不知道。但是他翻一翻病患的病歷和處方箋後，只告訴我病人的胃有點潰爛。

我又回到三澤身旁，冰袋依然擺在他的胃上方。三澤對我說：「你從那窗子往外看。」病房內的正面有兩個窗子，側面有一個窗子，不過都是西式窗，比普通窗子還要高。由於病人躺在和式墊被上，所以他只能從斜面看到光線強烈的天空和部分電線而已。

我把手撐在窗邊，往外俯視。首先映入眼簾就是從遠處高聳的煙囪所冒出來的煙。那些煙霧彷彿籠罩整個城市般瀰漫在巨大建築物的上空。

「看得到河流嗎？」三澤問道。

「左手邊隱約可見到一條大河。」

「看得到山嗎？」三澤又問道。

「山就矗立在正面，剛才就看見了。」

聽說那座山的山頂原本黑黝黝，以前應該是古木參天。如今已經變得非常明亮，過不久後，就會有電車貫穿山底，通到奈良——三澤津津樂道著不知從哪裡聽來的事。我一看他這種情形，心想可以不必過於擔心，就離開醫院。

14

我無處可去，問了三澤宿泊的旅館名稱，於是坐上人力車前往。雖然護士說那家旅館就在附近，我第一次來，覺得路程相當遠。

那家旅館連個玄關什麼都沒有。一踏進去，也沒有女傭之類出來招呼。我直接上到三澤位於二樓的房間。欄杆前方有一條大河，坐在房間眺望大河，水流讓人覺得非常涼爽，不過可能是屋子方位的緣故，一絲風都吹不進來。入夜後，對面閃爍的燈火才帶來些許情趣，可是依然感覺不出一點涼意。

我向女傭打聽後，才知道三澤的情況。她記得三澤在這裡住了兩天，第三天才住院。其實，他抵達那天已經午後，皮箱一扔就外出，晚上十點過後才回來。女傭還說他抵達時有五、六個同伴，卻單獨一個人回來。我苦惱地思索那五、六個同伴到底是誰？不過，怎麼也想不出來。

「他喝醉了嗎？」我向女傭打探。女傭答說不知道，可是他過一會兒就開始吐，可能是喝醉酒吧！

那一晚，我叫女傭掛好蚊帳，早早就寢。沒想到蚊帳有破洞，飛進來二、三隻蚊子。我揮著團扇趕蚊子，剛要入睡，卻又傳來隔壁房間的說話聲。聽起來好像女傭陪客人在喝酒的樣子。客人好像是警官，我對警官兩字感到有些興趣。因此，就開始注意聽那個人的談話。這時候，負責我房間的女傭來告訴我，醫院來電話。我大為吃驚，連忙爬起來。

原來是照顧三澤的護士打來的電話。我以為病人突然有變化，擔心地問她到底發生什麼事，才知道她不過代為轉達病人要我明天儘量早點去醫院，因為他感到太無聊了。我斷定三澤的病並不太嚴重。於是，略帶責備的口氣說道：「那是什麼話啊？這種任性的話最好不要替他轉達才對。」話一說完，又有些同情護士，只好又說一句：「不過，我去還是會去，如果他要我去的話。」然後就回房間了。

女傭不知什麼時候發覺蚊帳的破洞，用針線把蚊帳的破洞補好。但是，飛進去的蚊子還在裡面，一躺下去，不時在額頭、鼻頭嗡嗡叫。儘管如此，我還是昏昏沉沉地睡著了。不久，又被右邊房間的談話聲給吵醒。仔細一聽仍然是一男一女的交談聲。我原以為右邊房間沒住客人，所以有點驚訝。不過，聽到女人重複說了兩、三次：「那麼，我可以回去了吧！」我猜測是女人從茶館把隔壁客人送回來。一會兒，我又睡著了。

然後，我又再次從睡夢中被女傭拉下板窗的聲音給吵醒。最後一次起來，河面上還籠罩著一層薄薄的白霧，所以我真正睡著的時間並不多。

15

那一天，冰袋依然放在三澤的胃上方。

「還在冰敷嗎？」我露出有些意外的神情問道。三澤可能覺得問這種話太不夠朋友，說道：「我又不是流鼻水的輕感冒。」

我轉向護士，對她道謝一聲：「昨晚辛苦妳了。」護士是一個臉色蒼白的胖女人。不知是否因為她長得很像畫中的盲人樂師，總覺得她和身上所穿的白衣服很不搭調。我都沒問她，她就自己說是岡山[20]人，小時候因為罹患膿血症，以致右眼瞎了。原來如此，仔細一看這女人的整隻右眼都蒙著一層白翳。

「護士，妳對病人這般親切又細心照料，真不知該說什麼才好？我看妳差不多就可以啦！」我半開玩笑又露骨的說法，讓護士露出苦笑。這時候，三澤突然喊道：「喂，冰塊。」直接把冰袋提起來。

從走廊傳來敲冰塊的聲音時，三澤又對我喊了一聲「喂」。「你還不知道，這種病拖下去就會變成潰瘍。因為病情危險，我才一直用冰袋冰敷。我會來住院，既

20 指日本岡山縣。

不是醫生的勸告，也不是旅館的人從中斡旋，而是我本身認為有必要才住院，這不是在發酒瘋。」

我不太相信三澤的醫學常識，不過看他這麼一本正經，自己實在沒勇氣插嘴打諢，加上我完全不知道他所謂的潰瘍是怎麼一回事。

我起身走到窗邊。望著強烈陽光反射下，呈現出乾涸土色的幽暗山頂，猛然興起一個念頭——何不去奈良遊玩呢？

「看你的樣子，大概沒辦法照我們的約定去旅行吧？」

「我努力靜養身子，就是為履行約定。」

三澤是一個很倔強的人。如果我順從他這種倔強，自己就得在這個悶熱的城市一直熬到他的身體狀況足堪旅行為止。

「不過，看來想拿掉冰袋也不是那麼簡單吧？」

「所以我要趕快復原。」

我在和他交談的過程中，不僅感受到他的倔強，也看到他的任性。同時也看清自己恨不得早一天丟下病人，自己去旅行的任性。

「你抵達大阪時，不是有很多同伴嗎？」

「嗯，我和那群人喝酒真是錯了。」

他所舉的名字中，我也認識當中的二、三個人。三澤說他們一起從名古屋搭火車，儘管有人要去馬關[21]，有人要去門司[22]，也有人到福岡，由於好久不見，大家全在大阪下車和三澤一起聚餐。

我暗忖總得再等二、三天，看病人的情況再決定該如何，於是就告辭了。

16

其間，我好像在服侍三澤般，白天晚上大抵都在醫院度過。實際上，孤獨的他好像每天都很期待我來。雖說如此，見面時，他也絕對不向我說聲謝謝。我特地買花帶去時，他甚至還對我發脾氣。我坐在枕頭邊，有時看看書，有時和護士聊聊天，服藥時間到就叫病人吃藥。早上強烈陽光照進房內，我和護士一起把病榻搬到陰涼的地方。

在這當中，我認識每天上午來巡病房的院長。院長通常身穿黑色禮服，會有一

21 馬關即現在山口縣下關市的舊名。李鴻章和伊藤博文就是在馬關的春帆樓簽訂馬關條約，將台灣割讓給日本。

22 門司位於福岡縣北部。

名醫師和護士陪同。院長皮膚有點黑，鼻子高挺，言談舉止如同他的容貌有風度又高雅。

三澤一碰到院長，所提問的事根本就和我們這些毫無醫學常識的人一樣。每次他在問什麼「我還不能貿然去旅行吧？」、「假如變成潰瘍就很危險吧？」、「如此看來，我毅然決然住院的決定是正確的吧？」的時候，院長總是「嗯，是啊！」地簡短答覆。他平常喜歡說些我不了解的術語，一副看不起別人的模樣，在院長面前卻這般謹小慎微，實在很可笑。

他的病情時好時壞，真是奇怪。他本人堅持不肯通知家人。一問院長，他露出納悶的神情說只要不嘔吐就不必太擔心，雖說如此，病人的食慾理應再好些才對。我對自己的去留感到很猶豫。

我第一次看到他的餐盤時，上頭只擺著生豆腐、海苔和柴魚湯。除此之外，他什麼東西都不許吃。因此，我認為他前途渺茫。看他面對這些菜，喝著很稀的稀飯的同時，卻又莫名其妙地感到難過。我離開病房，到附近一家西餐廳用餐返回，他必定問我：「好吃嗎？」我看到那一張臉，更覺得他真可憐。

「那就是我買冰淇淋的店，上次還為冰淇淋跟你爭吵。」三澤說著就笑了。這讓我想守在他身邊，直到他的身體比較好些再走。

不過，一回到旅館，躺在悶熱的蚊帳裡，我又經常想早一點前往涼爽的鄉下。那一晚，和女人談話擾人安眠的隔壁房客也在。每當我想睡覺時，他總是帶著一身酒氣回來。有時候他在房內喝酒，還會大發雷霆要人叫藝妓過來。女傭只得百般安撫他，還勸他說「別看那女人在你面前笑盈盈地奉承，背後盡說你的壞話，還是不要找她來」。客人一聽，就答說「無所謂啦！只要在我面前說些奉承話，我就很開心。管她背後講什麼，反正我也聽不見」。有時候，藝妓也會講些正經的事，反倒是輪到客人敷衍搪塞。藝妓就會生氣說「怎麼都不把人家的話當一回事」。

我就是被這些事吵得無法安睡，心中感到非常厭煩。

17

我就那樣被折騰得沒法好好睡。早上，儘管心中很不想去照顧病人，還是過了橋往醫院的方向走去。到醫院時，病人正在沉睡中。

從三樓窗子俯視，道路很狹窄，門前的路顯得細長而整齊。對面有一道漂亮的高牆，有一個像是屋主模樣的人走出小門，拿著灑水壺仔細在路上灑水。高牆內柚子樹的深綠枝葉茂密，幾乎把屋瓦都遮住了。

醫院裡，工友拿著纏著抹布的丁字形拖把，在走廊上用力擦拭。由於抹布沒洗乾淨，擦拭過的地方反而白白髒髒的。病情較輕的病患都到盥洗室洗臉。護士撣灰塵的聲音此起彼落。我借了枕頭，到三澤隔壁的空房去補昨夜的睡眠不足。

那房間也是向陽，陽光非常強烈，剛一睡著就醒過來。熱到額頭、鼻頭都出油又流汗，非常不舒服。這時候，有人叫我去接電話，是岡田來電。這是第三次岡田打電話到醫院了。他一定會問：「病人的情況怎樣？」、「二、三天之內，我一定會去探望。」或「如果有需要，請不要客氣」，最後，必定會提起阿兼，說上二、三句諸如：「阿兼也在問候你」、「妻子歡迎你來玩」、「我這邊實在太忙，疏於問候」之類的話。

那一天，岡田所說的話大致跟以前一樣。不過，最後隱約透露一段奇怪的話，他說：「在未來的一週內……也還不能就這樣斷定，可是稍過一陣子……總之會發生讓你感到驚訝的事也不一定啦！」我完全想像不出來他到底在說什麼事？反覆問了二、三次，岡田只是邊笑邊說：「再過一陣子就明白了。」搞得我也不想再追問，就回到三澤的病房了。

「又是那個人嗎？」三澤問道。

我很在意剛才岡田的電話，並不想立刻提出要離開大阪的事。沒想到三澤反倒先說：「你對大阪已經厭煩了吧？沒必要為我留在這裡，你不必顧慮，想去哪裡就去哪裡。」他還說他已經覺悟，即使自己出院也沒辦法魯莽地去爬山，必得謹慎小心不可。

「那就看我的情況再說吧！」

我如此回答後就默不吭聲了。護士一言不發，默默走出病房外。我聽到她的草履聲逐漸消失。然後，我低聲問三澤：「你還有錢嗎？」因為他不讓家裡知道自己生病住院，我擔心我這個唯一的朋友一旦離去後，他不只是精神上，物質上更匱乏。

「你有辦法嗎？」三澤問。

「也沒什麼特定的目標。」我答道。

「那個人怎樣？」三澤說。

「岡田嗎？」我沉思了一下。

三澤突然笑出來，說道：「幹嘛？就算你不去借錢，萬一怎樣我也有辦法應付啦！因為我還有錢。」

18

關於錢的事情，就這樣不了了之。實際上，我一想到去向岡田借錢就覺得厭煩。就算為了生病的朋友才做這事，我還是提不起興致。另一方面，我仍然猶豫不決，自己到底該離開還是留下來。

岡田來電時，引發我很大的好奇心，甚至想特地跑去找他，把真相弄清楚。不過，經過一晚後，我認為那樣太麻煩，仍舊擺著不去管它。

我依然在醫院的大門進進出出。早上九點左右，來到醫院門口，常看到走廊和候診室滿滿都是病患。在那種時間，世間竟然有這麼多的病人啊！我故意露出驚訝的神情環視他們一下才走上樓梯。就是在那一瞬間，我偶然發現了「那女人」。我之所以稱「那女人」，因為三澤都說「那女人」、「那女人」，所以就跟著這麼稱呼了。

當時，那女人縮在走廊昏暗處的椅子上，只露出側面。她的身旁，站著一個把洗過的頭髮用梳子挽了一個圓髻的修長中年女人。我瞥了她們一眼，眼光首先落在那女人的背影。不知為什麼自己竟在那裡磨磨蹭蹭不想走。這時候，中年女人往對面移動一下。那女人就從中年女人的身影後方顯現出來，不過那女人好像一座雕像般蜷縮著，一動也不動。然而，從她的氣色和表情幾乎看不出任何痛苦的樣子。一開始，我看到她的側面時，懷疑那是一張病人的臉。但是她胸部貼腹部的那種彎腰法，好似潛藏著什麼可怕的東西，讓人覺得非常不舒服。我邊上樓邊想像纏身在「那女人」忍耐與美貌背後的病痛。

三澤從護士那裡聽說醫院有一個叫A的助手的事情。A是一個每當夜深人靜，一有空就喜歡吹簫的年輕男子。因為單身，所以睡在醫院，他的房間和三澤同樣在三樓的轉角。前陣子，還一直都會聽到他穿著拖鞋「啪啦啪啦」的走路聲，可是這二、三天都沒看他露臉，三澤和我都在談論他該不會發生什事吧？

護士說A經常一跛一跛地走到廁所的樣子很好笑。她說著自己就笑了。然後，她又說看到醫院的護士常拿著紗布和盥洗盆，走進A的房間。三澤對這些話題，好像感興趣，又像不感興趣般，表情冷淡地「嗯」、「哼」答著。

三澤問我打算在大阪待到什麼時候？自從他對旅行死心後，一看到我就經常如此問起。他的話，像是客氣又像在催我走，反而讓我覺得厭煩。

「我想走的時候，隨時就走。」

「那就這麼辦吧！」

我起身站到窗邊，往正下方看去。怎麼看也看不到「那女人」走出門外。

「為什麼故意到有太陽的地方，你在做什麼？」三澤問道。
「我正在看。」我回答。
「在看什麼呢？」三澤反問道。

19

縱使如此，我還是忍耐地站在窗邊而不肯輕易離開。我無意間看到對面的曬衣場擺著五、六盆松樹、石榴之類的盆栽旁，有一個梳著島田髻[23]的年輕女子把洗好的衣服掛在竹竿上晾曬。我往那裡看了一會兒，又把視線移到自己的正下方。不過，看來等待的人終究沒有要出現的樣子。最後我受不了酷熱，又回到三澤的病榻旁坐下來。他看著我，提醒道：「你真是一個固執的人，人家愈是好意勸說愈是故意要跑去曬太陽。你的臉被曬得紅咚咚了。」其實我平常都認為三澤才是一個固執的人。

因此，我有些裝模作樣地說明道：「我把頭從窗子伸出去看，和你那種毫無意義的固執不一樣。我是有所目的，才特意把頭伸出去。」可是，我對於最重要的「那女人」的事卻難以說出口。

過一會兒，三澤又笑著問道：「你剛才真的在看什麼嗎？」這時候，我的心情也好轉，愉快地說是「那女人」。我心想這個固執的三澤一聽，肯定罵我傻瓜啦、無聊啦之類的話，反正我也不在意。假如他真罵我的話，我打算回答「實際上，基於某種原因我對『那女人』產生特別的興趣」，我甚至存心要讓三澤感到焦慮。

但是，三澤卻展現出跟我預期完全相反的態度，他好像很感動地聽完我所講的每一句話。這麼一來，我也很起勁，原本是一、二分鐘就可以講完的事，我竟講了三倍長的時間。最後，在我講到告一段落時，三澤問道：「她當然不會是良家婦女吧？」雖然我詳細說明「那女人」，但終究沒使用藝妓這名詞。

「假如是藝妓的話，說不定我認識她。」三澤說。

我感到很驚訝，認為他在開玩笑吧！但是他的眼神告訴我並非如此。而且他嘴角帶笑，一再問我「那女人」眼睛長怎樣？鼻子長怎樣？我上樓梯時，只看到她的側面，根本無法詳細說清楚。然而她彎腰到幾乎成一團的痛苦模樣又歷歷浮現在眼前。

「一定就是她。我來問問護士她的名字。」三澤說著，露出似笑非笑的表情。

23 島田髻為婦女髮型之一，梳這種髮型以未婚女子為多。

不過，看不出他在捉弄我的樣子。我有一種中圈套的感覺，很想追問他和「那女人」是什麼關係。

「假如真是她的話，我馬上講給你聽。」三澤說。

這時候，護士剛好來通知醫生要巡視病房，「那女人」的話題就此中斷了。我怕巡視病房的吵雜，每次一到這時間我就跑出去，到檐廊或有蓄水桶的高處。那一天，我拿起身邊的帽子，直接走下樓。我感覺「那女人」還在某處，所以就佇立在門口四下張望。不過，不管是檐廊還是候診室，連一個患者的影子都沒有。

20

那天傍晚，風停歇，四處一片寂靜。華燈初上時，我又快步爬上彎彎曲曲的樓梯，來到三澤的病房。看來他好像剛用過晚餐，大剌剌盤腿坐在棉被上。

「我已經可以一個人去廁所。我還吃了魚。」三澤得意地說著。

這是當時他感到很得意的事。

病房內的三扇窗子都敞開。病房在三樓，眼前沒有任何東西遮擋，所以天空看起來很近。滿天繁星燦爛，恣意放閃。三澤邊搖著團扇邊說道：「蝙蝠會飛進來吧？」身穿白衣的護士走到窗邊，將身子探出窗外看。比起蝙蝠，我對「那女人」的事更在意。

「喂！那件事知道了嗎？」我問道。

「你是說那女人啊？」三澤如此說道後，以別有含意的眼神瞥我一下。我答了一聲「是啊！」可能是嫌我的聲調太高，三澤突然用團扇往我臉上「啪嗒」搧了一下。然後，急忙把團扇翻過來，用扇柄指著我們斜對面的房間。

「她已經住進那間病房了。在你回去之後。」

三澤的病房在走廊的盡頭，面向著道路。那女人的病房在同一個走廊的角落，中庭的光線可以照射進去。由於太熱，兩間病房的門都敞開，連拉門都拆下來，所以從我這裡，可以斜斜地看到剛剛三澤用團扇所指病房門的四分之一。不過，女人所躺病榻的下方，只是好像一幅畫般露出個三角形而已。

我凝視她的棉被邊緣，好一會兒都默不吭聲。

「她的胃潰瘍很嚴重，還吐血啊！」三澤低聲告訴我。我想起那時候他對我說硬撐的話有變成潰瘍之慮，所以才會住院的事。當時，所謂潰瘍這個詞並沒在我的腦海中留下任何具象，現在卻給我一種異常可怕的回響。潰瘍的背後好像潛藏著死亡的恐怖。

不久，從女人的病房隱約傳來「嘔、嘔」的嘔吐聲。

「你聽！又在吐。」三澤皺著眉頭。一會兒，護士出現在門口。她手端著金屬小臉盆，拖著草履急忙走著，往我們這邊瞥一眼就走出去。

「好像好些了吧？」

今天早上，把下巴貼在胸前、凝坐著的年輕美麗女人的臉龐，又清清楚楚地浮現在我的眼前。

「那樣一直吐的話，不知會怎樣？」三澤答道。他的表情與其說是同情，毋寧說是陷入某種擔心之中。

「你真的認識那女人嗎？」我向三澤問道。

「真的認識。」三澤正經地回答。

「但是你不是第一次來大阪嗎？」我追問三澤。

「這次來才認識的。」三澤說明。「其實，我也是從那女人口中才知道這一家醫院的。我一住進這醫院，就在擔心那女人說不定會跟著進來。不過，在今天早上聽到你提起之前，我都認為未必吧！因為我對那女人的病也有責任……」

21

原來三澤抵達大阪，就跟著朋友一起去喝酒，在某茶屋遇見「那女人」。

當時天氣炎熱，三澤已經感到胃部不適。五、六個朋友以久別重逢為由，盛情款待地硬把他灌醉。三澤也聽命地順應大家，頻頻舉杯。雖然他一直覺得自己胸部以下很不舒服，有時還露出奇怪的表情，痛苦地吞口水。「那女人」恰好坐在他前方，以大阪腔問他需不需要吃藥？三澤就拿出五、六粒口服錠之類的藥品，放在手心送進嘴裡。女人接過藥瓶子，同樣倒了幾粒在白皙的手心後吞下去。

三澤從剛才就發現女人無精打采的模樣，於是問「妳身體也不舒服嗎？」女人露出落寞的笑容，答說「可能天氣太熱食慾不振，很苦惱」。然後又說「這一星期來都不想吃飯，只想吃冰，吃完冰立刻又想吃飯，真是沒辦法」。

三澤一本正經地勸她說「恐怕是胃病吧！到哪裡找個專科醫生診斷比較好」。女人說她自己也問過人家，對方說肯定是胃病，所以也想找個好醫生看一看，可是工作還是工作……之後的話就說得支支吾吾。那時候，三澤就是從那女人口中得知這家醫院和院長的姓名。

「我也想到那醫院去看醫生。總覺得有點不舒服。」三澤以半開玩笑半認真的語氣，如此說道。女人好似在說「別說不吉利的話」般緊皺眉頭。

「那麼就先喝了再說吧！」三澤拿起面前的酒杯一飲而盡後，把酒杯推到女人面前。女人順從地斟滿酒。

「妳也喝啊！就算不吃飯，也不能不喝酒吧？」他把女人拉到跟前，硬把酒杯塞給她，女人也老老實實地接過來。不過，最後她還是求饒。縱使如此，她還是忍耐坐在那裡，並未離席。

「喝酒可以殺死作怪的胃病蟲，很快就能吃得下飯。所以不喝不行。」三澤喝得爛醉後，胡言亂語又要灌女人酒。雖說如此，他自己的胃也痛得就像要爆開。

三澤講到這裡，我聽得不寒而慄。他到底有何必要如此折磨自己的身體呢？就算是自作自受也罷了，為什麼要讓「那女人」纖弱的身體受到這種毫無意義的苦痛呢？

「不知道。對方不知道我的身體狀況，我也不知道那女人的身體狀況。周圍的人也不知道我們兩人的身體狀況。不僅如此，我和那女人也不知道自己的身體狀況，加上我非常痛恨自己的胃，想藉著酒力來壓制胃病。說不定那女人也是這麼想。」三澤說著，露出黯然神傷的表情。

22

「那女人」所躺的位子，縱使從走廊經過她的病房前，也看不到她的臉。護士告訴我，靠在門口柱子旁往裡頭窺探的話，就能看見。不過，我沒勇氣這麼做。

照顧女人的護士，可能太熱的緣故，經常靠在那根柱子直往外頭看。她在護士當中，算是長得挺漂亮。三澤說她常常露出不高興的表情，一副看不起人的模樣。三澤的護士還別有用意地說這個漂亮護士的壞話，說她丟著病人不管、態度不親切、在京都有男人、收到那男人的信就不顧一切等等。三澤的護士打聽到雜七雜八的事，就向三澤和我報告。她還告訴我們，漂亮護士有一次把病人的便器放進去後，竟然忘記拉出來就呼呼大睡，真是怠忽職守。

實際上，漂亮護士長得固然標緻，我也經常看到她不盡自己的工作本分。

「如果不把護士換掉，那女人就太可憐了。」三澤經常憂愁地說道。雖說如此，當漂亮護士靠在柱子上打瞌睡時，三澤還是從自己的病房直盯著她的側面看。

三澤的護士經常透露「那女人」的病情。無論是牛奶還是肉湯，不管怎樣清淡的液體，「那女人」生病的胃都無法吸收。她連最重要的藥也不願吃，就算勉強吞下去，也是立刻吐出來。

「吐血嗎？」三澤總是如此反問護士。我每次聽到這種問話，就受到不愉快的刺激。

探望「那女人」的訪客絡繹不絕。不過，根本聽不到像其他病房般的熱鬧交談。我躺在三澤的病房，看過好幾個梳著島田髮型、銀杏返髮型[24]的身影進出「那女人」的病房。當中也有穿著引人注目的豔麗花紋和服的女人，不過大抵上仍以穿著一般婦女的樸素服飾，悄悄地來、悄悄地走的女人為多。我也曾經看過有人在門口以感嘆詞叫了一聲「啊喲，阿姐啊」，不過就那麼一次而已。這個女人把傘放在走廊邊，一進病房卻立刻像消失般變得靜悄悄。

「你去探望過那女人嗎？」我向三澤問道。

「沒有。」他答道。「不過，我對她的擔心比去探望她還更強烈。」

「那她還不知道你也住院這件事嘍。」

「護士沒說的話，她應該不知道。那女人住院時，我看到她，嚇一跳。但是她沒看到我，可能不知道吧！」

三澤告訴我，「那女人」的一個恩客也在醫院二樓住院，曾寫了一首打油詩「妳的胃，我的腸，同被苦酒所累」送到病房給她。恩客出院時，還特地穿著日式禮服，披掛整齊地來探望她。當三澤跟我講這些事時，臉上露出一副對方「真是傻子」的模樣。

「安靜些！不可以去刺激她。悄悄地進病房，悄悄地走出來，那是理所當然的事。」他說道。

「不就是很安靜嗎？」我說。

「因為病人不肯開口說話。那就是病情嚴重的證據。」他又說。

23

三澤瞭解「那女人」的詳細程度，出乎我預料之外。每次我到醫院去，三澤的第一個話題必定就是她的事。他會跟我說些我不在醫院時所得知「那女人」的情報，宛如在說一個和他有關係的婦女的祕密一樣。當他把那些資訊告訴我時，總是露出非常自豪的神情。

據三澤所說，「那女人」被某藝妓屋當成女兒般捧成大紅牌。她身體柔弱，不過對這件事最感到心滿意足，因此開始學習做生意。她從不休息，就算身體不舒服

24 銀杏返髮型為婦女日式髮型之一，因為將頭髮梳成像銀杏葉般的髮髻而名之。

也絕不肯去躺一下。有時候，實在忍耐不住，就算是躺在床上，還是叨唸著要趕快去陪客人、陪客人……

「剛才到那女人病房的人，聽說是很久以前就在藝妓屋的女傭。雖說是女傭，因為待很久了，當然就很有權，完全不像個女傭。簡直就像阿姨一樣，那女人也會乖乖聽女傭的話。所以確實很需要有那麼一個人，來勸那女人不要任性，再怎麼不願意也得把藥吞下去。」

三澤說自己的情報來源都是從他的護士那裡聽來的。但是我對這種說法並非全無疑點。我趁著三澤上廁所不在病房時，逮住護士問道：「雖然三澤那樣說，不過我不在時，他沒去那女人的病房聊天嗎？」護士露出認真的表情說：「沒有那回事。」她一口就把我的疑問給否認了。護士接著又為三澤辯解，說是就算有這樣的客人去探望，她理應不會提起自己的身世。護士照例又談起「那女人」的病情逐漸惡化，令人感到不安之類的話。

因為「那女人」一吃就吐，根本無法從嘴巴攝取營養，昨天終於試著以灌腸補給營養。不過，結果並不理想。那女人極為衰弱的腸子，就連少量的牛奶和雞蛋混合的單純液體，看來都成為過重的負擔，並不如預期般被吸收。

護士說到這裡，露出好似在說「誰進到這般重病的病房，會沒完沒了去問人家的身世呢」的表情。我也認為她所說的話都是事實。因此就把三澤的事忘了，只是在心中將身穿綾羅綢緞的紅牌藝妓和罹患可怕疾病的可憐年輕女人，默默地對照比較。

「那女子」靠著長相標緻和才藝過人，才被叫什麼藝妓屋的當成女兒般器重。如今無法陪客賺錢，還能一如以往受到那家人的疼愛嗎？假如那家人因為那女人的病而漸漸冷淡的話，女人那顆和惡病苦鬥的心該有多麼心寒呢？她既然會被當成藝妓屋的女兒看待，生身父母親的身分肯定貧窮卑微。如果手頭不充裕，無論如何掛心也幫不了忙。

我考慮過這些事後，就向剛從廁所回來的三澤問道：「你知道那女人的親生父母親嗎？」

24

三澤說自己只看過「那女人」的生母一次。

「那也只是看到背影而已。」他故意把話說在前頭。

她的母親果然不出我所料，不是手頭寬裕的人。看起來好不容易才能夠穿一身整齊衣服出來的樣子。縱使是偶爾才能來，仍一副很顧慮他人的模樣——偷偷摸摸地來，不知什麼時候又走下樓，好像不願讓人發現般地回去。

「儘管是親生母親，那樣也顯得很生疏。」三澤說道。

來探望「那女人」的客人都是女性，而且還以年輕女人居多。那些人和普通小姐或人妻不一樣，盡是些把美色當生命的美女，所以她的母親夾雜在這群人當中，顯得格格不入又土氣。我想像這個年歲已大的貧窮母親的背影，暗自覺得同情。

「就母女之情來說，女兒罹患這種病，為人母一定希望能夠早晚守在身旁照顧吧！身為女傭的外人在這裡亂指揮，親生父母反而被當外人看待，真是情何以堪啊！」

「不管怎麼說她的父母親也是無可奈何，說來既沒時間陪在她身邊，就算有時間也沒那種錢啊！」

我感到相當悲哀。我認為從事那種浮華行業的女人，平常奢華到讓人羨慕，一旦生病，比起一般人真是悲慘太多了。

「她好像有丈夫吧？」

看起來三澤好像對這問題絲毫未曾注意過，當我提出這疑問時，他默不吭聲，什麼話都沒回答。我去找專門提供「那女人」新情報給他的護士，她也是一無所知。

「那女人」孱弱的身體，總算還撐得住當時的酷暑。我和三澤談起這件事，幾乎都認為是奇蹟。不過，兩人都怕對她的關注過於明顯，不曾從柱子後方去窺探她的病房。因此現在「那女人」變得如何憔悴，也只能憑空想像。當連為她灌腸補給營養都辦不到的消息傳到兩人耳朵時，三澤眼前只有浮現穿著打扮漂亮的藝妓身影，而我的腦海中只有想到「那女人」住院前，氣色還不錯的臉龐而已。因此，儘管兩人談論起那女人時，都認為她的病很難醫治，但實際上兩人都未想過她會死。

其間，各種病患在醫院進進出出。有一晚，二樓有一個和「那女人」年齡相仿的婦人被擔架抬下樓。一問才知道，病人在今天或明天恐怕會出現危險，所以病人的母親要把病人帶回鄉下。那個母親隱約向三澤的護士透露，連冰塊都要二十幾圓，已經陷入除了出院之外，別無他法的窮途末路了。

我從三樓窗子，俯視要抬回鄉下的擔架。擔架在黑夜中看不清楚，只看到事先準備好的提燈的燈火不久就開始移動。由於窗子很高，加上路很狹窄，看起來燈火好像在山谷中悄悄移動。在前方黑暗中的十字路口一轉彎，燈火消失時，三澤轉過頭對我說道：「若是能夠撐到家就好了。」

25

才剛有這麼一個不得不出院的悲慘病患，又看到一個漫不經心的男人每天揹著小孩在走廊、瞭望台或別人病房裡晃來晃去。

「簡直把醫院當成遊樂場。」

「先說他們當中到底誰才是病人啊？」

我覺得奇怪又不可思議。我問護士，原來揹孩子的是叔叔，被揹的是姪子。姪子住院時，瘦得只剩皮包骨，叔叔用心照顧才把孩子養胖。聽說叔叔是做針織買賣生意。總之，他應該是一個不愁吃不愁穿的人。

跟三澤隔著一間病房的鄰居是一個怪怪的病人。他總是提著手提包，像普通人般大搖大擺走出去。有時候甚至跑出去，不在醫院內。一回來，他就袒胸露背，津津有味吃著醫院的飯菜。昨天，他蠻不在乎說去了一趟神戶回來。

另外，有一對夫婦特地從岐阜到京都本願寺參拜，順便來住院後就不肯走了。他們所住的雙人房，壁龕上掛著佛光普照的阿彌陀佛像的掛軸。有時候，夫婦倆面對面悠哉悠哉地下圍棋。若問太太到底怎麼了？她就說今年春天，吃糕餅時，吐了約有一杯半多的血，才會在丈夫的陪伴下就醫。

「那女人」的護士依然靠在門口的柱子，雙手抱膝的時候居多。我們的護士批評她賣弄風騷，故意來到那個眾人都可以看見的地方。有時我會替她辯解說「不至於吧！」不過，「那女人」和漂亮護士之間的冷淡程度，看起來與一開始沒有多大改變。我分析說兩個年輕貌美的女人湊在一起，可能暗中在較勁吧？三澤說才不是那樣，因為大阪的護士很高傲，看不起藝妓，自始就不想理她，認為這肯定才是冷淡的原因。雖然他有這種看法，可是看來並不討厭那護士的樣子。我對這個女人也沒什麼厭惡感。三澤那個長得醜醜的護士，陰陽怪氣地對我們說：「人長得漂亮，真占便宜啊！」兩人被逗得都笑了。

三澤在周圍這些人的照顧下，身體慢慢恢復，似乎也對「那女人」日漸感興趣。此處，我不得不使用「興趣」這個奇怪的詞彙，因為他的態度既不像是戀愛，也不帶任何熱情，所以除了「興趣」二個字外，找不到更好的表達方式。

第一次在候診室看到「那女人」時，我對她的興趣和三澤不相上下。不過，我一聽他談起「那女人」的事情，立刻有種主、客之別。從此以後，每當講起「那女人」的傳言，他對我總是持著一副老大哥的姿態。一時之間，我也被他誘騙，感覺當初的興趣被搞得愈來愈大。但是，既然是居於客位，自己就無法一直保持高度的興趣。

26

當我非常感興趣時，他比我的興趣更大。我的興趣稍稍減退時，他的興趣卻是愈來愈大。他原本就是一個白目的男子，但是心地善良，感情更勝人一倍。而且，他有一個毛病，就是碰到事情立刻變得很激動。

三澤的身體已經恢復到可以在院內東晃西晃，所以我對他為什麼不去「那女人」病房探視感到很納悶。他絕對不像我這般害羞。以他的個性看來，進去「那女人」的病房探望一下，講幾句安慰的話，根本不算什麼。我曾問他：「既然那麼惦記她，怎不直接去看她、安慰她呢？」他不乾不脆地說：「嗯，其實我很想去，但是……」實際上，這很不像他平常的作風，而且我也不明白他的意思。雖然不明白他的意思，老實說，我希望他不要去。

我和那個漂亮護士，不知不覺中搭訕起來。原本她都靠在那根柱子，她抬頭看到從她面前經過的我，彼此就互相問候打招呼，也只是如此而已。——有一次，我從「那女人」的護士，也就是從漂亮護士那裡借來一本名為《運勢一覽》，好像占卜玩具的書，拿到三澤病房玩。

方法是先拿出幾顆好像圍棋、兩面各塗著紅色及黑色的扁平棋子，閉著眼睛把棋子並擺在榻榻米上後，再數一數紅棋子、黑棋子各多少數。然後依數翻開那本書上的表，依紅、黑棋子數往橫、往縱走，當雙方碰在一起時，就會出現占卜的預言。

我閉上眼睛，把棋子一顆一顆擺在榻榻米時，護士邊計算黑棋子多少，紅棋子多少，然後查看占卜的預言。當她唸出「此戀愛若有成時，理應窘態畢露」時，就噗嗤笑出來。三澤也笑了。

「喂！不能不當心。」他說道。三澤從以前就常揶揄我，說我對「那女人」的護士行禮時怪怪的。

「你自己才應該注意一下。」我對三澤反唇相譏。三澤竟然露出嚴肅的神情，反問：「為什麼？」因為知道他在這種情形之下，會變得很倔強，為避免麻煩，我就不再吭聲了。

實際上，我對於三澤沒有出入「那女人」病房感到疑惑，另一方面也思慮著他那種容易激動的個性——以前的事就算了——我很擔心今後他說不定又突然變卦。他的身體狀況已經恢復到每天早上都可以自己下樓盥洗了。

「怎麼樣呢？差不多可以出院了吧？」

我如此勸他。我心想萬一因為考慮錢的問題才對出院猶豫不決的話，為省去他向家中求援的麻煩和時間，我甚至下定決心會去找岡田商量。三澤對我所提的事避而不答，反而問我：「你打算什麼時候離開大阪？」

27

兩天前，天下茶屋的阿兼出乎意料來找我。讓我終於明白上次岡田在電話裡對我說那句話的意思了。此時，我才發現已被岡田所謂在一週內會發生讓你感到驚訝的預言所束縛了。三澤的病、漂亮的護士、不見身影的年輕藝妓以及她躺在病床上的窘困生活——自己並非單純只是為這些事而逗留在大阪。假如借用詩人的話，那就是在期待某種預言的實現，才會住在酷熱的旅館。

「因為我有那樣的事情，所以必須在這裡多留一陣子。」我老實地回答三澤。

三澤露出有些遺憾的神情。

「那麼，就是說不能一起到海邊靜養嘍！」

三澤是一個奇怪的男人。當我有重要事要處理時，他總要反彈幾句；當我縮回去時，他又突然緊抓著人家的衣角不放。三澤的情緒起伏很明顯。我和他交往到現在，一直都在這種消長狀態中反覆。

「你打算和我一起去海邊嗎？」我慎重問道。

「也不是不想。」他的眼中彷彿浮現遠方海邊似地答道。實際上，這時他的眼中，好像沒有「那女人」也沒有「那女人」的護士，只有我這個朋友而已。

那一天，我開心地離開三澤，回到旅館。不過，在歸途上，我也思考到開心離開前的不愉快。我勸他出院，他問我什麼時候離開大阪。表面上，只是一問一答的交談而已。然而，我和三澤都嚐到其中不尋常的苦澀味道。

雖然我對「那女人」的興趣已經減少，自己怎樣都不希望三澤和「那女人」有親密交情。三澤也一樣，儘管對漂亮護士毫無意圖，卻也無法平心靜氣地看到我和她漸漸接近。那裡存在著連自己都未察覺的暗鬥；那裡存在著人類天生的任性和嫉妒；那裡存在著無法發展成為和諧，也成不了衝突的一種欠缺中心的興趣。要言之，那裡存在著性的爭鬥，而且雙方都無法露骨說出來。

我邊走邊為自己的卑怯感到羞恥，同時也憎恨三澤的卑怯。我也自覺到既然都是卑鄙的人，今後無論再交往多少年，終究無法從這種卑怯當中脫身。那時候，我感到非常心虛，而且悲哀。

第二天，我到醫院一看到三澤，就先聲明：「我不會再勸你出院。」我抱著一種負荊請罪的心情說道。沒想到三澤竟然答說：「不。我也不能再這樣拖拖拉拉，我準備聽從你的勸告出院。」他把今天早上院長准許他出院的大致情形告訴我：「因為院長說不能過於活動，所以我決定搭臥鋪直接回東京。」我對他這種突如其來的決定感到驚訝。

28

「為什麼突然想出院呢？」我不得不如此問道。三澤在回答我之前，直盯著我看。我感覺他是想從我的表情，讀出我的心思。

「沒什麼特別的理由，我認為還是出院比較好……」三澤除此之外，什麼都沒說。我也只能保持沉默。兩人相對而坐，比平常更沉悶。因為護士已經回去，病房內顯得特別冷清。三澤原本盤腿坐在墊子上，突然像倒下般仰躺下去。然後翻動眼睛，看著窗外。窗外和平日一樣，湛藍的天空中，耀眼的陽光散發著熱氣。

「喂！」他不久說道：「你經常提起那個人。那個人有錢嗎？」

我本來就不可能清楚岡田的經濟狀況。一想到省吃儉用的阿兼，更不想從嘴巴講出「錢」這個字。不過，昨天我已經覺悟了，為了讓三澤出院，決定不厭其煩去周旋。

「因為很節儉，應該有點積蓄吧！」

「可不可以幫我借一點錢？」

我認為他是為了辦理出院，在支付住院費方面有困難，所以向他確認不夠多少。然而，實際情形卻出乎我的意料。

「這裡的花費和回東京的費用，我好歹還夠。如果只是這些事的話，就不必麻煩你。」

雖然他不是出生大財主家的福報者，卻是獨生子。光是這一點，他就比我們自由多了。而且他母親和親戚託他到京都購物，因為碰到新同伴而坐過站到大阪來，那些多出來的錢也還沒用掉。

「那麼，你是預防萬一才想借錢嗎？」

「不是。」他急忙說道。

「那是做什麼用呢？」我質問道。

「做什麼用，就隨便我。你只要幫我借錢就好。」

我又生氣了。他簡直把我當成外人看待。我憤怒地默不吭聲。

「不要生氣啦！」他說：「不是要隱瞞什麼，因為我討厭好像特意要吹牛般講些和你無關的事，才不打算讓你知道。」

我依然默不吭聲。他躺著仰看著我的臉。

「既然這樣，我就說吧！」

「我還沒去探望那女人。對方當然也不會等著我去看她，在人情上我並不是非去探望不可。但是，我不知為何總覺得那女人之所以病得那麼重，都是我害的。這個感覺一直揮之不去。因此，我始終認為無論兩人當中誰先出院，我都想在出院前再見一面。不是探病，而是道歉啦！做出那種過意不去的事，只想向她說一聲抱歉。不過，光只是道歉也不行，才想拜託你借錢。但是，假如你不方便的話也不要勉強。總可以想出辦法來，大不了打電報回家呀。」

29

事到如今，我有必要去見岡田一面。我要三澤稍候一下，先不要打電報回家，然後就晃出醫院大門。因為岡田上班的公司，和三澤的病房正好反方向，從他房間的窗子看不到。不過路程並不遠，儘管如此，由於是大熱天，走著走著，我已經汗流浹背。

岡田一看到我，彷彿碰到許久未見的人，大聲喊道：「哇！好久不見了。」然後把經常在電話中講的那一些客套話又重述一遍。

現在，我跟岡田交談時都會稍微鄭重些，若是以前的話，根本毫無顧慮。記得那時候，我曾幫他融資過一些小錢。為了鼓舞自己的勇氣，我還故意喚起當時的記憶。他什麼都不知情，站起來開朗地說道：「二郎，我的預言怎麼樣？」接著又說：「我不是說過，在一週內會發生讓你感到驚訝的事嗎？」

我開門見山地先把重要的事講出來。他露出意外的神情聆聽，聽完後立刻一口答應道：「可以啊！這點錢不管如何也湊得出來。」

因為他口袋裡本來就不會帶那麼多錢，於是問道：「明天好不好？」我直接了當說：「如果可以的話，希望今天就能拿到。」看起來他有些為難的樣子。

「那麼，沒辦法得讓你麻煩，我寫一封信，你拿回家交給阿兼好嗎？」

我原本想盡可能避免和阿兼直接交涉這件事，但是這種狀況下也無可奈何，我把岡田寫的信放進懷中，前往天下茶屋。阿兼一聽到我的聲音，立刻跑到樓梯口，驚訝說道：「天氣這麼熱，實在是……」然後，重複二、三次：「請進、請進。」

信。

我站著婉拒道：「因為有急事。」把岡田的信交給她。阿兼雙膝跪在樓梯口，打開

「實在不敢當，讓您特地跑一趟。那麼，我立刻陪您一起去。」話一說完，就走入屋內。從屋內傳來小衣櫃扣環的聲響。

我和阿兼一起搭著電車到終點站後才分手。「那就等會兒見。」阿兼邊說邊撐開傘。我又雇人力車返回醫院。我洗把臉，擦拭一下身體，然後和三澤聊天當中，我所等待的阿兼把我叫到醫院門口。阿兼從腰帶中抽出銀行的存款簿，把夾在存款簿的鈔票放在我手上。

「請您點一下。」

我形式上點了一下，致謝道：「確實無誤。——這種大熱天，實在太麻煩妳了。」實際上，阿兼因為來去匆匆，額頭上美人尖兩側都被汗珠浸濕了。

「怎麼樣？上樓涼快一下吧？」

「不，今天很忙，這就告辭。請向病人問安。——不過，康復就趕快出院。——有時候我先生也非常擔心，聽說也常打電話關心。」阿兼邊說著客套話，邊撐開那把淡黃色陽傘就回去了。

30

我突然咳了幾聲。手中握著鈔票，飛也似地跑到三樓。三澤比平日顯得更坐立難安。他才剛點燃的香菸，突然又放在菸灰缸裡，連說「謝謝」都沒有，就從我手中把錢接過去。我提醒他點一下收到的金額，並問道：「這樣可以嗎？」他只回了一聲「嗯」而已。

他直盯著「那女人」病房的方向看。由於時間的關係，看不到任何一雙來探病者的草履脫放在走廊邊。平常就很安靜的病房，此時顯得更寂靜。那個漂亮護士依然靠著柱子，正在讀閱產婆學之類的書。

「那女人好像在睡覺吧？」

他一邊想找走進「那女人」病房的好時機，一邊又怕妨礙她的睡眠。

「也許正在睡覺。」我也如此認為。

不久，三澤低聲說：「可不可幫我去問那護士，現在方不方便？」因為他還不曾和那護士交談過，所以這個任務非得要我去完成不可。

護士露出像似驚訝又像似好笑的表情看著我。不過，她立刻知道我的態度是認真的，就走進病房。不到二分鐘又笑著走出來。然後，她說因為病人現在心情很好，所以願意見探望者。三澤一聲不響地站起來。

他既不看我，也不看護士，默默站起來很快就消失在「那女人」的病房裡。我坐在原來的位子，呆呆地目送他的背影。直到看不到他的身影，還是凝視著那個地方。護士表現得很冷淡。她的唇角帶著一抹輕蔑的微笑看我一眼，依舊靠著柱子，翻開膝上那本書默默讀起來。

病房內，仍和三澤進去前一樣，都是靜悄悄的，聽不到談話聲。護士有時不意抬起頭，往病房內看一眼。不過，並沒有對我使任何眼神，立刻又將目光落在書本上。

我曾在傍晚聽到三樓有像是蟲鳴的清脆聲，不過白天倒是不曾聽過喧鬧的蟬鳴聲。只有我一人獨坐的病房裡，雖然有明亮的陽光照射進來，卻比半夜還更安靜。這種有如死亡般的寂靜，反而讓我的神經焦躁不堪，我不耐煩地等待三澤從「那女人」的病房走出來。

不久，三澤慢吞吞地走出來。我的耳裡傳來當他跨過門檻時，面露微笑對護士說「打擾了。妳很用功啊！」的寒暄。

他故意把草履的聲音弄得響亮，一進自己的病房，就說：「終於結束了。」我問道：「怎樣？」

「終於結束。已經可以出院了。」

三澤只是重複同樣的話，其他則是三緘其口。我也不好再追問下去。總之，我認為趕快辦理出院手續才對，就開始動手收拾那些凌亂的東西。三澤當然也沒閒著。

31

兩人雇車離開醫院。三澤的車伕拉著前方的舵柄，跑得未免太猛太快，我正想大聲制止。三澤轉過頭，搖搖手，示意「沒關係、沒關係」，我就不再提醒車伕注意。抵達旅館時，他雙手扶在靠河的欄杆上，凝視眼下的大河流。

「怎樣？心情不好嗎？」我從後方問道。

「在回到這裡眺望這條河流之前，我簡直把這房間忘得一乾二淨了。」

他如此答道，依然面向河流。我不去管他，逕自盤腿坐在麻布坐墊上。由於等得不耐煩，從袖袋中拿出敷島牌香菸出來抽。香菸抽到剩下三分之一時，三澤終於離開欄杆，坐在我面前。

「在醫院的日子，感覺好像才昨天、今天的事，仔細一想，也有一段時間了。」

他說著，扳起手指頭在數天數。

「三樓的情景暫時還不會從你的腦海中消失吧！」我看著他的臉。

「想都想不到的一個經驗。也許是有某種因緣吧！」三澤也看著我的臉。

他拍手叫女傭，幫他訂購今晚的急行臥鋪火車票。然後拿出懷錶，看一下用過晚餐後，還剩多少時間。不習慣受拘束的兩人，一會兒都躺下去了。

「那女人的病會好嗎？」

「這個嘛，說不定會好吧……」

女傭把我們要的水果放在鉢子內，爬樓梯端上來，「那女人」的事就此被打斷。我躺著吃水果。他只看著我的嘴，什麼話都沒說。最後，好像病人般說了一句：「我也想吃啊！」我從剛才就看他一副悶悶不樂的模樣，所以就勸他：「沒關係、吃沒關係啦！吃啦、吃啦！」幸好三澤忘記那一天我阻止他吃冰淇淋的事。他只是露出苦笑，把頭轉過去。

「不管怎麼想吃，明知道對身體不好卻硬要吃，變成像那女人的情形就很糟糕。」

他好像從剛才就一直在想「那女人」，現在應該也還在想「那女人」的事。

「那女人還記得你嗎？」

「記得。上次見面，我一直灌人家酒啊！」
「很恨你吧？」
這時候，一直把頭向著一旁說話的三澤，突然把頭轉回來，從正面看著我。我察覺到他的變化，立刻露出認真的神情。不過，有關他進去病房時，和那女人交談些什麼，他終究沒吐露半句。
「那女人說不定會死。如果死了，再也沒有見面的機會。萬一痊癒的話，也是不再有見面的機會吧！多麼奇妙。假如說這就是人和人之間的聚散，好像有些誇張，不過從我看來，已經有實際聚散的感覺。那女人知道我今晚要回東京，笑著說『請多保重』。我總覺得今晚在火車上，會夢見她那寂寞的笑容。」

32

三澤只如此說道。看起來他都還沒做夢，眼前就已經浮現「那女人」的寂寞笑容。我非常清楚三澤性格中的多愁善感，不過僅只是那樣的關係，他卻對「那女人」如此心動，真是叫人感到懷疑。我想詳細問三澤在和「那女人」告別時，到底說了什麼話，雖然我想辦法套他話，卻一無所獲。而且，看起來他的態度就像不願把自己珍惜的東西分給別人一半，因為怕自己會少一半。這讓我愈來愈覺得怪異。

「差不多該走了吧？夜行快車很擁擠。」我終於對三澤催促道。

「還早啦！」三澤給我看錶。原來離火車出發的時間，還有二個小時多。我已經決定不再問起「那女人」的事，也盡可能不提起醫院，只躺著跟他聊些茶餘飯後的事。雖然他也如常地回應我，可是很不起勁，看來好像有什麼心事。儘管如此，他也沒離席。最後，他只是默默眺望大河的水流。

「你還在想什麼？」我故意大聲叫道。三澤驚訝地看著我。通常在這種情形下，他肯定會露出像在說「你這個笨蛋」般的表情，輕蔑地瞥我一眼。然而，這時候絲毫看不到他有那種神情。

「嗯，我在想事情。」他輕輕說道。「我在猶豫到底跟你說好呢？還是不要說好呢？」

那時候，我聽他講了這種莫名其妙的話。而且，他所講的事竟然和「那女人」沒有直接關係，我感到更意外。

他說距今五、六年前，父親作媒把朋友家的女兒嫁給另一個朋友家的兒子。這個小姐很不幸因為一些糾葛，不到一年就離開夫家。不過，因為一些複雜的事情，無法立刻回娘家。因此三澤的父親基於媒人的道義責任，暫時把小姐收留在自己家中。——三澤都稱這個已婚女子「小姐、小姐」。

「那小姐可能是過於擔心害怕，精神上呈現些許異狀。但是不是很清楚她是來之前，還是來之後才變成這樣。總之，家人發現這毛病是在她來之後不久。我想肯定是原來精神就有異狀，可是乍看之下，絲毫看不出來。她總是沉默不語、鬱鬱寡歡。可是，這小姐……」

三澤說到這裡，有些躊躇。

「雖然那小姐講話怪怪的，可是我每天外出時，一定送我到玄關。無論我怎麼躲躲藏藏想偷溜出去，她也一定送我出門。而且，必定會叮嚀說『早點回來』。假如我回答『好，會早點回來，乖乖在家等』之類的話，她就點點頭。假如我默不吭聲，她就會再三重複『早點回來』。我在家人面前感到很不好意思，卻也無可奈何。我非常同情那小姐。因此，縱使外出也會惦記著早點回家。一回到家，還一定得先到她身邊，說聲『我回來了』。」

三澤講到這裡，又看一下錶。

「時間還夠。」他說。

33

那時候，我以為那小姐的故事到此就要被打斷了。幸好時間足夠，我都還沒開口說話，他又繼續講下去。

「我家人很清楚那小姐精神上有異狀，所以還好。但是不知不覺中，就如剛才所說，家人對於我對那小姐的露骨表現，非常傷腦筋。父母親都愁眉苦臉，廚房的傭人暗中嗤笑。我實在沒辦法，我打算當那小姐把我送到玄關時，狠狠發一頓脾氣，可是二、三次回頭看，一打照面就覺得她很可憐，別說發脾氣，就連冷漠的話都說不出口。那小姐是一個臉色蒼白的美人。濃黑的眉毛下，有一雙烏黑的大眼睛。她的黑眼珠始終都像在眺望遠方的夢境般恍惚和水汪汪，而且眼神中流露出無依無靠的悲涼。我回頭想發脾氣，看那小姐跪坐在玄關，一雙黑眼珠看著我，彷彿在訴說她的孤獨。每次一看到這種情形，總覺得小姐好像拉住我的衣袖向我說『我獨自這樣活下去，實在太孤單了，救救我吧！』——就是那雙眼睛。就是那烏黑的大眼珠這樣對我訴說。」

「她愛上你了吧？」我忍不住向三澤問道。

「那個嘛，因為是病人，誰都不知道是愛還是病。」三澤答道。

「人家說的花痴，是不是就這樣子呢？」我又問三澤。

三澤露出厭惡的表情。

「人家說的花痴，不是到處招蜂引蝶嗎？那小姐只會送我到玄關，只會對我說『早點回來』，所以不是啦！」

「是嗎？」

我這種回答，實在太掃興了。

「我不管那是生病還是什麼都無所謂，我認為小姐是喜歡我。至少我這方面想要這樣解讀。」三澤凝視我說道。他臉上的肌肉顯得緊張。

「不過，事實好像並不是這樣。小姐的前夫不知道是一個浪蕩子，還是一個善於交際的人？還在新婚時就經常不在家，或是深夜才回來，讓小姐傷心焦慮。但是小姐一直忍受，不曾向丈夫訴說自己心中的苦楚。當時發生的事情仍然留在腦海中作祟，即使離婚後也想對丈夫說的事，因為生病的關係，才會轉而向我說。——但是我不願意相信是那樣。縱使強迫我，我也不願意相信是那樣。」

「你喜歡那小姐到這種程度嗎？」我又問三澤。

「我是喜歡她。她病得愈重，我愈喜歡她。」

「那小姐，——後來呢？」

「死了。住進醫院時。」

我沉默不語。

「你勸我出院那一晚，我算一算，正好是小姐第三年的忌日，光是為這事，我就想回去。」三澤說明自己出院的動機。我還是沉默不語。

「啊！最重要的事給忘了。」這時候，三澤叫道。我不禁反問道：「什麼事？」

「『那女人』長得實在很像小姐。」

三澤的嘴角露出一抹微笑，看起來像似在說「你明白了吧」。之後，兩人雇人力車直接趕到梅田車站。車站內等待急行車的客人已經擠得滿滿。兩人走過橋到對面，等上行列車。不到十分鐘，列車就隆隆駛過來了。

「再見。」

我為了「那女人」，也為了「那小姐」，緊緊握住三澤的手。他的身影隨著列車的鳴聲，很快消失在黑暗中。

哥哥

1

我送走三澤的翌日，又不得不前往同一車站去接母親和兄嫂。

對我來說，這幾乎是想像不到的事。從一開始費盡苦心到最後順利達成，都是岡田一手促成。他向來最喜歡賣弄手腕、炫耀成果。他故意打電話先告訴我「最近有讓人驚訝的事」。不久，阿兼來旅館找我告訴我詳情時，我確實感到驚訝。

「來做什麼呢？」我問道。

我從東京出發前，聽母親提起她在郊區有塊地，剛好被畫入設置新電車的路線內，所以政府打算要徵收，我勸母親：「那就把賣地得來的錢，在今年夏天帶著全家去旅行呀！」母親笑著說道：「二郎又要出怪點子。」母親以前就說過，假如有機會想到京都、大阪看一看。也許錢剛好入袋，經岡田的勸誘，所以就搞出這麼一個大計畫吧！即使是這樣，岡田到底以什麼方法勸誘母親呢？

「也沒什麼了不起的想法，我只是想回報以前在府上所受的照護，才會促成那件事。」

阿兼所說的「那件事」就是那樁親事。不過我認為母親再怎麼喜歡阿貞，也不至於為她千里迢迢跑一趟大阪。

那時候，我的荷包都快空了，後來還為三澤向岡田借了若干金額。姑且不論其他目的，母親和兄嫂此行，對於填補我的不足，可以說是一陣及時雨。我想岡田肯定知道這件事，才會爽快借錢給我。

我和岡田夫婦一起來到車站。三人在等待火車當中，岡田說：「怎樣？二郎有沒有大吃一驚呢？」同樣的話，我不知道聽他講過多少次，所以實在回答不出來。阿兼對著岡田說：「最近，你一直很自鳴得意。二郎已經聽膩了。」然後看著我，好像道歉般又補上一句：「你說是不是？」我從阿兼溫柔的言行舉止當中，感受到一種藝妓般的媚態，回答時突然變得很失態。阿兼裝作不知道，向岡田說道——

「好久沒見到夫人，應該變了很多吧！」

「前陣子見面時，阿姨還是跟以前一樣。」岡田回答。

岡田稱我母親為阿姨，阿兼則稱夫人，我聽起來挺怪的。

「我一直都在她身邊，所以不知道是變還是沒變？」我回答後就笑了。這時候，火車已經到站了。岡田說已經為他們三人訂好旅館，車伕會直接把他們送到南邊。我呆呆坐在人力車上，對於岡田經常做出一些讓人意外的事而驚訝。說起來他突然到東京，有如搶親般把阿兼帶走，無疑也是讓我感到意外的驚人之舉。

2

雖然母親投宿的旅館不大，但比起我住的地方高級多了。房間內，有電扇、有中國風的桌子等，特別是那張桌子旁還配備電燈。哥哥立刻在桌上的電報箋紙上，寫上「已抵達大阪」，接給女傭。岡田從袖袋中拿出三、四張不知什麼時候準備好的風景明信片，說是已經分別寫上收信人是姨丈、阿重、阿貞，分給大家後道：「每個人寫一句話吧！」

我在寄給阿貞的明信片上，寫上「恭喜」。母親隨後寫上「早日康復」，我大吃一驚。

「阿貞生病嗎？」

「其實，因為有那樁事，又碰到這次的好機會，本想帶她一起來，她也已經做好準備，沒想到壞肚子了。太遺憾了。」

「還好不太嚴重，已經可以喝粥了。」嫂嫂在一旁說道。嫂嫂手中拿著要寄給父親的明信片，正在思索。「姨丈是一個風雅的人，寫首和歌挺不錯呀！」岡田建議道。「我哪寫得出和歌呢？」嫂嫂婉拒。因為岡田在寄給阿重的明信片上，細心又恭謹地寫上：「無法聽到你道人長短，很遺憾。」哥哥就取笑他：「看起來將棋的棋子又在作怪了[1]。」

寫完明信片，閒聊一陣子後，岡田和阿兼就說改天再來，母親和哥哥留不住，夫婦倆就回去了。

「阿兼已經是十足的太太模樣了。」

「想起她到我們家送和服時的樣子，完全不一樣了。」

母親和哥哥在評論阿兼的話語背後，隱含著「自己已經老了」的淡淡哀愁。

「阿貞不也是快了嗎？媽媽。」我插嘴說道。

「是啊！」母親答道。母親心中似乎也在惦記著還沒有對象的阿重。哥哥轉頭看著我，問道：「聽說因為三澤生病，結果哪裡也沒去嗎？」我答道：「是啊！逗留在這意想不到的地方，哪裡也沒去。」我和哥哥日常對話的遣辭用語照例都有所區隔[2]。除了我們年齡上的差別，父親是老派人物，想把長子栽培成為家中最有權力者也是原因之一。雖然母親偶爾也會在我的名字後面加上「桑」，稱我是「二郎桑」，我相信那只不過就是託哥哥「一郎桑」的福罷了。

1　阿重曾經取笑過岡田的臉型好像將棋的棋子，見〈朋友〉第七節。

2　此處是指哥哥對二郎講話使用常態語，而二郎對哥哥講話則是使用敬語。

大家只顧閒聊，忘記換穿浴衣。哥哥站起來，把漿得硬硬的浴衣披在肩膀上，並催促我：「你也穿吧？」嫂嫂把浴衣遞給我，問道：「你到底住在哪裡？」母親走出欄杆邊，悶悶不樂眺望眼前一道高大的塗漆牆，並向我問道：「房間還不錯，就是有點陰暗。二郎的房間也這樣嗎？」我走到母親身邊，往下俯視。下方有一個漿衣板般的細長形院子，細竹子長得稀稀疏疏，石頭上擺著生鏽的鐵燈籠。石頭和竹子都被水灑得濕淋淋。

「雖然狹窄，還挺講究。不過我住的地方有河。」

「哦！哪裡有河呢？」母親的話剛說完，哥哥和嫂嫂都說想換成可以看見河的房間。我說明一下我住的旅館方位和地理位置，最後還是決定我先回去收拾行李，再返回這裡。於是，我就離開旅館。

3

那天傍晚，我回到旅館結清帳單，就搬去和母親、哥哥住在一起。看起來他們三個人用餐時間晚了些，膳桌還擺著，哥哥正在用牙籤。我想邀他們出去散步，母親說累了，不想去。哥哥覺得麻煩。只有嫂嫂好像很想去。

「今晚就算了吧！」母親阻止道。

哥哥躺著跟我閒聊。聽他的口氣好像對大阪很清楚。不過一問之下，他所知道的只是天王寺、中之島、千日前[3]等一些地理上的知識而已，根本就像做夢般極為籠統含糊。

不過，實際上哥哥好像還記得一些片斷，諸如「大阪城城牆的石頭真的很大」、「爬上天王寺的塔上俯視，讓人頭昏目眩」等情景。其中，我聽來最有趣的事，就是他以前住宿過的旅館的夜景。

「從一條窄窄通路的轉角，走到有欄杆的地方，就可以看見柳樹。屋舍櫛比鱗次，緊密排列，可是相當寧靜，從窗子眺望，長橋有如繪畫般充滿情趣。從上方駛過的車聲，聽來頗愉快。不過，旅館接待客人不親切又到處髒兮兮，還真傷腦筋……」

「那到底在大阪的什麼地方呢？」嫂嫂問道。但是哥哥根本完全不知道，連方位都不知道。這就是哥哥的特色。他的毛病就是對於事情的片斷有驚人的記憶，總

3 天王寺位於大阪市南部，內有四天王寺。中之島為大阪市中心地，政府機關、公會堂、公園、大阪朝日新聞社都在此。千日前為大阪的鬧市。

是記得一清二楚，卻會完全忘記事情發生的場所和年月。縱使如此，他也蠻不在乎。

「不知道在什麼地方，真是無趣呀！」嫂嫂說道。哥哥和嫂嫂常為這種事意見不合。哥哥心情好的時候也就算了，可是恰巧碰到不開心時就很麻煩，這種事經常發生。母親清楚這種情形，於是說：「哪裡都無所謂，應該不只這些吧！繼續說下去。」哥哥把話先說在前頭：「這些對媽媽和阿直都是一些無趣的事。」然後，又對我說：「二郎，你住在二樓時覺得有趣吧？」不用說，這就變成我得獨自一人負起聽哥哥說話的責任。

「怎麼樣？」

「夜裡，獨自醒來，發現一輪明月升起，月光照在青柳樹上。我就躺在床上觀賞，突然從下方傳來一聲『啊』的叫聲。可能因為萬籟寂靜，那聲音聽來特別響亮。我趕緊起來，走到欄杆旁往下看。只見對面柳樹下有三個赤裸的男人，輪流舉起一塊壓醃蘿蔔的大石塊在比賽。之所以發出一聲『啊』，那就是使力要舉起大石頭時的聲音。三個人非常熱衷又專注，可能因為過於專注，誰都沒開口說話。我看到皎潔月光下，默默移動的裸體身影，有一種奇妙又不可思議的感覺。不久，其中一人拿起一根像似扁擔的棍子開始旋轉……」

「聽起來不就好像《水滸傳》的趣味嗎？」

「從那時候起，這件事模模糊糊留在我腦中。如今回想，簡直就像一場夢。」

哥哥喜歡回憶這種事。不過，母親和嫂嫂都無法理解這些事，只有我和父親才懂其中的趣旨。

「那時候，覺得在大阪有趣的事只有這件而已。但是一回想起來，又覺得根本不像大阪。」

我想起從三澤住的醫院三樓往下俯視的那一條漂亮的狹窄小路。我也想像哥哥所看到的舞棍者和大力士，不正是在那種街道上的年輕小伙子嗎？

岡田夫婦依約，今晚又來探訪。

4

岡田特地在家裡製作一份頗為周詳、應該可以稱為遊覽目錄的表，來給母親和哥哥看。那份表做得實在太仔細，母親和哥哥不禁驚嘆：「哇！」

「大家還要逗留幾天呢？我會依據情況再做出行程表。這裡和東京不一樣，只要一離開市區就有很多可以觀光的地方。」

岡田的言談之中，多少帶有些不滿意，同時也看得出得意的神情。

「在一旁聽您講話，簡直就像很以大阪自豪呀！」

阿兼笑著如此說道，提醒一本正經的丈夫注意。

「不是，不是自豪。不是自豪……」

岡田一經提醒，變得更是一本正經。那樣子看起來有些滑稽，逗得大家都笑出來了。

「過了五、六年，岡田完全一派大阪風呀！」母親開他玩笑。

「雖說如此，東京話倒也都沒忘記，不是嗎？」哥哥接著也開始挖苦道。岡田看著哥哥，說道：「好久不見，一見面就讓人招架不住。東京人的嘴巴果然很厲害。」

「岡田，何況他又是阿重的哥哥哪。」這次我也開口。

「阿兼，妳也來助陣啊！」岡田後來如此說道。然後，就把剛才那張放在母親前面的行程表拿起來，邊收進袖袋內，邊故意裝出生氣的樣子說：「真是愚蠢啊！費了好大功夫卻被人家拿來取笑。」

鬧過一陣玩笑後，果然如我所預料，母親把話題轉到佐野。母親一改剛才的口吻，鄭重其事地向岡田說：「這次麻煩你很多。」岡田則是以裝模作樣的言詞說

「實在還有做得不夠周到的地方」之類的客套話。就我看來，雙方都有些誇張其事。接著，岡田又說：「現在正是好時機，希望您們能夠親自和當事人會面。」於是，就開始商討會面事宜。看起來哥哥可能覺得自己不加進去討論，在人情上說不過去。他邊抽菸邊和母親、岡田談起來。我心想假如讓臥病在床的阿貞看到這種情形，她究竟會感謝呢？還是認為多管閒事呢？同時，我又聯想到三澤在臨別時，所提起的那個還留在我腦海中，精神異常而美麗的「那小姐」的不幸婚姻。

雖然嫂嫂和阿兼交往並不親密，但由於都是年輕少婦，從剛才兩人就在交談。不過，可能彼此都不了解對方的性情，雙方都很客氣，講得很不搭調。嫂嫂生性沉默寡言，阿兼則是殷勤又親切。阿兼講十句話，嫂嫂只說一句。而且每當話題一講完，阿兼一定又趕快提供新話題。最後講到孩子，這下子嫂嫂突然占優勢，她津津有味地聊起小獨生女的種種日常。阿兼對嫂嫂囉哩囉嗦的敘述，表現出很敬佩在聆聽的模樣。實際上，根本就是漫不經心。只有那句「一個人在家裡啊？」才像由衷說出來的話。「因為她跟阿重很親啊！」嫂嫂答道。

5

母親和哥哥、嫂嫂逗留的天數意外地少。他們預定在市區玩二、三天，郊區玩二、三天，還不到一星期就要回東京。

「至少再多留幾天也好，難得出來一趟。以後再來，也不是一件容易的事，懶得出門嘛！」

雖然岡田如此說道，母親逗留期間，當然不容他不去上班，所以他也沒閒工夫每天帶著大家到處玩。看起來母親也很惦記著東京家裡的事。若讓我來說，母親和兄嫂在一起就已經是一個奇怪的組合。按照正常的情況下，也有二、三種組合，譬如：應該父親和母親一起來，或是哥哥和嫂嫂相偕出門避暑。假如為了阿貞的婚事，應該等當事人康復後，父親或母親帶她來，早日把事情處理才對呀！我從一開始就不懂，怎會有這種怪組合呢？看起來母親心裡也有數。不僅是母親，連哥哥、嫂嫂好像也察覺到了。

和佐野見面的經過，行禮如儀地結束。母親和哥哥都向岡田致謝。岡田回去後，兩人對佐野沒有任何批評。應該可以解釋為婚事底定，不容有任何批評。已經談妥年底結婚，佐野會選好日子到東京來舉辦婚禮。我對哥哥說道：「雖然這樁喜事順利進行中，可是當事人完全不清楚，真有趣。」

「當事人當然知道。」哥哥答道。

「她會很高興啦！」母親掛保證。

我一句話都沒說。過了一會兒，我才說：「不過，日本的女人也沒勇氣自己來進行那種事吧！」哥哥默不吭聲。嫂嫂露出驚訝的表情看我。

「不只是女人。縱使是男人，如果自己胡亂進行這些事，也是挺傷腦筋。」母親提醒我。哥哥立刻說道：「索性就那樣做，也許還不錯。」可能他的語氣過於冷淡吧！母親擺出不高興的臉色。嫂嫂又露出驚訝的表情。不過，她們兩人什麼話都沒說。

過一會兒，母親終於開口說道：「不過，光是阿貞的婚事底定，媽媽就感到非常高興，再來只剩下阿重。」

「這也是受父親庇蔭。」哥哥答道。母親並沒察覺到哥哥說這話時，嘴唇掠過一絲諷刺味。

「肯定全都是父親的庇蔭啦！就和岡田現在的情況一樣。」看起來母親非常滿意的樣子。

可憐的母親，至今還相信父親在社會上還像以前一樣有權有勢。哥哥到底是哥哥，早就看清楚從社會上退隱下來的父親，連有從前一半的影響力都很難了。

我和哥哥的意見相同，所以不禁有種全家聯合起來欺瞞佐野的感覺。不過另一方面來說，一開始我腦海中就有「瞞著佐野應該比較好」的想法。

總之，見面已經圓滿結束了。哥哥說熱得頭很不舒服，建議早些離開大阪。我當然是贊成。

6

實際上，當時的大阪相當熱，特別是我們投宿的旅館更熱。由於庭院狹窄、圍牆高，雖然陽光無法照射進來，不過因此通風就很差。有時候，溼氣很重的茶間悶熱到有如被四周的爐火烘烤一樣。我整夜開著電扇「嘎啦嘎啦」響，甚至還被母親責罵說是「只會做些愚蠢事，感冒怎麼辦」。

我贊成哥哥離開大阪的意見，心想如果有馬[4]涼爽些，對哥哥的頭應該比較好吧！當時我還不知道那是有名的溫泉地。我把曾經聽來的事講給大家聽——聽說有車伕在舵柄繫一條繩子，繩子另一頭綁著一條狗，讓狗幫忙拉上坡路。因為天氣太熱，狗想喝溪流的清水，車伕就會怒氣沖沖拿起竹棍，狠狠地把狗痛打一頓，狗就會痛苦地邊呻吟邊拉車。

「我可不要坐那種車，太可憐了。」母親皺著眉頭說道。

「為什麼不給牠水喝呢？怕耽誤時間嗎？」哥哥問。

「聽說途中給牠水喝的話，狗就會累到不肯動。」我回答。

「喔，為什麼？」這次是嫂嫂覺得奇怪而問道。不過，我也無法回答。

雖然有馬行不是因為狗而取消，但終究未成行。想不到哥哥竟然提議到和歌浦[5]。那是我早就想去看一看的名所。母親也說從她小時候，就對這地名有一種親切感，立刻就同意。只有嫂嫂，看起來像是去哪裡都無所謂。

哥哥是學者，又有見識，還帶有詩人般的純真氣質，是一個天生的好男人。不過，因為是長子，總有些任性。就我看來，只能說他比一般長子還要嬌生慣養。他不僅對我，對母親和嫂嫂也一樣，心情好的時候出奇地好，一旦不高興，幾天都會擺著臭臉，故意不說話。然而，一到人前，簡直判若兩人，縱使發生什麼事也會保持紳士風度，真是完美的好夥伴。因此，他的朋友全都相信他是一個穩重的大好

---

4 有馬為神戶有名的溫泉鄉。

5 和歌浦為和歌山市的海岸名勝地，自古為和歌所歌詠之名所。

人。每當父親或母親聽到這種評價，總會露出意外的表情。不過，終究是自己的孩子，他們看起來還是喜孜孜的樣子。當我和哥哥起衝突時，一聽到那種評價，無名火就起來。恨不得跑到那些人家裡，一個一個地去糾正他們對哥哥的錯誤觀念。

我認為母親對於和歌浦之行馬上贊同，其實是因為她太了解哥哥的脾氣。母親長久以來對自己兒子驕縱的結果，就是如今不得不甘於碰到任何事情，都得在兒子面前跪求的命運。

我起身上廁所時，看見站在水盆旁發呆的嫂嫂，於是就問：「嫂嫂，怎麼了？最近哥哥的脾氣還好嗎？」嫂嫂只回我一句：「老樣子。」縱使如此，嫂嫂落寞的臉龐還是綻出一朵酒窩。她落寞而帶光澤的臉頰當中，綻放一朵寂寞的酒窩。

7

我想在離開大阪前，把岡田的債務還清。原本只要跟他講一聲，回東京後再還應該也無所謂，可是我總覺得這種人的錢，還是儘早還清比較好。因此，我趁著旁邊無人時，求母親幫忙想辦法。

母親很重視哥哥，當然打從心裡疼愛他。不過，可能因為是長子，也可能因為哥哥脾氣捉摸不定，總覺母親對哥哥有些地方顯得有些客氣。縱使要提醒他一些瑣事，從一開始就得擔心儘量不要惹他生氣。但是母親對我的方式簡直就像對待小孩子。譬如：「二郎，怎有那種做法呢？」不容我分說劈頭就開罵。不過有時候母親疼愛我更勝哥哥。我記得她常瞞著哥哥偷偷給我零用錢，或在不知不覺中就把父親的衣服改給我穿。母親的這些舉止，讓哥哥非常不滿意，經常一點點小事就會惹得哥哥不高興，因此，開朗的家庭裡經常充滿沉悶的氣氛。母親時常緊皺眉頭，對我私下說道：「一郎的毛病又犯了。」有段時期，我很高興母親把我當成心腹，總是若無其事地說：「反正是老毛病，別理他。」後來我知道哥哥的個性不僅難以取悅，而且有一種「厭惡大、小事在私底下偷偷摸摸進行」的正義感。我為自己對哥哥所做出的膚淺批評感到羞恥。然而，很多事我公然請求哥哥答應，總是窒礙難行，所以一逮到機會我還是私下去討好母親。

母親一聽我為三澤去向岡田借錢的前因後果感到很驚訝。

「三澤怎能為那種女人花錢呢？三澤真是笨啊！」

「不過，三澤是一個有情有義的人。」我辯解道。

「什麼有情有義，媽媽無法理解你所說的那些事啦！如果同情她的話，空手去探望不也可以嗎？假如空手去不好意思，帶一盒糕餅去也算夠義氣了。」

我默不吭聲。

「好吧！就算三澤基於道義必須這麼做，也沒有你去向岡田借錢的道理吧！」

「那就算了。」我答道，站起來要走下樓。這時候，哥哥正在洗澡，嫂嫂借用下面的小房間在梳頭髮。房間內除了母親外沒有別人。

「等一下。」母親把我叫住。「我又沒說不給你呀！」

雖然母親沒說出來，話中彷彿有種「你哥哥一個人就夠我受了，你又何必來欺侮我這個老太婆」般的不安。我聽母親的話，又坐回原來的位子，覺得很不好意思，頭都不敢抬起來。我難堪得就像一個孩子似地，從母親的手中接過我想要的錢。母親壓低聲音，像往常般說道：「不要讓哥哥知道呀！」這時候，突然有一種難以形容的不愉快襲向我。

8

翌日清晨，我們理應往和歌山出發。我心想反正還會返回這裡，到時候把錢還給岡田也可以。不過，急性子的我不願意把已經用紙包好的錢放在身上。我預計那一晚岡田照例還會來旅館，暗自決定到時候悄悄地把錢還給他。

哥哥洗好澡，腰帶也沒繫，披著浴衣直接走到欄杆附近，把濕毛巾掛在那裡。

「讓你們久等了。」

「媽媽，妳要洗嗎？」我催促母親。

「我也要洗，不過你先去。」母親說完話，看著哥哥的脖子和胸部，誇獎道：「氣色很好，而且也比較長肉了。」哥哥生來就像瘦皮猴。家人都說是神經質所致，不吃胖點可不好。其中，母親最為焦慮。哥哥本身也像受罪般忌諱自己的瘦弱。儘管如此，卻怎也胖不起來。

我聽了母親的話，不禁同情起母親不得不以這種勉強的殷勤來慰藉自己兒子的心態。我比起哥哥長得結實多了。我站起來對母親說聲：「那我先去洗澡。」然後就下樓了。我往澡間隔壁的小房間窺探一下，看到嫂嫂已經梳好髮髻，一手拿著鏡子對著大鏡子前後對照，一手摸摸自己的髮鬢、髮包。

「已經梳好了嗎？」

「是呀，你要去哪裡？」

「正想去洗澡。我可以先去嗎？」

「趕快去吧！」

我邊泡澡邊想今天嫂嫂怎麼又梳圓形髮髻的大蓬鬆髮型呢？突然從澡池中，大聲喊：「嫂嫂、嫂嫂。」

「怎麼啦？」從走廊傳來回答聲。

「辛苦妳了，這麼熱的天氣。」我說道。

「為什麼？」

「為什麼，不是因為哥哥喜歡，妳才梳那種豔麗的髮型嗎？」

「才不是啦！」

然後，我清楚聽到嫂嫂沿著走廊上樓梯的草履聲。

檐廊前方的中庭，有一棵八角金盤的殘株。我邊眺望昏暗的院子前方，邊讓番頭[6]替我擦背。這時候，從入口沿著走廊又傳來響亮的腳步聲。

岡田穿著一身白色立領西服，從我面前走過。我不由得呼喊道：「喂，你、你！」

「哎呀！你在洗澡喔。太暗沒注意到。」岡田往後走回一步，窺看澡間，向我打招呼。

「我有事跟你說。」我突然說道。

「有事？什麼事？」

「反正你進來啦！」

岡田露出認真的表情問：「阿兼沒來嗎？」

我回答：「沒有。」岡田問道：「其他人呢？」我答：「其他人都在啊！」他好像覺得不可思議般問：「那麼，今天哪裡都沒去嗎？」

「出去又回來了。」

「其實，我也剛從公司下班。真是太熱了吧！——總之，我先去打個招呼。失陪了。」

岡田丟下這句話，也沒問我什麼事就上二樓去。不久，我也走出澡間。

9

那一晚，岡田喝了很多酒。他說原本打算一起去和歌浦，很不巧同事生病請假，無法依照預定計畫所以很遺憾，還不斷向母親和哥哥致歉。

「今晚就要告別了，請多留一會兒吧！」母親勸道。

我們家人都不太愛喝酒，沒人可以當他的酒伴。因此，大家說聲「對不起」

6 此處的「番頭」是指在澡堂為客人擦洗背的男子，亦稱「三助」。

都比岡田先用完餐。岡田也擺出一副「那我就不客氣」的模樣，獨自坐在膳桌前繼續喝酒。

他生來體力充沛，一喝酒則更活潑開朗。不管對方聽還是不聽，他毫不在意說些自己喜歡的事情，不時還放聲大笑。

岡田舉出大阪的財富在過去二十年之間增加多少，今後再過十年財富將會增加成現在的幾十倍等統計數字，看起來他非常滿意。

「比起大阪的財富，你的財富如何呢？」哥哥語帶嘲諷說道，岡田把手放在開始禿的頭上笑起來。

「我能夠有今天——這樣說好像有些自以為了不起。哎呀！總算還可以啦！這一切全是託姨丈和阿姨的庇蔭。別看我喝了不少酒，又東扯西扯，只有這件事情，我絕對不會忘記。」

岡田說著，還向一旁的母親和遠處的父親表達感謝之意。他是一個喝醉酒就會不斷重複說同樣事情的人。為了表達謝意，他以稍微不同的形式，講了好幾次。最後，他愈說愈激動，表示一定要請我父親吃灘方[7]的鯧魚。

我記得他還在我家當書生時，有一年元旦晚上，不知道去哪裡作客喝酒回來，把一隻長達三寸的紅色蟹腳放在父親面前，跪拜在地說：「謹獻上北海珍味。」父親頓時發怒道：「那是什麼東西？怎麼好像紅色漆器的文鎮呢？我不要，趕快拿走！」

岡田一直喝酒，也不回去。剛開始聽他講話還蠻有趣，漸漸大家都聽膩了。嫂嫂拿著團扇遮著臉，偷偷打哈欠。我終於不得不把他帶出去。我藉口去散步，跟他走了五、六百公尺。然後，我從懷中掏出錢還給他。儘管他收到錢時，已經醺醺，但還是頗為驚訝地說：「雖然不必急著現在還也沒關係，不過阿兼肯定很高興。謝謝。」他說完，就收進西裝的內袋裡。

街道上很安靜。我不由得仰望天空，夜空裡星光朦朧。我很擔心明天的天氣，這時候，岡田突然冒出一句：「實際上，一郎很難相處啊！」這句話喚醒我的記憶，記得以前我和哥哥下棋時，我不知講了一句什麼話惹得哥哥動怒，他竟抓起棋子往我額頭丟，弄得我們大吵一架。

「反正從那時候他就很任性。最近脾氣好多了吧？」他又說道。我只是含含糊糊回答。

「娶太太後，應該好很多。不過，太太應該也很辛苦，是不是？」

7 灘方為大阪市有名的料理店。

我還是什麼都沒回答。當我們走到十字路口告別時，「請向阿兼問候。」我只如此說道，就順著原路走回去。

10

翌日早晨，我們搭火車出發，在狹窄列車上的食堂用午餐。「服務生全是女生，而且都很漂亮，還圍著白色圍裙。記得一定要在車上用餐，好好看一下。」岡田如此提醒我，所以我很留意那些端盤子或端汽水的女生。不過，並沒發現長得特別標緻的女生。

母親和嫂嫂好奇地眺望窗外，很稱讚田園風光。實際上，窗外的景色對於剛離開大阪的我們，別有一番不同的情趣。特別是火車沿著海岸行駛時，綠松和藍海，讓被煤煙燻得很疲憊的眼睛映照出清爽的蔚藍。從樹蔭中忽隱忽現的屋頂瓦片排列方式，對東京人來說頗為稀奇。

「那很有趣啊！我還以為是寺廟，根本不是。二郎，原來是農民的住家。」母親特地指著一個比較大的屋頂要我看。

我在火車內，跟哥哥並坐在一起。哥哥不知道在沉思什麼，我心想哥哥的老毛病會不會又要發作？我猶豫是要稍微說些話，讓他心情變好，還是默不吭聲裝作不知道好呢？哥哥為某事發怒和思考某種深奧問題時，都是同一個樣子，我根本分辨不出來。

最後，我終於下定決心開口說話。因為坐在對面的母親，在和嫂嫂交談的空隙，偷偷看了一、二次哥哥的臉色。

「哥哥，有一件有趣的事。」我看著哥哥說道。

「什麼事？」哥哥問。哥哥的態度正如我預料般愛理不理的。不過，我早有心理準備。

「最近才從三澤口中聽來的事……」

我就說起那罹患精神病小姐如何遇人不淑，當她住在三澤家時，只要三澤出門，那小姐就會想念他，念念不忘叮嚀三澤要早點回家的事。我說到這裡，先停頓下來。沒想到哥哥竟露出興致勃勃的神情說：「如果是那件事的話，我倒是聽過。聽說三澤在那女人死去時，還在她冰冷的額頭上親吻一下。」

我非常吃驚。

「有那種事嗎？三澤對於親吻一事閉口不談。在大家面前嗎？三澤就這樣吻下去嗎？」

「到底在大家面前親吻，還是沒有人時親吻？那就不知道了。」

「假如是在沒人時親吻的話，照理說三澤也不可能獨自在那小姐屍體旁呀！」

「所以我不是說不知道了嗎？」

我默默地沉思。

「哥哥為什麼知道這件事呢？」

「從H那裡聽來的。」

H是哥哥的同僚，也是教過三澤的人。那個H又是三澤的保證人，彼此的關係算是深厚，可是他為什麼會把這種荒唐事告訴哥哥呢？連哥哥也不知道。

「哥哥，你為什麼直到今天都把這件事藏在心裡而不說呢？」最後，我向哥哥問道。哥哥臭著臉答道：「因為沒必要說。」我想更進一步追問哥哥時，火車已經抵達目的地。

11

一出車站，立刻就有電車正在等著。哥哥和我一手提著旅行袋，一手扶著母親和嫂嫂，急忙趕上電車。

電車裡只有我們四個人而已，所以還不發車。

「這電車可真悠閒呀！」我輕蔑地說道。

「早知道就把我們的行李都提上來也可以嘛。」母親轉頭望著車站的方向說道。

這時候，又有二、三人上車——有拿著書本像是學生的男子、手拿扇子像是商人打扮的男人。大家零零落落找位子坐下後，司機才開始轉動方向盤。

我們的電車轉進好像是城外廓的土牆邊的一條冷清、連綿不斷的狹窄街道，經過二、三個車站後，看見高大石牆下有一條護城河。護城河的水面上漂浮著滿滿的翠綠荷葉。綻開的紅花點綴在綠葉中，真叫人眼花撩亂。

「啊！這是古代的城哪。」母親感動地說道。母親的嬸嬸以前曾在紀州家[8]幫傭，因此讓母親的感慨更深。我猛然想起小時候經常聽到「紀州夫人、紀州夫人」那種封建時代的稱呼。

電車穿過和歌山市，在鄉間道路行駛一會兒，直接抵達和歌浦。精明幹練的岡田老早就提醒我記得去訂當地第一流的旅館，不巧避暑客太多，視野好的房間全客滿，我們立即要車伕繞到海岸邊，找到一家面海三層樓高旅館的樓上房間。

---

8 紀州家為德川幕府御三家之一，地位崇高。

雖然那是西南兩向敞開的寬敞房間，蓋得差不多就像東京很得人心的出租房間，就格調來說，根本無法和大阪的旅館相比較。二樓的大客堂是提供給不時而來的團體客使用，站在有如寺院大廳的空盪盪大客堂當中，眺望凹凸不平的廉價榻榻米，不禁覺得煞風景。

哥哥默默觀看大客堂上臨時隔間用的六扇屏風。由於受到父親的薰陶，他對於這些器具文物具有一定的鑑賞力。屏風上美妙的竹葉描繪得靈活又細緻。哥哥突然轉過頭喊：「喂，二郎。」

那時候，哥哥和我手拿毛巾，正打算到樓下去泡湯。我站在離他不到四公尺後方，看著他在眺望屏風上的竹子。我認為哥哥肯定要對屏風上的畫有所批評。

「什麼事？」我答道。

「剛才在火車上所談的事，就是那個三澤的事。你有什麼想法？」

實際上，我對哥哥的問題感到很意外。當我在火車上問他為什麼至今沒聽他說起那件事時，哥哥只是臭著臉回答「因為沒必要說」。

「親吻那件事嗎？」我反問道。

「不，不是親吻。那女人在三澤出去後會想念他，所以必定交代要早點回來那件事。」

「我認為兩件事都很有意思，但是總覺得親吻一事顯得更純真也更淒美。」

這時候，我們已經走到二樓樓梯的一半。哥哥突然停下腳步說：「你所說的話富有詩意。以看詩的眼光來說，那兩件事都很有意思吧！但是，我所說的並非如此，我要說的是更實際的問題。」

12

我不太了解哥哥的意思，默不吭聲地走下樓梯。哥哥也只好跟在我後頭走過來。我站在澡堂的入口，忽然轉頭向哥哥問道：「所謂實際問題，到底是什麼意思？我不太了解。」

哥哥焦急地說明。

「簡單說，那女人當真如三澤所想像般想念他嗎？還是因為想對前夫所說的話忍住沒說出口，但精神異常才會輕易說出來呢？我的問題就是——你認為是哪一種情況呢？」

對於這個問題，我剛開始聽到這種話時，也稍稍思考一下。不過，我終究無法理解到底是哪一種情況而放棄，不願意再費腦筋。因此，我對於哥哥的問題，並未提出任何說法。

「我不了解。」

「是嗎？」

哥哥說完話，還是沒走進澡堂，依然站在原地。我沒辦法只好裸著身子等他。澡堂比預料中還小，而且有些老舊。我先瞥了一眼昏暗的澡堂，又轉頭向哥哥說道：「哥哥，有什麼看法嗎？」

「不管怎樣，我也只能認為那女人對三澤有意。」

「為什麼？」

「問為什麼？我就是這樣解釋啊！」

兩人的談話並沒有做出結論，就進入澡池。從澡池起身，輪到婦女入浴時，夕陽灑滿整個房間，海面上有如熔鐵般燦爛閃耀。兩人為躲避夕陽，走進隔壁房間。在那裡，兄弟相對而坐，哥哥又把剛才那問題提出來。

「不管怎樣，我都是這樣認為……」

「嗯。」我只是乖乖地聽著。

「人啊！在普通的情況下，有很多事情因為顧慮世間的體面或道義，無論多麼想說也無法說出口，對嗎？」

「確實有很多。」

「不過，假如罹患精神病——如此說，好像包含所有的精神病，也許會被醫生譏笑——不過，一旦罹患精神病，不就變得非常放鬆了嗎？」

「那種病患也是有吧！」

「但是，假如那女人果真屬於這種類型的精神患者，那麼一切人世間的責任肯定會從那女人的腦海中消失。假如都消失的話，那麼心中一浮現什麼事，就會毫不在乎地露骨說出來吧！假如這樣的話，那女人對三澤所說的話，比起一般我們信口所說的客套話，不就更有誠意更純真嗎？」

我對哥哥的這番解釋實在太佩服了。「那真有趣！」我不由得拍起手。沒想到哥哥露出意外難看的表情。

「這並不是什麼有趣、沒趣那種膚淺的事。二郎，坦白說，你認為這種解釋正確嗎？」哥哥逼問似地追問。

「這個嘛……」

我不禁感到猶豫。

「唉！除非把女人逼瘋，否則終究無法了解她的心。」

哥哥如此說道後，苦悶地嘆一口氣。

13

旅館下方有一條相當大的水渠。我不太清楚這條水渠是否連接大海，但每到黃昏時分，就會有不知從哪裡划過來的一、二艘漁船，緩緩地從樓前駛過去。

我沿著那條水渠向右走了一、二百公尺後，向左轉穿過田間小路。往前方望去，田野的盡頭就是緩坡，爬上緩坡就是堤防的邊緣，左右兩側種著很長的兩排松樹。耳際不時聽到大浪擊石的「隆隆」聲。從三樓也可以清楚看到碎浪驟成白煙升上天空。

我們終於走到堤防上。浪濤拍打在堤防前方的厚石牆上，波浪粉碎後，經常形成沸騰般的顏色騰向空中。偶爾也會有碎浪越過石牆，「嘩」一聲落入牆內。

這種壯觀的景色，讓人一時之間完全著迷了。不久，我們就在耳邊伴隨著巨大的浪濤聲中行走。這時候母親和我並肩，邊走邊談論著這約莫就是山部赤人所謂的大波浪[9]吧！哥哥和嫂嫂走在比我們前面一點。他們兩人都穿著浴衣，哥哥拄著一根細手杖，嫂嫂還繫著一條有宮殿圖案之類的窄幅腰帶。他們離我們約有四十公尺，雖然並排走著，可是兩人之間隔著約一公尺多的距離。母親不時以一種像似很在意，又像似不在意的眼神看他們。這種眼神未免太過神經質，我邊走邊不得不思索母親心裡到底在考慮有關這兩人的什麼事。不過，我怕一講話又惹麻煩，只好裝作不知道，故意慢慢走。我盡可能表現出悠哉悠哉的模樣，盡講些滑稽的事逗母親笑。母親一如平日的語氣說：「二郎，假如能夠像你這樣過日子的話，世間就沒有苦惱了。」

最後，顯然她終於忍耐不住，說道：「二郎，你看看他們。」

「看什麼？」我反問道。

「那樣子，真叫人傷腦筋。」母親說道。這時候，母親的眼睛直盯著走在前方的兩人背影。至少在表面上，我不得不承認她所謂的傷腦筋。

「哥哥又為什麼事不高興了吧？」

「他就是那樣，我也沒什麼好說的。但是既然已經是夫婦，不管丈夫如何冷淡，妳到底是個女人家嘛。阿直也不願意稍稍用點心，讓他心情好轉，不是很傷腦筋嗎？你看看！那簡直就好像素不相識的兩個人往同一個方向走，不是嗎？怎麼說一郎也不至於叫阿直不准靠近他身旁吧！」

對於這對默默無言，保持距離行走的夫婦，母親只怪罪嫂嫂。我多少也有同

---

9 指山部赤人被收錄於日本最古老詩歌集《萬葉集》中的一首和歌。

感，這同感是平常從旁觀察兄嫂的夫婦關係，一定會從心中自然而然產生的感受。

「也許哥哥又在思考什麼問題，嫂嫂有所顧慮才故意不開口吧！」

我為讓母親寬心故意說這種安慰的話來敷衍。

14

「縱使在思考問題，阿直那種漫不經心的態度，對方想說話也開不了口呀！簡直就好像走路時故意保持距離。」

從對哥哥頗多同情的母親眼中看來，嫂嫂的背影真不知有多麼冷淡。不過，我什麼話都沒回答，只是邊走邊以更一般的角度來思考嫂嫂的性格。我並不認為母親的批評完全沒道理。不過，我懷疑母親是否太過於疼愛自己的親骨肉，而對嫂嫂的缺點太過於嚴苛呢？

我眼中的嫂嫂，絕對不是一個熱情的女人。不過，有人給予她熱情的話，她也會回報溫暖。雖然她天生不是一個殷勤親切的人，只要予以諒解也能引導出她的可愛之處。自從她嫁來之後，我經常在她那兒遭受到令人生氣的冷淡。不過，我相信她的不親切和冷漠並非不能克服。

不幸的是哥哥同樣具有很多剛才我所說有關嫂嫂的那種性格。因此，性格相同的這對夫婦，從一開始就互相要求對方滿足自己做不到的要求，以致才會弄得兩人感情至今依然不融洽吧？有時候哥哥心情好的時候，看起來嫂嫂也頗愉快，可見哥哥易於興奮的天性，具有感染女人加溫的力量，自是理所當然。假如不是如此，那麼正如母親批評嫂嫂過於冷淡般，也許嫂嫂也在心中批評哥哥過於冷淡。

我和母親並肩邊走邊思考走在前面那兩人的事。不過，我不想對母親講那些深奧的道理。這時候，母親又開口說道：「真叫人納悶呀。」

「難道阿直天生個性就不殷勤不親切嗎？不過她對你父親和我倒不冷淡啊！二郎，對你不也是嗎？」

完全就如母親所說的。我本來就是急性子，經常大呼小叫、發脾氣，可是很奇怪，不僅從來不曾和嫂嫂吵過架，有時候，甚至比哥哥更能夠和嫂嫂暢快交談。

「對我也是一樣。原來如此，這麼說來的確有一點怪怪的。」

「所以啊！我認為阿直是故意跟一郎唱反調也不是沒道理。」

「不會有那種事啦。」

坦白說，我對這問題不像母親思慮得那麼細微，因此我不曾有那種懷疑。縱使有，我首先懷疑的也是其原因。

「可是，對嫂嫂來說，家裡最重要的人不就是哥哥嗎？」
「所以媽媽才說不明白呀。」
我好不容易來到這種風景優美的地方，卻和母親沒完沒了在背後批評嫂嫂，不禁覺得實在夠愚蠢。
「以後有機會的話，我再來探一下嫂嫂的心事。不必那麼擔心啦！」話一說完，我就從對面石牆邊的茶屋跑到防波堤上，放聲高喊：「喂——喂——」哥哥和嫂嫂吃驚地轉過頭來。那時候，打在石堤上的浪花，捲上來變成水花，從腳下沖過來，我簡直就像一隻落湯雞。
母親邊走邊罵，我身上的水則是邊走邊「滴滴答答」滴下來。我和他們三個人一起回旅館。歸途中，「轟隆轟隆」的浪濤聲不斷震響我的耳膜。

15

那一晚，我和母親一起睡在雪白的蚊帳內。蚊帳的材質遠比普通的麻還薄，風一來彷彿漂亮的蕾絲隨之飄動，看起來很涼快。
「真是好蚊帳啊！我們家怎不也買一頂呢？」我慫恿母親。

「這看起來漂亮而已，並不是什麼高級品。反而是家裡的白麻才是上等貨，只不過這種蚊帳輕飄飄，又沒有縫痕，所以顯得很華麗。」

母親非常稱讚家裡那頂聽說是以前岩國[10]一帶所生產的麻質蚊帳。「先就不會在睡覺時著涼來看，家裡的蚊帳就比這種強多了。」母親說道。

女傭進來關上拉門後，蚊帳就紋風不動了。

「唉！突然變得很悶熱呀。」我嘆氣般說道。

「是呀。」母親答話的聲音聽起來好像不以悶熱為苦般平靜。不過還是聽得到母親搖團扇的微微聲音。

之後，母親就不再開口說話了，我也閉上眼睛。哥哥和嫂嫂，在隔著一扇紙門的隔壁房間睡覺，從剛才他們就很安靜。因為沒人跟我說話，整個房間一下子變得靜悄悄。我豎起耳朵聽，哥哥的房間更是寂靜。

我閉著眼睛，一動也不動。可是，始終還是怎麼都睡不著。最後，我感覺這種悶熱好像是源自太安靜了。為了不妨礙母親睡覺，我悄悄地從床上起身，掀起蚊帳下擺，想要走至檐廊。我盡可能不發出聲響，輕輕地拉開門。沒想到我以為已經入

10 岩國指山口縣岩國市。

睡的母親突然問道：「二郎，要去哪裡？」

「熱到睡不著，想去檐廊乘涼一會兒。」

「是嗎？」

母親的聲音清晰而平穩。我才知道原來她也一直未入睡。

「媽媽，妳也還沒睡嗎？」

「是呀！可能是換床，總覺得不習慣。」

我穿著旅館的浴衣，腰間只繫一條三尺長的腰帶，懷裡揣著敷島牌香菸和火柴，走到檐廊。檐廊上放著兩把罩著白椅套的椅子，我坐在其中一把上。

「不要弄得嘎嘎響，吵到哥哥就不好。」

母親如此提醒我。我默默抽著香菸，眺望眼前如夢如幻的景色。夜裡的景色朦朧朧朧，由於月亮沒升上來，更是一片昏暗。其中，白天所看到堤防上那兩排松樹，看起來就像拉開的黑漆漆長帶子。下方破碎的白色浪花，在黑夜中不斷翻捲，看起來挺刺激。

「差不多該進來了，要是感冒就不好了。」

母親從拉門內如此提醒我。我靠在椅子上，勸母親過來欣賞夜景，可是她不願意。我只好乖乖回到蚊帳內，把頭又靠在枕頭上。

我從蚊帳進出之間，哥哥和嫂嫂的房間內靜悄悄就跟原來一樣。我再次躺在床上，仍然是一片寂靜。只有拍打在防波堤上的浪濤，「轟隆隆」響個不停。

16

早晨起來，坐在膳桌上一看，四個人都露出睡眠不足的模樣。四個人都把睡眠不足的倦態帶到膳桌上，而且好像故意把對話弄得很沉悶。我也感到很拘束。

「我昨晚吃了蒸鯛魚，好像有點中毒。」我說完話，露出不舒服的表情離開座位。走到欄杆附近，凝視隔壁寫著「東洋第一電梯」的招牌。這個升降梯和一般屋子裡從下層升到上層的電梯不一樣，而是從地面把好奇的人們載到岩山頂上。把這種設備安裝在這種地方是既不搭調又不風雅，不過這種連淺草都沒有的新設備，從昨天就吸引我的注意。

果然就有早起的客人，三三兩兩開始搭乘。哥哥很快用完早餐，不知什麼時候走到我身後，使著牙籤和我一起眺望那升升降降的「鐵盒子」。

「二郎，今天早上要不要去搭搭看那個升降梯呢？」哥哥突然說道。

我覺得哥哥說的話有點孩子氣，趕緊回過頭。

「覺得蠻有趣的。」哥哥的話中流露出和他不相稱的稚氣。雖然我也喜歡搭那升降梯，但是沒把握是否能夠到達目的地。

「能夠到哪裡去呢？」

「到哪裡都無所謂。走吧！」

我當然打算帶著母親和嫂嫂一起去，所以大聲叫喊：「走呀！走呀！」沒想到哥哥急忙阻止我。

「兩個人去就好。只要我們兩個人就好。」

這時候，母親和嫂嫂探頭問道：「要去哪裡？」

「我和二郎想去搭那個電梯，但對女人來說有些危險，所以媽媽和阿直別去比較好，我們先去試試看。」

母親望著升向空中的「鐵盒子」，露出不高興的臉色。

「阿直，妳呢？」

母親如此問道時，嫂嫂照例露出落寞的酒窩回答：「我怎樣都無所謂。」這句話可以解釋為柔順，聽起來好像也可以解釋為冷淡又沒感情。我認為那對哥哥是不幸，對嫂嫂則是一種損失。

我們兩人穿著浴衣走出旅館，立刻去搭升降梯。「鐵盒子」約為一．八立方公尺的四方體，進去五、六個人，門就關閉，接著往上升。哥哥和我從臉都伸不出去的鐵欄杆空隙往外看，感到很沉悶。

「好像在牢房裡。」哥哥低聲對我說道。

「對呀！」我回答。

「世間也是如此。」

哥哥經常都有說出像哲學家語言的毛病。我只是回答「是啊！」而已。不過，我也只能約略明白哥哥話語的表面意思。

那個牢房似的「鐵盒子」抵達的頂點是一座小石山的山頂。到處都有矮小的松樹，好像緊緊貼在地面般。些微綠意打破了山頂的單調，讓眼睛映照出夏天的愉悅。僅有的一小塊平地上有一間茶屋，那裡養了一隻猴子。哥哥和我拿地瓜給猴子吃，逗牠玩，我們在茶屋待了十分鐘。

「找個兩個人可以單獨說話的地方吧！」

哥哥說著，環視四周。他的眼神當真在找一處兩個人可以單獨說話的安靜場所。

17

這裡由於地勢高，四周的景物盡收眼底。尤其還可以從鬱鬱蔥蔥的林木中遠眺紀三井寺[11]。山麓下，海灣中的海水波光粼粼，又把不似海濱的沼澤畔景色映照得五光十色。我向身旁的人請教淨琉璃中所謂的下垂松[12]在哪裡？原來那棵松樹長在懸崖，倒垂著枝葉。

哥哥問茶屋的女人，這裡有沒有適合談話的安靜地方，那女人像似聽不懂哥哥的話，回答得很不得要領。而且她還不斷重複那句「諾夕」的當地鄉音。

最後，哥哥說道：「那麼我們去東照宮。」

「東照宮也是名所之一，不錯！」

兩人立刻下山。既沒叫人力車，也沒撐傘，只戴著草帽走在炙熱的沙子路上。我就這樣，跟著哥哥又是搭升降梯，又是去東照宮，那一天對我來說，總有一種不安感。雖然我平常和哥哥相處時，多少有些懶洋洋，可是像那一天那麼心神不寧倒是很少有。我從哥哥說出「喂，二郎，兩個人去就好。只要我們兩個人就好」時，就已經有種奇怪的感覺了。

我們兩人的額頭直冒汗水，加上我昨晚吃下蒸鯛魚，真的有點中毒。漸漸升高的太陽毫不留情照在我昏沉的頭上，我只能無可奈何默默地走著，哥哥也是默不吭聲地移動身體。旅館的粗糙木屐陷入沙子裡，發出「沙沙」的聲響。

「二郎，怎麼了？」

哥哥突然開口說話，把我嚇一大跳。

「有一點不舒服。」

兩人又繼續默默地走著。

我們好不容易來到東照宮下方時，我仰頭望著又窄又陡的石階，光是高度就讓人退縮，更別說提起勇氣往上爬。哥哥突然拖著擺在下面的草鞋，獨自就爬了十來階。當他發現我沒跟上去，嚴厲地喊道：「喂，怎不來？」我莫可奈何地向阿婆租一雙草鞋，賣力地開始往上爬。儘管如此，爬到一半時，每爬一階就不得不把雙手放在膝蓋上，支撐身體的重量。我從下面往上看，只見他焦急地站在頂上山門的轉角。

「看你爬得東倒西歪，簡直就像喝醉酒的人。」

---

11 紀三井寺位於和歌山市，正式名稱為紀三井山金剛寶寺護國院，為救世觀音宗本山，傳說建於七七〇年。

12 淨琉璃劇本《三十三間堂棟由來》中稱和歌浦的名所有四，即東照宮、玉津島、下垂松、鹽釜。

我才不在乎人家怎麼批評，立刻把草帽往地上一扔，便打起赤膊。因為沒帶扇子，只好拿著手帕不斷往胸前搧風。我在後面被叫一聲「喂，二郎」時，心想一定會被狠狠說一頓，以致心神不穩定。我拿著那條已被汗水浸濕的手帕胡亂揮動，口中不斷喊著：「好熱，好熱。」

不久，哥哥走到我身旁，坐在一塊石頭上。那塊石頭後方，矮竹叢生，茂密到連下方遠處的石牆都被遮住了。其中高大的山茶花樹顯露出已褪成白色的樹幹，看起來非常顯眼。

「這裡果然很安靜，在這裡就可以慢慢談話。」哥哥環視四周。

18

「二郎，我有一些事要跟你說。」哥哥說道。

「什麼事？」

哥哥猶豫一陣子，並沒開口說話。我又不願意問，所以沒催促他。

「這裡很涼快。」我說。

「是呀！很涼快。」哥哥答道。

實際上，這裡位於背陽高處，又有涼風吹拂。我揮動三、四分鐘手帕後，趕緊把衣服穿好。山門後方，有一間幽靜的小拜殿，看起來是相當古老的建築物，屋簷獅頭雕像的塗料已剝落大半。

我站起來，從山門走向拜殿。

「哥哥，這裡更涼快，來這裡。」

哥哥沒作答。我利用這時候，在拜殿前面隨意逛逛，看見遮蔽烈日的高大常綠樹。不過，哥哥卻臭著臉走進我身邊。

「喂，不是說有事要跟你說嗎？」

我只好坐在拜殿的台階上。哥哥也跟我並坐在一起。

「什麼事？」

「其實，是阿直的事。」哥哥像似非常難以啟齒而終於下定決心說出來的樣子。我一聽到「阿直」兩字，全身立刻涼了半截。哥哥和嫂嫂之間的關係正如母親所告訴我，大致上我也清楚。我也跟母親約定，要找機會好好探一探嫂嫂的心事，等了解情形後，再積極找哥哥談一談。可是在我都還沒進行之前，假如哥哥先找我，那就很傷腦筋，所以暗自擔心。坦白說，今天早上當哥哥說「二郎，兩個人去就好。只要我們兩個人就好」時，我就擔心哥哥說不定會提出這問題，不由產生一種厭煩感。

「嫂嫂怎麼了嗎？」我不得已，反問哥哥。

「阿直不是愛上你嗎？」

哥哥這話實在來得太突然了。這和平日哥哥的風格很不一樣。

「為什麼？」

「你問為什麼，我很苦惱。還有，假如你生氣我問得太失禮，我更苦惱。因為我並沒發現情書，或看到你們接吻等實證。坦白說，不管怎樣，作為丈夫的我，不應該公然質問這般愚蠢的問題。因為是你，我才不顧及自己的體面，痛苦問起這種傳出去很難聽的事。所以，你得好好講給我聽！」

「可是，那是嫂嫂啊！有丈夫的女人，尤其還是我現在的嫂嫂啊！」我如此答道。除了這樣回答外，其他什麼話都說不出來。

「從形式上來說，任誰在表面上都非得如此回答不可。因為你也是一個普通人，這樣回答當然是最妥當了。聽你這一番話，我除了感到羞愧外也莫可奈何。不過，二郎，你遺傳到父親的正直。最近你又把『無事不可對人言』奉為最高信條，所以才問你。你知道我不願意聽形式上的回答，而希望聽到你內心深處真正的感受。請把事實講給我聽吧！」

19

「那種內心深處的感受，我怎會有呢？」

我如此回答時，不看哥哥的臉，而是眺望著山門的門頂。有一陣子，哥哥所說的話並沒傳進我的耳朵。突然，有一種尖銳激動卻努力壓抑的聲調響起。

「喂，二郎，為什麼要說那種輕佻的話呢？難道我和你不是親兄弟？」

我驚訝地看著哥哥。可能是常綠樹蔭的緣故，哥哥的臉色顯得有些蒼白。

「當然是親兄弟！我是你的親弟弟，所以我回答的都是實話。剛才我所說的絕對不是虛假的話，心裡那樣想才會那樣說。」

如同哥哥神經敏銳，我也是一個容易激動又急性子的人。假如是平常的我，說不定不會那樣回答。那時候，哥哥口中只迸出簡單的一句話。

「一定？」

「對，一定。」

「可是，你在臉紅。」

實際上，當時的我不禁強烈感受到自己的雙頰正在發燙，和哥哥蒼白的臉色正好相反，我也許真的在臉紅。而且，我不知道該如何回答才好。

這時候，哥哥好像想到什麼，猛然從台階上站起來。他雙臂交叉抱胸，在我的面前來來回回。我以不安的眼神，看著他那種模樣。剛開始時，他眼睛注視著地面，在我面前左右來回走了二、三次，連抬頭看我一眼都沒有。第三次，他突然停在我面前。

「二郎。」

「是。」

「我是你的哥哥。我剛才實在是講了孩子氣的事，抱歉。」

哥哥的眼中噙滿淚水。

「為什麼？」

「我認為自己比你有學問。直到今天，我也認為自己比一般人有見識，可是卻說出那般孩子氣的話，真是丟盡臉。請你不要看不起哥哥。」

「為什麼？」

我一再重複這句簡單的問話。

「你不要一本正經地問我『為什麼』。啊！我真是愚蠢。」

哥哥如此說著，向我伸出手，我立刻握住他的手。哥哥的手很涼，我的手也很涼。

「只因為你有點臉紅，我就懷疑你所說的話，真是侮辱你的人格。真是對不起，請你原諒我。」

我很清楚哥哥的性格很像女人，經常如天氣般陰晴不定又多變化。不過，他是一個有見識的人。在我眼中，有時哥哥好像天真浪漫的孩子，有時又像珠玉般晶瑩玲瓏的詩人。我尊敬哥哥，卻又不得不認為他是一個很容易做愚蠢事的男人。我握著他的手說：「哥哥，今天你有點怪怪的。以後不要再說那些無聊的事，我們該回去了。」

20

哥哥突然放開我的手，但是絲毫沒有想要離開的意思。他站在原地，默默低頭看著我。

「你了解人心嗎？」他突然問道。

這次輪到我不得不抬起頭默默看著哥哥。

「我的心，哥哥不了解嗎？」我稍微停頓後說道。我的回答比哥哥的語氣更為堅定。

「你的心，我非常了解。」哥哥立刻答道。
「那不就好了嗎？」我說。
「不，不是你的心。我說的是女人的心。」
哥哥最後那句話帶有驚恐的尖銳。那尖銳聽在我耳裡，竟產生異樣的感覺。
「不管女人的心，還是男人的心……」我才開始說，他就突然打斷我的話。
「你是一個幸福的人，恐怕還不認為有必要去研究那種事吧？」
「因為我不是哥哥那樣的學者……」
「不要說蠢話！」哥哥斥罵般叫道。
「我所指的並不是書籍的研究、心理學的說明等那些拐彎抹角的研究。而是一個現在就在我眼前、理應最親近的人，假如我不研究那個人的心就會坐立難安。我問的是你有沒有遇到這種事？」
我馬上就明白哥哥所說「理應最親近的人」的意思。
「對於學問，哥哥會不會思考過頭了呢？稍微愚蠢一點或許比較好吧！」
「但對方反而利用我慣於思考的頭腦，故意逼使我去思考。不管怎樣都不讓我愚蠢一點。」
事到如今，我幾乎想不出什麼話來安慰哥哥。一想到頭腦不知道比我聰明多少倍的哥哥，居然對那種奇怪的問題苦惱，便不得不非常同情他。哥哥比我神經質這件事，我們都很清楚。不過，至今哥哥還不曾這般歇斯底里過，所以我真的無計可施。

「你知道梅瑞狄斯[13]這個人嗎？」哥哥問道。

「只聽過名字。」

「你曾經讀過他的《書翰集》嗎？」

「別說讀過，連封面都不曾看過。」

「是嗎？」

他說著，又坐在我身旁。這時候，我才意識到自己懷中的敷島香菸和火柴。我拿出來，先點一根菸遞給哥哥。哥哥機械性地抽起菸。

「那個人的一封書信中，如此寫著——我看到滿足於女人容貌的人就很羨慕；看到滿足於女人肉體的人也很羨慕。假如抓不住女人的靈魂，也就是所謂的精神，無論如何我都無法滿足。正因為如此，我總是發展不了戀情。」

13 梅瑞狄斯（George Meredith, 1828-1909），英國維多利亞時代的詩人、小說家。夏目漱石在著作《文學論》中，屢次提及。

「梅瑞狄斯這個人，一輩子都過著單身的生活嗎？」

「我不知道。那種事根本就無所謂，對不對？可是，二郎，我和一個抓不住她的靈魂、抓不住精神的女人結婚，那是千真萬確的事情。」

21

哥哥臉上明顯露出苦悶的表情。在各方面我都不忘尊敬哥哥，但此時，我內心深處油然產生接近恐懼的不安。

「哥哥。」我故作平靜地說道。

「怎樣？」

我聽到回答時，起身站起來，特意在哥哥坐的地方前面，和哥哥剛才一樣，不過我完全是別有用意地左右來回走了二、三次。哥哥對我絲毫不在意，兩手手指好像梳齒般，深深插在略長的髮中。他有一頭光澤的頭髮，我每次走到他的面前，眼睛就被他那頭烏黑的頭髮以及露出髮間那纖細又柔美的手指所吸引。平日看在我的眼中，那手指代表他的神經質，優雅又削瘦。

「哥哥。」我再次呼叫時，他才終於沉重地抬起頭。

「對哥哥，我講這種話也許很失禮。但我認為不管多麼有學問，不管怎樣研究，人心終究無法理解。哥哥比起我來是一個出色的學者，當然早就察覺到這件事了。不管親如骨肉，還是親如手足，也只能心心相通的保有默契。實際上正如彼此的身體是分開一樣，心不也是各自分開的嗎？」

「人心可以從外表來研究，可是卻無法成為那顆本心。那種事我是知道的。」哥哥好像吐露心聲般，又顯得無精打采地如此說道。我立刻接著說：「能夠超越那種事只有宗教，不是嗎？我是一個駑鈍的人，無能為力，可是哥哥善於思考，所以……」

「僅只是思考，哪有宗教的虔誠心？宗教並非思考，而是信仰。」

哥哥以懊惱的語氣如此論斷，停頓一下又說：「啊！我怎樣都不會有信仰、怎樣都不會有信仰，只是思考、思考、思考而已。二郎，請你相信我。」

哥哥的話，就是一個受過優秀教育的人所說的話。不過，他的態度幾乎接近一個十八、九歲的孩子。我看著眼前的哥哥，不禁感到可悲。他簡直就像一條在沙中亂竄的泥鰍。

各方面都比我強的哥哥，還是第一次以這種姿態出現在我面前。我為此感到可悲的同時，也擔心假如哥哥就此漸漸深陷下去，不久他的精神可能會異常。想到這裡，我突然感到恐懼。

「哥哥，有關這件事，其實我也早就考慮到……」

「不，我並不想聽你的想法。今天我帶你來這裡，是因為有事要拜託你，請你聽我說。」

「什麼事？」

事情顯然是愈來愈麻煩。不過，哥哥並不輕易告訴我他的請託。這時候，有三、四名和我們一樣的男女遊客出現在台階下方。他們全部把木屐脫掉，換穿草鞋，沿著高高的台階往我們這裡爬上來。哥哥一看到那些人影，立刻站起來。「二郎，回去吧！」哥哥一邊說著，一邊往台階走下去，我馬上跟隨在後。

22

哥哥和我順著原路回去。早上出來時，肚子和頭都不太舒服，回去時可能因為日曬，感到更難受。不巧兩個人都忘記帶錶出來，到底幾點都不知道。

「已經幾點了？」哥哥問道。

「這個嘛……」我仰望刺眼的太陽。「大概還不到正午吧！」

兩個人原本打算順著原路返回去，卻好像走錯路，走到充滿腥味的海邊。那裡已經形成一處漁家和雜貨店混雜的貧窮街町，也可以看見屋頂上插著舊旗子的輪船公司等候室。

「好像走錯路了。」

哥哥依然低頭注視地面，邊走邊想。地面上到處都散落著貝殼，兩個人踩碎貝殼的腳步聲，剛好為單調的行走帶來頗富鄉下風情的變化。哥哥稍稍停下腳步，左右張望。

「這裡走不通吧？」

「對，走不通。」

「是嗎？」

兩個人又繼續走。哥哥依然低頭注視地面，我則擔心若迷路，回到旅館會不會太晚。

「這地方很小，再怎麼迷路，總可以走回去。」

哥哥如此說著，就加快腳步往前走。我從後方看著他的腳步，想起「信步而行」這句老話。在這種情形下，我覺得落在他後面十來公尺，真是最好不過了。

我認為在歸途上，哥哥肯定會說出要拜託我做的事，所以早有心理準備。不過，事實卻相反，他採取謹言、快行的對策。雖然那讓人感到些許不安，卻又很高興。

回到旅館，母親和嫂嫂把縞紋絽[14]和明石絹[15]的外出服掛在欄杆上，兩人身穿浴衣，相對而坐。母親看到我們，露出驚訝的神情問道：「啊呀！跑到哪裡去？」

「您們哪裡都沒去嗎？」

我看著欄杆上的衣服如此問道，嫂嫂答說：「有啊！有出去啦！」

「去哪裡？」

「猜猜看。」

現在的我，對於嫂嫂在哥哥面前對我講出這般親近的話，我總覺得對哥哥很抱歉。不僅如此，就哥哥看來，也許會覺得她故意對我表示親熱，而令他有一種無法向任何人言明的痛苦。

嫂嫂一派毫不在意的模樣。我有些難以理解，那是出自冷淡的表現，或是來自不關心，還是無視一般的常識呢？

她們去參觀紀三井寺。母親跟哥哥說，從玉津島明神[16]前面走到大馬路，在那裡搭上電車就能直接到紀三井寺前。

「那台階好高啊！媽媽光是往上仰望就頭昏目眩。我心想自己怎樣都爬不上去，不知該如何是好？阿直牽著我的手，好不容易終於爬上去了，可是已經汗流浹背全身濕透透……」

「喔，這樣啊、這樣啊？」哥哥不時心不在焉地答著。

23

那一天，什麼事都沒發生。傍晚，四個人一起玩撲克牌。每個人拿四張牌，其中一張面朝下依序遞給下一個人，其間把點數一樣的牌拿出來，然後看最後一張黑桃在誰手中。拿到那張黑桃的人就輸了，這是溫泉地很流行的簡單遊戲。

母親和我一拿到黑桃，就露出怪異的表情，所以立刻就會被察覺。哥哥也經常露出苦笑。最淡定的人就是嫂嫂，她就是一派有沒有拿到黑桃，一概與我無關的作風。與其說這是她的作風，不如說是她的個性。儘管如此，哥哥在剛才那一陣交談後，還能夠如此克制自己激動的神經，我暗中非常佩服哥哥。

14 絽為薄而透明的絲織品，縞為條狀圖案。
15 明石即為「明石縮」，為用來縫製和服的高級絹織品，為明石人堀次郎將俊所創，故稱之。
16 玉津島明神指位於和歌浦的玉津神社，祭祀神功皇后、衣通姬等。

晚上，我睡不著，比昨晚更睡不著。我在「轟隆隆」的海濤聲中，豎起耳朵注意聽哥哥嫂嫂房間的動靜。不過，他們的房間依然和昨夜一樣很安靜。我怕被母親責罵，那一晚沒有出去檐廊。

早上，我帶母親和嫂嫂去搭乘那座東洋第一的電梯，也跟昨天一樣，到山上餵猴子吃地瓜。這次，旅館那個和猴子混得很熟的女傭也一起來，又是抱猴子又是逗得猴子吱吱叫，比起昨天熱鬧多了。母親坐在茶屋的長凳，指著那座叫新和歌浦的光禿禿褐色山峰問：「那是什麼啊？」嫂嫂則一再吵吵嚷嚷說：「沒有望遠鏡嗎？沒有望遠鏡嗎？」

「嫂嫂，這裡又不是東京芝區的愛宕神社。」我對嫂嫂說道。

「但是，有個望遠鏡不是很好嗎？」嫂嫂還是不滿意。

傍晚，我到底還是被哥哥拉到紀三井寺。哥哥以母親和嫂嫂昨天已經參拜過為藉口，只要兩個人去就好。其實，哥哥約我出來是要講他的請託。

我們直接爬上母親望而生畏的又高又長的石階。上面是平坦的山腰，在視野極佳的地方有一把長椅。本殿旁有五重塔，比普通常見的佛塔更為古雅。從屋簷正中央垂下一條白繩，顯得非常幽靜。

我們並坐在長椅上，放眼望去，景物一覽無遺。

「好美的景色啊！」

眼底下，遠方的大海有如沙丁魚肚般閃閃發光。夕陽照在整個海面上，連我的臉頰彷彿也被絢麗的色彩染紅。宛如沼澤的不規則水面就在比大海還近的地方，平坦地延展，有如一面鏡子。

哥哥默不吭聲地把下巴支在手杖。不久，好像下定決心般把頭轉向我。

「二郎，其實有事想拜託你。」

「是呀！我就是為這事特地跟你來，請哥哥慢慢說。只要我能力所及，什麼事都願意。」

「二郎，其實是有點難以啟齒的事。」

「就算難以啟齒，因為是我，沒關係。」

「嗯，因為我信任你，所以我會對你說。但是你不要嚇到。」

當哥哥對我這樣說時，還沒聽他說出之前，我已經先嚇到了，而且害怕從哥哥口中不知道會說出什麼要求。如前所說，哥哥的情緒陰晴不定。可是，他一旦說出什麼要求，如果不依照他所說去做，他不會罷休。

24

「二郎，你可不要嚇到。」哥哥重複說道。然後，他嘲笑似地看著實際已被嚇到的我。我把現在的哥哥和在東照宮的哥哥相比，簡直判若兩人。看起來現在的哥哥正抱著堅定而難以動搖的決心面對我。

「二郎，我信任你。你已經用你的言語證明你的清白。那是不會錯的吧！」

「沒錯。」

「那麼我就直接說，其實我想要你幫忙去試試阿直的貞操。」

我一聽到「試貞操」這種話時，真的被嚇到了。雖然當事人二次提醒我不要嚇到，我還是被狠狠嚇到——被嚇得目瞪口呆。

「為什麼嚇成那種臉色呢？」哥哥說。

我不能不感覺到哥哥眼中的自己是多麼沒出息，更認為和上次的交談相比，兄弟兩人簡直互換立場。因此，我猛然振作精神。

「說什麼試嫂嫂的貞操——那種事還是不要做比較好吧！」

「為什麼？」

「為什麼，不是太愚蠢了嗎？」

「哪裡愚蠢？」

「也許不愚蠢，但是沒必要啊！」

「因為有必要才拜託你。」

我沉默一陣子。寬闊的寺院內，連一個參拜者的人影都沒有，四周顯得格外安靜。我環視周邊，最後在其中一角發現我們兩人的冷清身影時，頓時覺得害怕。

「試？要怎麼去試呢？」

「你和阿直兩人去和歌山過一晚就可以。」

「無聊！」我一口就頂回去。這次輪到哥哥沉默，我當然也是無言以對。照射在大海的落日餘暉漸漸轉弱，不過晚霞仍然拉到遙遠的彼方。

「不願意嗎？」哥哥問道。

「對，其他事還可以，這件事對不起。」我斷然回絕。

「那我就不拜託你，可是我一輩子都會懷疑你。」

「那很苦惱。」

「苦惱的話，就照我的話去做。」

我只是低著頭。假如是平常的話，哥哥馬上會飽以老拳。我邊低著頭，邊想哥哥的拳頭馬上就要打在我帽子上，還是會「啪」一聲一巴掌打在我臉頰上呢？我一動也不動期待他怒氣大發。我打算抓住哥哥怒氣發作後的反悔時機，讓他的情緒平靜下來。我比別人更加倍知道哥哥很容易反悔的個性。

我耐心等待哥哥的鐵拳飛過來，不過，我的期待完全落空，哥哥好像死人般安靜。最後，我不得不以狐疑的眼神，偷看哥哥臉上的表情。哥哥臉色蒼白，但完全看不到衝動的神情。

25

過一陣子，哥哥以激動的語調說道：「二郎，我信任你。不過，我懷疑阿直。而且被懷疑當事人的對象，很不幸就是你。然而，說是不幸，對你是不幸，對我反而是幸運也說不定。為什麼這樣說呢？如同我剛才所說，你所說的話我都相信，而且什麼事都會老實說，因此我是幸運的，所以才拜託你。我所說的事不完全是不合理吧！」

我很懷疑當時哥哥的話語背後，會有什麼深奧的意義？哥哥的心裡，會不會認定我和嫂嫂有肉體關係，才故意提出這個難題？我叫了聲「哥哥」，總之，我說話的聲音要讓哥哥聽在耳裡是強又有力。

「哥哥，這不同於其他的事情，這可是倫理上的大問題啊……」

「當然。」

我對哥哥回答得這般冷漠感到意外。同時，愈來愈加深對於剛才的懷疑。

「哥哥，儘管我們是兄弟，我也不願意做那種殘忍的事。」

「不，對方對我才殘忍。」

我一點都不想問哥哥，嫂嫂如何殘忍。

「那麼，我再說一次——您剛才的請託，不管怎樣我都不能做，因為我有我的名譽。縱使為了哥哥，我也不能犧牲名譽。」

「名譽？」

「當然是名譽。被拜託去測試人家這種事——其他事都覺得厭煩，何況那種……我又不是偵探……」

「二郎，我又不是拜託你去做那種下三濫的事情。單純只是讓作為嫂嫂的，還有作為小叔的去一個地方住一晚上。又有什麼不名譽呢？」

「哥哥在懷疑我吧？才會說出那種不合情理的要求。」

「不，因為信任你才會拜託你。」

「嘴巴說信任，心裡懷疑。」

「愚蠢。」

哥哥和我重複好幾次這樣的對話。每重複一次，雙方都變得很激動。有時卻因為一句話，兩個人突然像退燒般又趨於平靜。

在激烈爭執當中，某一瞬間我甚至斷定哥哥是真正的精神病患。不過，他的症狀如一陣風吹過後，我又認為他是一個正常人。最後，我如此說道：「其實，不久前我也稍微思考過這件事，有機會的話，我想去探一下嫂嫂的心事。假如是這樣，我倒是可以答應。我們差不多也要回東京。」

「那麼，明天就幫我去辦這件事。明天你們一起去和歌山，天黑之前回來，應該沒問題吧？」

我不知為什麼實在很不願意。我想回東京後，慢慢再找機會辦這件事，可是剛才拒絕那件事，現在很難說「不要」，終究還是答應去和歌山遊覽。

26

翌日清晨，很不巧醒來時，天空已烏雲密布，而且風很大。波浪撞擊在防波堤上，發出可怕的「隆隆」聲。倚在欄杆眺望，海岸白濛濛一片。上午，四個人都不想到海邊。

正午過後，天氣稍稍穩定。天空中，陽光斷斷續續從雲層縫隙透出。儘管如此，有四、五艘漁船比平日更早划進樓前的水渠。

「真叫人害怕。是不是暴風雨要來了？」

母親仰望異於平常的天空，邊說邊回到原來的座位。哥哥立刻起身走到欄杆附近。

「沒事啦！肯定沒什麼大不了。媽媽，我都已經答應了，難道不出門嗎？車子也已經安排好了。」

母親什麼都沒說地看我一眼。

「好吧！要去也是可以，可是要去的話就大家一起去吧！」

我恨不得這樣才輕鬆。我心想如果可以的話，就陪著母親而不要去和歌山。

「那麼，我們一起往開鑿出來的山道那邊看看吧？」我邊說邊站起來。沒想到哥哥惡狠狠的目光立刻釘在我身上。我繼之一想，看來除了履行約定外，別無他路可走。

「對、對。我和嫂嫂已經約好了。」

我不得不假惺惺講句話，否則對哥哥說不過去。這時候，母親卻露出難看的臉色。

「和歌山就不要去了吧！」

我打量哥哥和母親的臉色，為不知如何是好而躊躇。嫂嫂則如平日般冷淡，我在母親和哥哥之間猶豫不決，她幾乎連一句話都不說。

「阿直，妳應該叫二郎帶妳去和歌山。」哥哥說這話時，嫂嫂只回答一聲「嗯」而已。母親勸阻說「今天就不要去」，嫂嫂又只回答一聲「嗯」而已。當我轉頭問道：「嫂嫂想怎樣？」時，她答說：「都可以。」

我有事到樓下，母親也隨後跟下來，總覺得她有些忐忑不安的樣子。

「你真的要和阿直兩個人去和歌山嗎？」

「對啊！哥哥同意的啊！」

「再怎麼同意，媽媽都覺得不妥當，就不要去吧！」

母親的臉色露出不安。我苦於無法判斷母親的不安是來自哥哥，還是嫂嫂和我？

「為什麼？」我問道。

「還問為什麼，你就是不能和阿直一起去。」

「您是說對哥哥不好嗎？」我露骨地如此問道。

「不只是對哥哥不好……」

「那是說對嫂嫂或對我不好嗎？」我問得比剛才更露骨。

母親默默地佇立在那裡，我難得看到母親臉上露出猜疑的神情。

27

我看到母親深信又深愛我的表情，立刻就畏縮了。

「那就不要去。原本就不是我提議帶嫂嫂去的，而是哥哥叫我們兩個人去，所以才要去。如果媽媽不同意，那就不要去。但是，請母親去跟哥哥說清楚，因為我跟哥哥說好了。」

我如此回答，總覺有些尷尬地站在母親面前。其實，我提不起勇氣從母親面前走開，母親也有些不知該如何是好的樣子。不過，最後她毅然說道：「好吧！我去跟你哥哥談一談，你在這裡等我。一起上三樓，說不定又會有什麼麻煩事。」

我看著母親的背影，心想事情怎麼演變成這般糾纏。我實在很不想帶嫂嫂去和歌山，就算去了也沒辦法辦好重要的事，假如能夠依照母親的想法去做就好了。我心神不定地在偌大的客廳左右來回。

不久，哥哥從三樓下來。我一瞥到他那張臉時，立刻意識到這一趟是非去不可。

「二郎，事到如今，假如你不遵守約定就很傷腦筋。你這小子好歹也是一個男子漢啊！」

哥哥時常會叫我「你這小子」。而且，當這句「你這小子」從他嘴巴說出來時，一定要避免後面的災禍。

「不，我要去。我要去，可是媽媽不讓我去。」

當我如此說道時，母親憂心忡忡地從三樓走下來，立刻靠到我身旁說：「二郎，雖然媽媽剛才那樣說，可是聽一郎說了後，才知道原來你們在紀三井寺已經約好了，雖然懊惱也沒辦法。那就照約定去做吧！」

「好。」

自己只如此回答，什麼話都沒再說下去。

不久，母親和哥哥坐上在樓下等的人力車，從樓房前傳來向右而去的鐵輪聲響。

「那麼，我們也該出發了吧！」我轉過頭對嫂嫂說道時，實際上，我的心情並不好。

「怎樣？妳有勇氣去嗎？」

「你呢？」對方反問我。

「我有。」

「你有的話，我也有。」

我起身換衣服。

嫂嫂邊幫我披上外衣，邊半開玩笑說：「今天，總覺得你好像並沒有勇氣。」事實上，我完全沒有勇氣。

兩個人往電車站走去。偏偏因為走近路，嫂嫂薄薄的木屐和白襪子，每走一步就陷進沙子路內。

「很不好走吧？」

「是呀！」她手撐著傘，轉過頭看自己的腳後跟。我邊踩著埋在沙中的紅鞋，邊暗忖該在什麼地方，又該如何完成今天的使命呢？也許因為邊走邊想的緣故，絲毫沒想要跟嫂嫂說話的興致。

「今天，難得看你沉默寡言啊！」嫂嫂終於注意到了。

28

我和嫂嫂在電車內，並肩而坐。不過，因為心裡很在意那件重要的事情，實在無法開心地和她閒聊。

「為什麼那樣沉默呢？」她問道。我從旅館出來，她已經問我兩次這個問題了。言下之意，就是說兩個人還可以談得更愉快嗎？

「妳對哥哥說過這種事嗎？」我一本正經問道。

嫂嫂看我一眼，立刻轉頭望著窗外，然後說道：「風景真好。」確實如此，現在電車所經過的地方，風景是不錯，不過，她很明顯是故意往窗外看。我特意叫一聲「嫂嫂」，又重複一次剛才的問題。

「為什麼要問那種無聊的事？」她說著，並做出一副不值得一提的樣子。

電車繼續行駛。我在下一站之前，執拗地再問一次相同的事。

「真是煩人。」她終於：「你問那種事做什麼？因為是夫婦嘛，我記得自己問過那種話，那又怎樣呢？」

「沒怎樣。我是說妳對哥哥說話，也要經常這樣親暱才好。」

她蒼白的臉頰泛出一點嫣紅。也許因為血量不足，好像臉頰的背後點著燈，從遠處在烘烤肌膚似的，不過我並沒有深思其中的意義。

電車抵達和歌山時，兩個人一起下車。這時候，我才意識到自己是第一次來和歌山。其實，我是以帶嫂嫂來這裡遊覽為藉口，所以形式上也不能不到處看一看。

「哎呀，你對和歌山也不熟嘛。這樣子還敢帶我來，真是漫不經心。」

嫂嫂不安地環視四周，我也覺得有些尷尬。

「我們是雇人力車，讓車伕帶著隨處逛逛好呢？還是往城堡的方向閒逛過去呢？」

「這個嘛……」

嫂嫂望著遠處的天空，眼光沒落在近處的我身上。這裡的天空也和海邊一樣，陰沉沉的。濃淡不規則的亂雲，一層又一層交錯，遮蔽兩人頭上的天空，不過那比起太陽直接照射更為悶熱。而且部分天空已烏雲密布，不知何時暴風雨就要來臨。在那圈烏雲密布的四周閃著光暈，在我們剛剛離開的和歌浦方向的天空上，勾勒出可怕的一角。嫂嫂皺著眉頭似乎在眺望那恐怖的地方。

「快下雨了吧？」

我原本就認為肯定會下雨。因此覺得雇人力車，跑一跑該看的地方才是上策。我直接下令車伕，到哪裡都無所謂，儘早把我們帶到可以遊覽的地方到處繞一繞。

車伕似懂非懂地拉著車胡亂竄，一下子到狹窄的街道，一下子又到蓮花盛開的護城河，然後又跑到狹窄的街道，簡直沒有一處是值得一遊的地方。最後，我坐在車上，發現光是這樣跑，根本沒辦法好好談一談那重要的事。我就吩咐車伕，把我們帶到可以坐下來好好談話的地方。

29

車伕明白我的意思，又跑起來。我正覺得車伕和剛才不一樣，跑得未免太猛時，兩輛人力車轉進狹窄的巷子，突然穿過一個大門。我急忙要叫住車伕，舵柄已經橫靠在玄關。兩人無可奈何，而且衣著漂亮的年輕女傭已經出來接待，兩人不得不跟著走進去。

「不該來這種地方。」我像在為自己辯解般說道。

「為什麼？不是挺不錯的茶屋嗎？很好。」嫂嫂答道。從這個回答推測，她好像一開始就預料會到這種料理店。

實際上，如嫂嫂所說，客堂建得漂亮又堅固。

「反而比東京一帶的便宜料理店更好。」我環視梁柱的木頭材質、壁龕的軸木。嫂嫂走到欄杆附近，眺望中庭。老梅樹下，看見茂盛蘭花的深綠色影子。梅花樹幹上到處都長滿堅硬、細長的青苔。

女傭拿著浴衣來帶我們去澡堂。我捨不得把時間用在洗澡上，而且也擔心洗澡後，可能就天黑了。我惦記著儘快把事情辦好，依照約定在天黑前回到海岸旅館。

「怎樣？嫂嫂要洗澡嗎？」我問問看。

因為哥哥事先有交代，嫂嫂也知道天黑前要回去。她從腰帶掏出錶一看。

「還早啊，二郎。泡個湯還來得及。」

她認為外頭看起來很晚，完全是因為天候的關係。由於天空烏雲密布，天色一片昏暗，看起來確實比錶上所顯示的時間晚很多。我怕馬上就要下雨，可是又認為假如要下的話，乾脆好好下一陣雨，回去時反而輕鬆。

「那麼，就去把汗水沖一沖吧！」

兩個人到底還是進去澡堂。從澡堂出來，膳桌都擺好了。就時間上來說，吃飯還太早。我不喝酒，也不想喝。我不得已，只好喝點湯，夾起生魚片來吃。女傭在一旁很礙事，我說「有事再叫妳」，她就退下了。

我在思慮到底要把事情鄭重向嫂嫂提出來，還是若無其事在談話時帶出來呢？思前慮後，感覺各有利弊。我手上端著湯，望著庭院發呆。

「你在想什麼？」嫂嫂問道。
「沒有啦，我在想會不會下雨。」我隨口答道。
「哦！那麼怕下雨？這很不像你啊。」
「雖然不怕，假如變成暴雨就麻煩了。」
我正在說話當中，就開始滴滴答答下起雨來。可能是早就開始的宴席吧，可以看見對面二樓的客堂上，有二、三個穿著染有家徽短褂的人影，從那裡還傳來藝妓合著三弦琴的曲調。
我從旅館出來時，已經騷動的心，這時候更加不平靜。我心中暗自害怕今天無法心平氣和地談話，也很後悔為什麼今天要答應這種奇怪的事。

30

嫂嫂理應不會察覺那種事。她看到我很在意下雨，反而覺得奇怪地責問我。
「為什麼那般在意下雨呢？雨後就變得涼爽些，不是很好嗎？」
「因為不知道雨什麼時候停才苦惱啊。」
「不必苦惱啦。不管怎麼約定，假如因為天氣的緣故也是沒辦法。」

「但是，我對哥哥有責任。」

「那就馬上回去吧！」

嫂嫂如此說道，立刻站起來，表現出一種決心的樣子。對面客堂的客人可能到齊了，三弦琴的嘹亮琴聲隔著雨傳過來，燈火也已經通明。我半是受到嫂嫂下定決心樣子的影響也起身站起來，繼之一想，我答應的事連一句話都還沒開口。正如晚歸會對不起母親和哥哥，假如我不把重要的事向嫂嫂說清楚的話，也會對不起自己的心。

「嫂嫂，看來這陣雨不會那麼容易就停。此外，我是有一些事想向嫂嫂說才來的。」

我望一下天空，又轉頭看著嫂嫂。別說是我，連已經站起來的嫂嫂也還沒準備回去。她站是站起來了，不過看起來像是要在五分鐘之內，端看我的態度才決定她之後該如何。我又把頭伸出屋簷外，仰望上方。由於房間的位置，和對面二層樓的大客堂隔著中庭，天空看來不似平常所見遼闊。因此，一般來說，不是很能看出雲層的變化和降雨的態勢。不過，比起剛才，暴風雨把庭院中的樹木打得更是搖搖晃晃卻是事實。我對於狂風的畏懼更甚於下雨和天空。

「你真是奇怪。說要回去我才打算來準備，你卻又坐下去。」

「說要準備也還沒準備，不是嗎？只是站起來而已。」

我如此說道時，嫂嫂莞爾一笑，故意打量我的衣袖和下擺，那眼神像似說「原來如此」，卻又帶著意外和驚訝。然後，她再次坐在微笑注視著她的我的面前。

「什麼呢？要談什麼事？那些深奧的事情，我不懂啦！談那些事還不如聽聽對面客堂的三弦琴還好些。」

這時候與其說是雨打在屋簷發出響聲，不如說是四處都被風吹得嘎嘎響。三弦琴的樂聲就夾雜在當中，不時掠過兩人的耳際。

「有事就快點說吧！」她催促道。

「那不是一被催促就說得出來的事。」

實際上，我被她催促時，還真不知道該從何說起才好。這時候，她吃吃地笑起來。「你幾歲啊？」

「不要譏笑我，那是很嚴肅的事情。」

「所以就趕快說呀！」

我終究對於以一本正經勸告她的方式感到厭煩，不得不感受到現在坐在她面前的自己好像已經被她看不起了。儘管如此，我又不由得覺得那當中有一種親近感。

31

「嫂嫂，那妳幾歲？」我突如其來問道。
「我還很年輕，應該比你少好幾歲吧！」
我一開始就沒想要跟她比較年齡。
「妳嫁給哥哥幾年了？」我問道。
嫂嫂裝模作樣說：「這個嘛……」
「我把這事都忘光光。甚至連自己幾歲也忘了。」
嫂嫂故意裝糊塗的樣子真的很像她的作風。不過，我心想她這種故作嬌態的不自然模樣，不就是反而會帶給嚴肅正派的哥哥不愉快嗎？
「嫂嫂連對自己的年齡都不在乎嗎？」
我不由得挖苦她。不過在說這話時，心中竟蕩漾著異樣的感受，一種對不起哥哥的恐懼突然襲過來。
「不管對自己的年齡有多麼不在乎都無所謂，只有對哥哥請稍微用心些，對他親切些吧！」
「看起來我對你哥哥似乎不親近。儘管如此，我還是盡可能為你哥哥去做自己能力所及的事。不僅是你哥哥，對你也是這樣，不是嗎？二郎。」

我以懇求「妳對我再不親切也沒關係，請對哥哥稍微溫柔些」的眼光看著嫂嫂時，突然發現自己太天真了。我也想到在嫂嫂面前，如此相對而坐，終究無法自內心真誠地為哥哥把事情辦好。我絲毫不覺得自己詞窮，不管什麼話只要是為了哥哥，我都可以說出來。然而，自己打算那樣做的一顆心，卻很容易變成不是為哥哥，反而是為自己所做的結果。所以就我的人格上，絕對不應該答應這種任務。如今，我更是後悔莫及。

「你怎麼突然沉默不說話呢？」那時候，嫂嫂如此說道，宛如刺中我的痛處。

「因為剛才我為哥哥懇求妳的事，嫂嫂並沒有認真聽。」

我壓抑羞愧的心，故意如此說。這時候，嫂嫂露出落寞的笑。

「可是，那是做不到的事，二郎。因為我很笨以致沒注意到，可能大家都認為我很冷淡，可是我很想為你哥哥盡自己所能去做呀！——我真是沒出息！尤其最近總是像失魂似的。」

「不要那麼沮喪，稍微再積極些，好不好？」

「你說該怎麼積極呢？說些奉承話嗎？我最討厭奉承人家。你哥哥也討厭啊！」

「不是什麼奉承話或討人歡心的話，可是能不能想個辦法，讓哥哥幸福，嫂嫂也幸福……」

「好了。我不想聽了。」嫂嫂話都還說完，眼淚撲簌簌地落下來。

「像我這種失魂般的人，你哥哥大概不中意吧？但是，我很滿足於現狀。這樣就很好。直到今天，我不曾向任何人講過你哥哥的不是。這種事，二郎你大概也都看到，也都明白……」

嫂嫂哭哭啼啼地說著，聽起來斷斷續續。不過，這些斷斷續續的話卻如此強而有力，讓我深受感動。

32

有一位經驗老到的長輩告訴我，女人的眼淚幾乎都不是鑽石，大抵上都是玻璃小工藝品。當時我非常佩服，心想原來如此，原來是那麼回事啊！但是，那只不過是言詞上的知識而已。毫無經驗的我，看到嫂嫂在自己面前掉眼淚，內心非常同情。假如在其他場合，我真想握著她的手陪她一起哭。

「誰都知道哥哥很難相處。妳的忍耐也不只是一般程度吧！但是哥哥是一個高潔到過於高潔、正直到過於正直的高尚人士，是值得尊敬的人……」

「二郎，那些都不必說，我也了解你哥哥的個性，因為我是他的妻子。」
嫂嫂如此說著，又開始啜泣。我愈來愈同情她。我看她拿一條皺巴巴，已經濕透的小手帕擦眼淚。我很想掏出自己的乾手帕，伸手到她面前替她擦眼睛和臉頰。不過，我強烈感受到一股說不出的力量緊緊按住我的手，使我動彈不得。
「坦白說，嫂嫂到底喜歡哥哥，還是討厭哥哥呢？」
我如此說道後，才發現自己沒有伸手去擦她的臉，反倒是自然而然從嘴巴說出這句話。嫂嫂從手帕和眼淚之間，好似在窺探般看我一眼。
「二郎。」
「嗯。」
我宛如被磁鐵吸住的鐵屑般，沒有任何抵抗、沒有任何自覺地脫口說出這個簡短的答話。
「你又何必要來要問那種事呢？什麼喜歡還是討厭哥哥，難道你認為除了你哥哥之外，我有其他喜歡的男人嗎？」
「我絕對不是這個意思。」
「所以啊！我剛才不是說過了嗎？我之所以看起來很冷淡，完全是我自己沒出息。」

「妳老說自己沒出息，那就很難辦。家裡也沒哪一個人曾經那樣說過妳啊！」

「大家不說，我還是沒出息，我自己清楚得很。不過，儘管這樣，還是有人常常讚美我很親切，人家並沒有看不起我。」

我曾經請嫂嫂以各種繡線在大坐墊上繡上蜻蜓和花草等，之後向她道謝說「感謝妳的親切」。

「哎呀！那坐墊還在嗎？很漂亮吧！」她說道。

「嗯。我保存得好好的。」我答道。因為是事實，我不得不如此回答。既然這樣回答，我就沒理由不暗中承認她對我很親切的事實。

猛然，豎耳傾聽，對面二樓彈奏三弦琴的聲音不知什麼時候已經停下來了。留下喝醉酒的客人，他們的講話聲不時隨風飄過來。我心想，難道時間已晚，正想掏出錶看的時候，女傭踩著踏石，從檐廊伸出頭來。

我們從女傭口中得知，現在和歌浦正被暴風雨所籠罩，電話不通，松樹倒在路上了，電車已無法通車。

33

這時候，我突然想起母親和哥哥，有如火燒眉睫般焦急。狂風巨浪對著他們的旅館呼嘯的情景，歷歷浮現在眼前。

「嫂嫂，不得了啦！」我回頭對嫂嫂說道，嫂嫂並未顯出多麼驚訝的樣子。不過，不知道是不是心理作用，我覺得嫂嫂平常看起來就蒼白的臉頰顯得更蒼白。而部分蒼白臉頰和眼眶上還留著剛才的淚痕。嫂嫂可能不願讓女傭看到，把臉轉向電燈較暗的奇怪方向，故意不看著入口處。

「和歌浦怎樣都回不去了嗎？」

由於弄不清楚問話的對象，所以不太知道她是在對我說，還是在問女傭呢？

「坐人力車也不行了嗎？」我轉問女傭相同的問題。

雖然女傭沒有說出「不行」兩字，卻反覆說明危險性，並且勸我們今晚一定要住在和歌山。她的表情嚴肅，不如說她是以我們兩個人的利害關係為考量在說明情況。我愈是相信女傭的話愈擔心母親。

防波堤和母親的旅館之間，大約五、六百公尺的路程。我考慮到如果海浪稍微高過堤防的話，大概也不容易衝到三樓的房間吧！但是，萬一發生海嘯，大海浪一下子襲捲而來的話……

「喂，那一帶的旅館曾有因發生海嘯而被大浪沖走的事嗎？」我實在太擔心而向女傭如此問道。女傭斷然答說「不曾有那種事」。不過，她告訴我，有過二、三次海浪衝過堤防落下來，堤防內有如一座湖般都是水。

「假如那樣的話，浸在水中的屋子不是很危險嗎？」我又問道。女傭答說，屋子頂多只是在水中轉來轉去，倒不必擔心會被沖到海裡。我對於這種漫不經心的回答，在憂心忡忡當中也忍不住啞然失笑。

「在水中轉來轉去就很嚴重，若是被沖到海裡，那不就是大災難了嗎？」

女傭什麼都沒回答地笑了。嫂嫂也從暗處往電燈的正面望去。

「嫂嫂，怎麼樣？」

「怎麼樣？我是一個女人，不知道該怎樣才好。假如你說回去，不管怎麼危險，我也會跟你回去。」

「回去也無所謂，可是——真是頭痛，真是無可奈何，今晚就在這裡住下來嗎？」

「假如你要留下來，我除了留下來也沒其他辦法。天色這麼黑，一個女人怎麼說都很難回到和歌浦啊！」

女傭露出原來把我們關係搞錯的眼神打量著兩人。

「喂！電話一直都不通嗎？」我為慎重起見又問問看。

「一直都不通。」

我也沒勇氣走到電話旁直接試試看。

「實在沒辦法，那麼就決定住下來吧！」這次我向嫂嫂說道。

「嗯。」

她的回答一如平常簡潔又平靜。

「街上有人力車嗎？」我又向女傭問道。

34

兩個人不得不前往料理店為我們斡旋的旅館。收拾妥當踏出玄關時，在那裡閃亮的燈光和車伕的燈籠，在風哮雨嚎中更顯清澈，宛如是照亮黑暗中狂吼怪獸的利器。嫂嫂那豔麗而耀眼的身影，先消失在黑色的車篷中，接著我也鑽進又窄又深的桐油車篷[17]裡。

我躲在車篷當中，幾乎無心去管街道上的可怕情景。腦海中，不是被自己尚未經歷過的海嘯所占據，就是痛苦地感受到由於天公不作美，自己斷然回絕哥哥的事終究還是陷入不得不去做的命運。我的頭腦當然無法平心靜氣地去想像或去思考，宛如陷在紛亂的火場裡，不得要領地亂竄亂跑。

其間，人力車的舵柄橫擺在一家像是旅館的屋子門口。我依稀記得自己從布簾下穿過，走進土間[18]，不過也不太確定。土間從長度和寬度比例來看，算是相當長。既沒看到櫃台，也沒有掌櫃，只有一名女傭出來接待。天才剛黑，竟是這般冷清的光景。

我們默默地站立在那裡。不知為什麼，我就是不想跟嫂嫂說話，她也蠻不在乎地把那把絹布傘的尖端斜斜戳在土間。

女傭把我們帶到一間古色古色的房間，檐廊前的屋簷掛著好像神明前的那種簾子。梁柱因為年代已久，黑到發亮，天井上也呈現一片黑褐色。嫂嫂把那把傘掛在套間[19]的衣架上後說：「對面有高大的屋子，這裡的牆壁好像也很厚，所以聽不到風雨聲，可是剛才坐在人力車上，還真不得了呀！車篷上風『呼呼』地吹，好恐

17 原文為「桐油」，意指塗有桐油用以防水防雨的車篷。
18 土間為日式屋子中，沒鋪地板或混凝土地面的地方。
19 原文為「次の間」，意指日式房間中，附屬於主要房間的小房間。

怖。你坐在車子內，應該也感覺到風有多大吧？我還以為差點就要翻車了。」

我整個腦袋亂紛紛，根本沒去注意那些事。不過，我也沒勇氣把實際情形講出來。

「是呀，風真大。」我隨口敷衍一句。

「這裡都這樣了，那和歌浦肯定更嚴重吧？」嫂嫂第一次從口中說出和歌浦。我又感到忐忑不安，說道：「嫂嫂，這裡的電話也不通嗎？」還沒等嫂嫂回答，我就走到擺在靠近澡間的電話，邊翻開本子邊不停按響電話鈴，看能不能接通母親和哥哥所住的旅館。不可思議的是我好像聽到對方說了二、三句什麼話，心想這實在太好了，剛想詢問暴風雨的情況，電話卻完全不通了。然後，我又叫了好幾次「喂喂喂」，也不管電話鈴怎麼響，一切都徒勞無功，最後還是無精打采地回到自己的房間。嫂嫂坐在坐墊上，正在喝茶，聽到我的腳步聲，轉過頭問道：「電話怎樣？接通了嗎？」我把剛才電話的情形全部講給她聽。

「我想約莫就是那樣吧！今晚怎樣都回不去了，不管怎樣電話都接不通，因為電話線已經被風吹斷了。你聽外頭的風雨聲，不就明白了嗎？」

不知從哪裡颳來二股風，像似突然交錯在一起，發出一陣怪聲，然後就騰向遙遠的天空。

35

兩人豎耳傾聽風聲時，女傭來要帶我們去澡間，她還問要不要吃晚餐。我根本沒心情吃什麼晚餐。

「怎樣？」我跟嫂嫂商量。

「這個嘛……隨便都好。不過，既然要住下來，還是吃個飯比較好。」她答道。

女傭知道後正起身要離去，屋內的電燈「啪」一聲全熄滅了。原本房間內的漆黑梁柱和黑褐色天井就顯得陰暗，這下子更是黑漆漆一片。我覺得坐在我跟前的嫂嫂好像用鼻子嗅都可以嗅得到。

「嫂嫂不害怕嗎？」

「害怕！」她的聲音從我預料的方向傳過來。不過，那聲音並不帶任何害怕，也沒有故意裝出害怕的嬌滴滴聲和輕浮態度。

兩個人坐在黑暗中，一動也不動，一句話也不說，只是默默地坐著。可能因為眼睛看不到的緣故吧，屋外的暴風雨比剛才聽在耳裡更加真確。雖然大雨隨著強風而去，雨聲沒那麼可怕，可是強風無時無刻不颳向屋頂、牆壁、電線桿，然後呼嘯而去。我們房間四面都被堅固建築物的厚牆所包圍，好像地面上的地窖一樣，連檐廊前面的小院子看起來都算是安全。不過，四周都發出一種可怕的聲響，伴隨著黑暗而來，使人無可抵抗地產生無法言明的恐懼。

「嫂嫂，請再忍耐一會兒。女傭去拿燈快來了。」我說道。暗自預料嫂嫂的聲音會從和剛才同樣方向傳到自己的耳際。沒想到她什麼都沒回答。我暗忖難道是漆黑的暗夜在逞威力，以致連女人柔細的聲音都傳不過來嗎？我多少感到不安。最後，我甚至開始擔心理應坐在自己旁邊的嫂嫂是否還在？

「嫂嫂！」

嫂嫂依然默不吭聲。我想像電燈還沒熄滅前，坐在自己對面的嫂嫂身影，並且浮現兩人之間的適當距離，然後又叫了一聲：「嫂嫂！」

「什麼啦？」

她的回答似乎很不耐煩。

「妳在嗎？」

「我在啦！你真是，我是活生生的人。不信的話，把手伸過來摸摸看。」

我很想把手伸過去摸摸看，不過沒那種膽量。過一會兒，她坐的方向傳來腰帶的摩擦聲。

「嫂嫂，妳在做什麼？」我問道。

「噢。」

「妳在做什麼？」我再次問道。

「剛才女傭拿浴衣來，我想換衣服，正在解開腰帶。」嫂嫂答道。

我在黑暗中聽解腰帶的聲音，女傭點著一根老式蠟燭，沿著檐廊走過來，然後就把蠟燭擺在房間壁龕旁的桌上。燭光左右搖晃，漆黑的梁柱和黑褐色的天井就不必說，凡是被燭光照到的地方，都在昏暗搖曳的燭光中晃動，使我感到孤獨又焦慮。特別是壁龕上的掛軸，和掛軸前方所插的花，在燭光的照射下，更是令人非常不愉快。我拿起毛巾，想到澡間去沖掉汗水。澡間點著怪裡怪氣的煤油提燈。

36

我藉著微弱燈光才看清楚澡間，拿起小桶子「嘩啦嘩啦」往背上沖水。走出來時，為謹慎起見又打了電話，電話「鈴鈴」響著，可是仍然不通，只好作罷。

我出來後，嫂嫂一進去澡間立刻又出來，說道：「那麼暗，怪可怕的。而且水桶和澡池都好舊，讓人想慢慢泡個澡的興致都沒了。」

這時候，我不能不藉著放置在畢恭畢敬女傭面前的蠟燭燈，填寫住宿登記簿。

「嫂嫂，登記簿上怎麼寫才好呢？」

「隨便，馬馬虎虎寫一下。」

嫂嫂如此說道，從小袋子掏出一個裝著梳子之類的花紋紙出來。她轉向後方，獨占一根蠟燭對著梳妝鏡不知在做什麼。我只好在登記簿上寫上東京的住址和嫂嫂的姓名，還故意在旁邊註明「一郎妻」。基於同樣用意，我也在自己這邊故意寫上「一郎弟」。

晚餐前，不知為什麼已停電的燈突然大放光明。這時候，從廚房方向傳來一陣歡呼聲。儘管女傭藉口暴風雨說今天沒有魚，膳桌上卻明明擺著魚料理。

「簡直就像死而復生。」嫂嫂說道。

沒想到電燈「啪」一聲又熄滅了。我剛好把筷子放在電燈突然熄滅時的地方，一時之間也動彈不得。

「喂、喂。」

女傭大聲呼喚夥伴的名字，要求拿燈過來。我在電燈「啪」大放光明的瞬間，看到嫂嫂不知何時在臉上略施脂粉，顯得很豔麗。電燈又熄滅的現在，我覺得只有她那張臉在黑暗中依然豔麗。

「嫂嫂，妳什麼時候化了妝呢？」

「你真討厭，烏漆墨黑中怎說這些呢？你什麼時候看到呀？」

女傭在黑暗中笑出來，還稱讚我的眼睛銳利。

「這種時候連胭脂粉都帶來，嫂嫂可真是細心。」我又在黑暗中對嫂嫂說道。

「哪有帶什麼胭脂粉來，只是面霜，你真是的。」她在黑暗中辯解道。

我在黑暗中，而且在女傭面前開這種玩笑，覺得比平常更有趣。這時候，女傭的夥伴又拿著另外二根蠟燭進來。

房間內的燭光好像漩渦般搖搖晃晃。我和嫂嫂都皺著眉頭看著正在燃燒的火焰，心中平靜不下來的寂寥真是難以形容。

不久，就睡覺了。我站在廁所，從窗口好像在仰望天空般窺探著。剛才多少有些安靜下來的暴風雨，這時候隨著夜深更加猛烈。天空儘管漆黑，但在黑暗中仍持續肆虐，片刻也不肯罷休。我想像在可怕的天空中，黑色雷光彼此撞擊，相互之間不斷釋放出黑色的針狀物。想到這裡，我不禁感到畏懼。

女傭鋪好床鋪時，把蚊帳外的蠟燭換成紙燈籠。那個燈籠又老舊又昏暗，散發出令人不舒服的微光，還不如把它熄滅變成一片漆黑，還讓人心情好些。我擦根火柴，在昏暗中抽起菸。

37

我從剛才都未曾入眠。起身小解，抽了一根香菸時，考慮了很多事情。思緒好像一下子湧出來般紛亂，我也抓不住哪一件事才是重要的問題。我甚至不時忘記抽那根已經點燃的香菸。然而，當我想起來把香菸叼在嘴巴時，卻覺得那菸味特別難聞。

我的頭腦裡，就像剛才看到那弄不清真相的暗黑天空般激烈地翻騰，還有母親和哥哥投宿的三層樓旅館不知被大浪沖襲多少次的景象也縈繞在腦海中，而這些事都還沒結束，又開始擔心正在這房間裡睡覺的嫂嫂。我也考慮到，雖說是天災，兩個人在這裡投宿的辯解又是什麼呢？同時，對於今天和嫂嫂一起經歷這種罕有的冒險，不知從哪裡竟然湧出一種喜悅。當那種喜悅湧現時，我竟把強風、暴雨、母親、哥哥全都忘光光。就在這時候，那種喜悅轉瞬間變成一種恐怖，與其說是恐怖，毋寧說是恐怖的前奏——潛伏在不知哪裡的不安徵兆。這時候，屋外的狂風暴雨不僅把樹連根拔起，還吹倒牆壁、捲走屋瓦，宛如也在預告將把正在昏暗燈籠下抽菸的自己粉身碎骨。

我正在胡思亂想著這些事時，在蚊帳裡睡得死寂的嫂嫂突然翻身，打了一個連我都聽得見的很長的哈欠。

「嫂嫂還沒睡嗎？」我在吞雲吐霧中問道。

「是呀，這種風雨聲，就是想睡也睡不著。」

「一聽到那風雨聲，我也是沒辦法。聽說這附近倒了一、二根電線桿，才會停電。」

「是呀！剛才女傭說過。」

「不知道媽媽和哥哥怎樣？」

「我剛才也一直在想這件事。不過，大浪不至於沖進來吧？就算沖進來，也是堤防上松樹附近那些岌岌可危的茅草屋先被沖走。假如真發生海嘯，把一切都捲走，我覺得很可惜。」

「為什麼？」

「為什麼？因為我很想看那種壯觀的景象。」

「別開玩笑！」我打斷嫂嫂的話。沒想到嫂嫂露出認真的表情答道：「真的喔，二郎。如果我想死的話，可不願用上吊或割咽喉那種小家子氣的方法，我希望被大水沖走，或被雷劈死那種壯烈的死法。」

我第一次從不太愛讀小說的嫂嫂口中，聽到這種浪漫的話。我在心中判斷那肯定是神經過於亢奮所致。

「不知哪本書上寫過那種死法。」

「雖然不知道書上有寫過或戲劇中有演過，不過我是認真在思考。假如你認為我說謊，要不要現在就回和歌浦，不管是大浪還是海嘯，一起跳下去試試看？」

「今晚，妳太亢奮了。」我安慰般說道。

「我比你不知道冷靜多少倍。大致說來，男人一碰到關鍵時刻，就變成膽小鬼！」

38

這時候，我才發現自己對女人絲毫沒研究。嫂嫂是一個始終不讓人看到她的內心又捉摸不定的女人。假如你積極往前進的話，她就像布簾似地毫無反應；若是無可奈何地往後退縮，她又突然出人意外地展現強大力量。那力量當中，有一種難以接近的恐怖。另外，當你的期待有所反應，卻還在猶豫不決是否前進時，她忽然又消失得無影無蹤。我和她交談之間，始終有一種被戲弄的感覺。奇怪的是這種被戲弄的感覺，對自己來說理應很不愉快才對，我反而挺愉快。

她最後說到可怕的決心——想要被海嘯捲走或雷劈死，總之就是希望不平凡的壯烈死法。儘管我平日（特別是來到和歌山之後）在體力或力氣上占有絕對的優勢，可是總覺對嫂嫂感到膽怯。這種膽怯又奇妙地伴隨一種很容易產生的親狎感。我想進一步探究平常對詩歌、小說都不那麼感興趣的嫂嫂，為什麼亢奮到說要被海嘯捲走或雷劈死呢？

「嫂嫂，今晚是第一次說出死這件事嗎？」

「對，從嘴巴說出來，今晚也許是第一次。不過，死這件事，只有死這件事，無論如何都無法從我心中離去。所以我才說假如你認為我說謊，就跟我回和歌浦，我一定跳進大浪裡死給你看。」

在昏暗的燈籠光下，又是狂風暴雨聲中，我聽到這些話，真的很害怕。她平常是一個嫻靜的女人，幾乎不曾有過歇斯底里的情況。雖然她沉默寡言、臉頰總是顯得蒼白，卻動不動就從眼睛裡發出意義深長卻不可解的光芒。

「嫂嫂，今晚怎麼了？是不是有什麼令人亢奮的事呢？」

我看不到她流淚，也聽不到她哭泣的聲音。可是，我感覺她又快要哭出來，我藉著昏暗的光，往蚊帳內偷看她一眼。她把紅棉被疊成兩層，上面那條滾邊的白麻被子整條蓋到胸口。當我在昏暗的光下看著她時，她正移動枕頭往我這裡看。

「你一直說亢奮、亢奮，但是我比你不知冷靜多少倍。因為我隨時都做好心理準備了。」

我不知道該怎樣回答。默默地拿出敷島香菸，在昏暗的燈影中抽起第二根。我凝視從自己鼻子和嘴巴吐出來的濃煙。其間，我轉動自己邪惡的眼睛，不時往蚊帳內窺視。嫂嫂宛如死去般安靜，讓人覺得她或許已經睡著了吧？突然從她仰望朝天的口中叫了一聲：「二郎。」

「什麼事？」我答道。

「你在做什麼？」

「抽菸。因為睡不著。」

「早點休息吧！不睡覺對身體不好。」

「好。」

我掀起蚊帳，爬進自己的床。

39

翌日和昨天完全不一樣，東方漸白時就可以仰望到美麗的天空。

「天氣變好了。」我對嫂嫂說道。

「真的。」她回答道。

兩人都沒睡好，所以沒有剛從睡夢中醒來的感覺。只是一離開床鋪，看到碧藍的天空，有一種從魔境醒來的感覺。

就坐吃早餐時，我看著從房檐流瀉進來的陽光，猛然發現氣氛起變化了。因此，也覺得眼前的嫂嫂和昨晚的嫂嫂迥然不同。今天早上一看，她的眼睛再沒有放射出任何浪漫的光芒，只有因睡眠不足被明亮的陽光突然一照，為抵擋陽光而顯出一種慵懶的倦怠感。蒼白的臉頰則是和平常一樣。

我們儘快結束早餐，離開旅館。因為相信旅館的人說電車可能還沒通車的提醒，所以雇了人力車。車伕一看到從土間走出大門的我們，好像立刻就認定是一對夫婦。我一坐上車，車伕拉起舵柄馬上跑到前頭。我阻止道：「往後，往後。」車伕心領神會地使個眼神說道：「太太走前面。」嫂嫂的車從我的車旁交會而離去時，她露出酒窩說道：「那我先走了。」我說了一聲：「請吧！」之類的話，心中非常在意車伕口中那句「太太」。不過嫂嫂毫不在意，車子一超過我，馬上撐起那把琥珀織[20]的刺繡陽傘來遮陽。她的背影顯得非常清爽。她若無其事地坐在車上，一派是否被稱為太太都與自己無關的態度。

我凝視嫂嫂的背影，也想到她的為人。我自認平常很了解嫂嫂的個性，一旦真正從她口中聽到真實的情況，簡直就像踏入禁地般，一切都變成不可解。從男人的角度觀察，所有女人都像難以清楚真面目的嫂嫂那樣子嗎？雖然缺乏經驗的我如此想過，不過我也想到難以清楚真面目這一點，在其他女人身上很難看到，似乎是嫂嫂才有的特色。總之，在完全不清楚嫂嫂的真面目時，碧藍的天空已經放晴了。我抱著好像走味啤酒般的心情，一直凝視走在前頭的嫂嫂的背影。

我突然發覺回到旅館後，還有義務向哥哥做有關嫂嫂的報告。我不太知道做什麼報告才好……雖然該說的事很多，我到底還是沒勇氣在哥哥面前一一說出來。縱使全部說出來，最後還是只能歸結為不清楚真面目這個簡單的事實。假如哥哥本身也和我一樣，為看不清楚嫂嫂的真面目而煩悶，其結果還是無法改變吧！我想到假如自己也遭遇和哥哥同樣的命運，也許會比哥哥更苦惱，心中開始感到恐懼。

車子抵達旅館時，在三樓的檐廊上並沒看到母親和哥哥的身影。

40

哥哥躲在三樓那間照不到陽光的房間，那顆有一頭亮麗黑髮的頭枕在枕頭上，仰臥在床上。然而他並沒在睡覺，不如說他睜大充滿血絲的眼睛，緊張地盯著天花板。他一聽到我們的腳步聲，突然以布滿血絲的眼睛注視我和嫂嫂。我事先並不是沒料到他的這種眼神，不過當我和嫂嫂並肩站在房間門口，看到充分說明昨晚一整夜都沒睡覺的布滿血絲又銳利的眼神時，還是不免吃驚。我認為在這種情況下，應該把可以充當緩和劑的母親找來，可是無論房間還是檐廊都沒看到母親的影子。

我去找母親時，嫂嫂坐在哥哥的枕頭邊說道：「我回來了。」

哥哥什麼都沒回答。嫂嫂仍然坐在那裡，一動也不動。我不得不趁勢開口說道：「聽說昨晚這裡的暴風雨很大。」

「嗯，風吹得相當猛。」

「大浪有沒有沖過石壩，從那排松樹下流過來呢？」

嫂嫂如此說道。哥哥看了她一會兒。然後緩緩地答道：「沒有，並沒有。房子應該也都沒事。」

「那麼，假如我們堅持回來還是可以回來。」

嫂嫂如此說道，轉頭看我。我沒看她，而是對哥哥說道：「不，根本就回不

20 琥珀織為細線、粗線交錯平織的絲織品。

來。電車無法通車呀！」

「也許是那樣。昨天從傍晚開始大浪就捲得很高。」

「半夜房子有沒有搖晃？」這也是嫂嫂向哥哥問道的事。這次哥哥立刻答道：「有啊！搖到媽媽說太危險要到樓下。」

雖然哥哥的眼神很可怕，我確認他的言語舉止沒帶什麼殺氣，總算才安心。哥哥比起急性子的我，壞脾氣約莫勝過我五倍。不過他卻有一種稟賦，有時能夠巧妙壓抑那種壞脾氣。

不久，母親去玉津島神社參拜回來。她看到我，露出總算放下一顆心上石頭的表情。

「還好這麼早就回來。——哎呀！昨晚真是太恐怖，嚇得話都說不出來。二郎，這梁柱『嘎嘎』作響，房間左右搖晃，還有那個大浪的聲音。——我現在聽起來都還會發抖……」

母親非常害怕昨晚的暴風雨。尤其一聯想到防波堤可能會被大浪沖到潰堤，所以討厭再聽到海浪聲。

「夠了夠了，和歌浦就算了。大海也算了。我什麼欲望和期待都不要，還是早點回東京吧！」

母親眉頭緊皺地說著。哥哥削瘦的臉頰堆滿皺紋，露出苦笑。

「二郎，你們昨晚在哪裡過夜？」哥哥問道。

我把住在和歌山的旅館告訴他。

「旅館還不錯嗎？」哥哥問道。

「總覺得很暗、很沉悶而已。嫂嫂，對不對？」

這時候，哥哥把布滿血絲的眼睛轉向嫂嫂。

嫂嫂只看著我說：「簡直就像是一間鬧鬼的房子。」

傍晚，我在樓梯口碰到嫂嫂。當時我問嫂嫂：「怎樣？哥哥發脾氣了嗎？」

「誰知道呢？我不知道他肚子在想什麼。」嫂嫂露出落寞的笑容就上樓了。

41

由於母親害怕暴風雨，大家決定就此結束旅行，早些回東京。

「不管什麼名勝，玩個一、兩天很好，時間一長可就無聊了。」哥哥同意母親的意見。

母親把我叫到隱蔽處問：「二郎，你打算怎樣？」我心想難道我不在時，哥哥把一切事都告訴母親了嗎？但是以哥哥平常作風，他不是那種事事都要說出來的人。

「昨晚我不在，哥哥不高興嗎？」

我問起這件事時，母親沉默一會兒。

「昨晚啊！你也知道風大浪大，沒心情講這些事，但是……」

母親說到這裡，就不願再說下去。

「媽媽好像在懷疑我和嫂嫂之間……」我話一說完，一直在凝視我的母親趕緊搖手打斷我的話。

「怎會有那種事？你真是的，我是你的媽媽啊！」

實際上，母親的話無疑已經很明白了，她的表情和眼神也乾脆俐落。不過，我不了解她心裡在想什麼。身為他們的親生兒子，有時候明知親生父親或母親在說謊，還得一本正經聽下去。因此，我早就認為世上沒有一個人會一直說真話。

「我會把所有的事告訴哥哥，因為是這樣約定的，媽媽不必惦記這件事，請放心。」

「那就儘快去把這件事辦一辦才好，二郎。」

我們決定搭乘翌日的夜行快車回東京。其實，以大阪為中心，可以參觀或逛一逛的地方還很多。但是母親毫無心思，哥哥也沒興趣，甚至在大阪換車都不願浪費時間，母親和哥哥主張一到大阪立刻換搭臥鋪直接回東京。

因此我們非得在翌日早上，從和歌山搭乘火車前往大阪。母親叫我打電報到岡田家。

「有沒有必要打給佐野呢？」我看著母親和哥哥問道。

「不必吧！」哥哥回答。

「只要打給岡田，就算沒打給佐野，他也一定會來送我們。」

我拿起電報箋紙，不由得想起非娶阿貞的佐野的凸額和金邊眼鏡。

「那麼，就不打電報給凸額嘍！」

我如此一說，逗得大家都笑了。看來就像我注意到佐野的凸額般，大家也都發現這個人的特徵。

「他本人看起來比照片上還凸額。」嫂嫂一臉認真地說道。

我在開玩笑中掩飾自己，也在盤算找什麼時候向哥哥報告嫂嫂的事。所以不時趁哥哥沒注意時，偷看他。不過，哥哥卻出乎我的意料，完全一副不在乎的模樣。

42

哥哥把我叫到另一個房間，是在談論佐野的事後不久。當時，哥哥還是跟平常一樣（依嫂嫂的說法，他經常裝出平常的模樣）平和說道：「二郎，有事跟你說，到那房間來。」我老實答了一聲「好」，就站起來。不知為什麼在起身時，瞥了嫂嫂一眼。當時我絲毫沒察覺，後來才發現這個尋常的動作竟是一直存在我心中的一種傲慢。嫂嫂和我四目相接時，像平常般露出酒窩。從他人的眼光看來，我和嫂嫂是否儼然帶有些得意呢？我站起來，回頭看一下正在小房間收拾浴衣的母親，不禁就呆立不動了。看起來母親的目光，從剛才就一直偷偷在觀察我們。我抱著好像被母親的懷疑之箭射進胸膛的心情，走進哥哥的房間。

那時候剛好碰到舊曆的盂蘭盆節[21]，可能所謂盆波[22]的緣故，別說住宿客，也幾乎看不到一日遊客的蹤影。偌大的三層樓房屋，空房間還很多。如果請他們通融一下，隨時都可以找到房間。

看來哥哥事先就吩咐女傭，在房間內對擺了兩個麻質坐墊，精美的菸灰缸旁放著團扇。我在哥哥面前坐下。但是應該說些什麼才好呢？我實在沒把握，只好默不吭聲。哥哥也不輕易開口。不過依我的估算，在這種情況下，以哥哥的性格肯定會積極發問，所以我就故意一直抽著香菸。

假如分析當時自己的心理狀態，如今回顧起來，我不得不承認雖不至於是在戲弄哥哥，多少有存心使他焦慮的意味。不過，我也不知道自己為什麼敢那樣大膽對待哥哥。我想恐怕是在不知不覺間，被嫂嫂的態度潛移默化吧？事到如今，我為自己造成無法挽回，也無法補償的事感到深深懺悔。

我默默抽著香菸，哥哥果然叫了一聲「二郎」後說道：「你了解阿直的性情了嗎？」

「不了解。」

由於哥哥的質問太過嚴厲，我無意之中就這麼簡單回答。話一出口，我發現未免太過於空洞，後悔那樣不好，卻已來不及了。

之後，哥哥連一句話都沒問，也連一句話都沒回答。兩人就這樣默默不說話，我感到非常痛苦。如今想來，哥哥無疑更為痛苦。

「二郎，我這個做哥哥的沒想到你竟只回我一句『不了解』就結束。太無情

---

21 原文為「お盆」，即盂蘭盆節。為日本祭拜祖先的節日，以前訂在舊曆七月十五日前後，現在則是太陽曆的八月十五日前後。

22 據說舊曆盂蘭盆節前後的波浪特別大，稱之盆波。

了。」

哥哥如此說道。聲音低沉又顫抖。看起來他早就努力壓抑在母親面前、旅館前以及我的面前，理應很大聲的嗓門。

「你用這麼一句冰冷的話就想了事嗎？難道是在輕視我嗎？你又不是小孩子。」

「不，我絕對沒有那種意思。」

當我如此回答時，自己確實稱得上是純樸善良的弟弟。

43

「既然你沒那種意思，那就表現出沒那種意思，把事情詳細講出來不好嗎？」

哥哥極為痛苦地盯著團扇上的畫看。幸虧哥哥沒看到我的臉，我偷偷看一下他的模樣。我如此回答好像在輕視哥哥，雖然感到非常內疚，不過與其說他的表情不如說是他的態度欠缺一些老練，甚至還表現出稚氣。現在的我已經知道對於這種純真而不靈巧的態度，應該表現出相對的尊敬。但是當時我的人格尚不成熟，腦中充滿趁隙行事才是聰明人的利害得失觀念。

我看了一會兒哥哥，心中產生巧妙利用這情況的念頭。他在發脾氣；他焦慮不堪；他努力壓抑情緒；他緊張到沉不住氣；他就像氣球般輕飄飄地緊繃，只要稍候一會兒，無疑地就會自行破裂，或是自行飄到哪裡去。——我如此觀察。

這時候，終於才領悟嫂嫂之所以對哥哥莫可奈何，其根源完全在此。而且，我也認為嫂嫂對哥哥所採取的方法最為巧妙。至今為止，我始終只從正面看哥哥，對他客氣、對他顧慮，有時又對他非常佩服。可是昨天有過和嫂嫂度過一天一夜的經驗後，料想不到從反面來看這個痛苦不堪的哥哥時，出現眼前的結果竟就是瞧不起他。我不記得嫂嫂什麼時候教會我這些事，不過，我沒那麼大的膽量在哥哥面前表現出來。我若無其事地凝視著正盯著團扇的哥哥的額頭。

這時候，哥哥突然抬起頭。

「二郎，不說些什麼話嗎？」一句鼓勵的話傳進我的耳朵。聽到這聲音又讓我恢復平常的態度。

「我正想要說。可是事情很複雜，不知道從哪裡說起才好，有點傷腦筋。因為這件事不同於其他的事，哥哥也得毫無芥蒂地聽我慢慢說。如果像法官般嚴肅斥責我，好不容易才到嘴邊的話，也會嚇得又吞回去。」

聽我如此說道，哥哥果然是有相當見識的人，於是說道：「原來如此，那是我不好。你是個急性子，我又是個壞脾氣，沒想到就把事情弄得一團亂。二郎，那就讓你慢慢說吧！假如我得慢慢聽的話，現在我就耐心等你慢慢說。」

「等回東京再說吧！說回東京，明晚搭夜車，很快就到了。而且我也想平心靜氣地把我的想法說出來。」

「那樣也好。」

哥哥平靜地答道。他原來的壞脾氣，好像被他對我的信賴全給吹掉了。

「那麼，就這樣辦吧！」我話一說，起身站起來時，哥哥點點頭說了一聲「好」，不過在我跨過門檻時，哥哥又呼叫道：「二郎。」

「詳情等回東京再問，現在我只問一句話，好嗎？」

「有關嫂嫂嗎……？」

「當然。」

「有關嫂嫂的人格，沒有可疑之處。」

我如此說道時，哥哥突然臉色大變，但是他什麼話都沒說。我就此離去了。

44

我意料在這種情形下，哥哥會飽我一拳或是痛罵我一頓。但是我不管臉色大變的哥哥，逕自離去，無疑是比平常更瞧不起哥哥。而且一旦兄弟打起來，我已經準備好要展現為嫂嫂辯解的氣概。這與其說因為嫂嫂是清白的，也許說我對嫂嫂有更多新的同情比較妥當。換言之，我開始輕視哥哥了。我之所以離席而去，多少是對他懷有一種仇視的心理。

我回到房間時，母親已經沒在收拾浴衣，而是埋頭動手整理行李。不過，看起來並不專注，一聽到我的腳步聲，立刻往我這邊看。

「哥哥呢？」

「大概快回來了吧！」

「談完了嗎？」

「可以說談完，也可以說還沒談完，從一開始就不是什麼大不了的事。」

我為讓母親放心，故意嘮嘮叨叨如此說道。母親開始把行李裡的小東西拿出來又放進去。這次我對嫂嫂感到有些難為情，更不敢看在一旁幫忙的她的臉。儘管如此，她細嫩又落寞的嘴唇彷彿浮現一抹冷笑，悄悄地從我眼前掠過。

「現在就在打包行李嗎？太早了吧！」我故意嘲笑般提醒老母親。

「不過既然說要回去，盡可能早點做準備比較好呀！」

「本來就是嘛。」

嫂嫂這句話，好像故意搶在我開口前而應聲回答。

「那我來幫忙綑起來吧！這是男人的工作。」

我和哥哥不一樣，很能做那些像車伕或工匠般的粗活，特別是很擅長綑綁行李。我開始把繩子擺成十字形，嫂嫂馬上起身往哥哥的房間走去。我不由得目送她的背影。

「二郎，哥哥的心情怎樣？」母親故意壓低聲音問我。

「沒什麼特別的事情。您那麼放心不下嗎？沒事。」我故意大剌剌地說道，用右腳緊緊踩在行李蓋上。

「其實，我也有話想跟你說。等回東京，再慢慢說。」

「好，我好好聽。」

我漫不經心答道，心中彷彿模糊地浮現母親所謂說話的內容。

不久，哥哥和嫂嫂從另一個房間走出來。我故作鎮靜地和母親談話，心中多少掛念他們兩人的會面和會面的結果。母親看到兩人並肩走來，好像才放下心的樣子。我多少也有母親的這種感覺。

我用力綑綁行李，弄得臉上和背後汗水直流。我捲起袖子，抓起浴衣的袖子來擦汗。

「喂，太熱了。幫他搧一下風。」

哥哥說著，往嫂嫂看。嫂嫂輕輕站起來，為我搧風。

「不必啦！馬上就好了。」

我如此婉謝時，一會兒就把明天的行李都打包妥當了。

歸來

1

我從和歌山回來，總掛念著兄嫂夫婦之間的關係如何？果然事情終究沒超出我的預料。我遭受那場大自然的暴風雨後，又清楚看到哥哥的腦海中即將颳起旋風的徵兆，只能從他的面前退下。不過，在嫂嫂去跟哥哥談了約十分或十五分鐘後，這個徵兆幾乎變得無須警戒般穩當。

我對自己的心理變化感到驚訝。我佩服嫂嫂能夠在短時間內，把宛如刺蝟般尖銳的哥哥收服得服服貼貼的手腕。我光看到母親終於安下心，心情愉快的表情，也就心滿意足。

哥哥的心情在離開和歌浦時沒什麼變化，在火車裡也一樣，來到大阪也仍然如此。他對著來送行的岡田夫婦，甚至還開玩笑道：「岡田，要不要幫你帶話給阿重呢？」

岡田露出迷惑的表情，反問道：「只帶話給阿重嗎？」

「是呀！你的仇人阿重。」

哥哥如此說道，岡田才恍然大悟地哈哈大笑。謎底解開後才明白笑點的阿兼也跟著笑出聲。如母親所料也跟來送行的佐野，像似好不容易才逮到可以笑的機會，肆無忌憚大笑，讓周圍的人都大吃一驚。

當時，我並沒問嫂嫂如何讓哥哥的心情好轉，後來也沒機會問她。不過，我認為正因為嫂嫂具有這種靈巧的手腕，才有辦法對哥哥始終不屑一顧。而且我懷疑她是否對自己的手腕故意有時使出、有時收回——不礙於時機和場合，完全隨心所欲，收放自如。

火車沒例外依然擁擠。我們好不容易買到四個隔開的臥鋪，而且四個臥鋪在同一間，真是太幸運了。哥哥和我因是體力較好的男人所以睡上鋪，兩個女人睡下鋪。我的下鋪睡的是嫂嫂。當火車發出「隆隆」聲在黑暗中飛駛，我怎樣都無法不去想自己的下鋪睡的是嫂嫂。一想到她，感到愉快的同時也感到不愉快，總覺自己的身體宛如被一條軟綿綿的青蛇纏繞著。

哥哥和我好像隔著一個深谷而睡。我認為與其說他的身體在睡覺，毋寧說是魂魄在睡覺。而且我彷彿感到那一條軟綿綿的青蛇，斜斜地把他睡眠中的魂魄從頭到腳纏繞住。我想像那一條青蛇忽冷忽熱、忽緊忽鬆地纏繞著他，而哥哥的表情隨著青蛇的冷熱以及纏繞的鬆緊而有所變化。

我躺在臥鋪上，半想像半睡夢中一直把嫂嫂和青蛇聯想在一起。至今我還記得自己就在這如詩般的睡夢中，突然被站務員「名古屋、名古屋」的叫喊聲給驚醒。火車「噔」一聲停住的同時，傳來「嘩啦嘩啦」的下雨聲。我覺得襪子有些溼氣，起身一看，自己腳邊對著紗窗。我趕緊把窗子拉上，心想其他人不知怎樣，問了一聲。只有嫂嫂說「雨水好像潑進來了」，我跳下來，幫她拉上窗子。

2

「好像下雨了？」嫂嫂問道。

「嗯。」

我把那個被風吹得剩半邊的又厚又濕的窗簾，「嘩啦」一聲整個拉開。這時候，聽到母親翻身的聲音。

「二郎，這是哪裡？」

「名古屋。」

我從飄進雨的沙窗，眺望不見人影的雨中車站。遠處又傳來「名古屋、名古屋」的喊叫聲，然後響起「叩叩叩」的腳步聲，聽起來好像只有這個人是活人。

「二郎，順便幫我把腳邊的窗子關起來。」

「媽媽那邊的玻璃窗有沒有關上呢？剛才叫她，好像已經睡著了……」

我替嫂嫂關上後，馬上去關母親的窗子。把窗簾拉到一邊，伸手一摸才發現玻璃窗關得好好的。

「媽媽這邊，雨不會進來。沒關係，這樣就可以。」

我邊說邊用手「咚咚」敲敲母親腳邊的玻璃窗。

「妳看，雨進不來吧！」

「怎麼進得來呢？」母親笑笑說道。

「什麼時候開始下雨？媽媽一點都不知道。」母親慈祥又帶有解釋味地說著，隨後又說道：「二郎，辛苦你了。早點睡，已經很晚了。」

時刻已過十二點，我輕輕爬到上鋪，室內又恢復原來的安靜。嫂嫂在母親開口說話後，就沒再說話。母親在我爬回上鋪後，也沒再說話。不過，只有哥哥從頭到尾一句話都沒說，他宛如聖尊般靜靜地安睡著。這種睡法也是至今我都感到可疑的事之一。

正如他經常公開宣稱，自己多少罹患神經衰弱症，因此常常為失眠所苦。他對家裡的任何人也是如此告知，從不曾聽他說過因為很想睡覺而困擾。

遠遠看到富士山時，雨後雲彩迎著列車而來。當大家都起來眺望這難得的景色時，哥哥依然繼續睡，彷彿這一切都跟他毫無關係。

餐廳開始供餐，大多數乘客都已經用過餐後，我帶著母親沿著狹窄的通道走向列車的後方，要去填飽從昨夜以來就沒進食的空肚子。這時候，母親對嫂嫂說道：「已經差不多了，把一郎叫醒，一起到餐廳。我們先去那邊等。」嫂嫂如平日般露出落寞的笑容，答道：「好，隨後就到。」

我們離開恰巧有清掃員要來清掃車廂。走進餐廳裡，客人還很多，進進出出的人在狹窄的通道上喧譁著。我勸母親點紅茶和水果時，哥哥和嫂嫂出現在入口。很不巧我們旁邊的餐桌都坐滿人，他們只好到入口附近的位子相對而坐。他們就跟普通夫婦一樣，有說有笑地眺望窗外的景色。和我在一起的母親啜著茶，不時心滿意足地看著他們。

我們就這樣返回東京了。

3

再重複一次，我們就這樣返回東京了。東京的家裡和往常一樣，沒什麼改變。阿貞繫上襷帶[1]依然辛勤工作。我看她頭上裹著布巾在洗衣服的背影，才想起好一段日子不見她，那已經是回來後的第二天早上。

芳江是兄嫂的獨生女。父母親不在家時，由阿重負責照料她的起居。雖然芳江很黏母親和嫂嫂，但她是一旦有事倒也不需要太費心照顧的孩子，甚至連阿重都不覺得麻煩。我認為她若不是遺傳到嫂嫂的性情，就是阿重很疼愛她的緣故吧！

「阿重，像妳這樣的人也能代為照顧芳江，果然不愧是一個女人。」父親這麼一說，阿重氣呼呼地鼓起臉頰，特地跑去向母親告狀：「爸爸實在很過分啦！」我在火車上已經聽說這件事。

我回家一、兩天後，向阿重問道：「阿重，聽說父親說妳果然不愧是一個女人，妳在生氣嗎？」她回答：「是在生氣。」轉頭就到父親的書齋，替花瓶換水並用抹布把水擦乾。

「還在生氣嗎？」

「早就忘光光了。——好漂亮啊！這是什麼花呢？」

「阿重，說妳是女人，那是讚美的話呀！表示妳是一個具有女人的溫柔、親切的女孩子。怎會生氣呢？」

「隨便都好啦！」

1「襷」為日人自製之漢字，其用途是工作時避免和式衣袖礙手，用來束衣袖的帶子。

阿重擺動被腰帶遮住的屁股，雙手捧著花瓶往父親的房間走去。她宛如以屁股在表示憤怒般，讓我覺得太好笑了。

我們一回到家，芳江立刻由阿重的手交給母親和嫂嫂。她們兩人好像在爭奪芳江般，一下子抱起來一下子又放下。我平日就對眼前的這個真實景象覺得奇怪——天真無邪的芳江竟能夠那麼親近外表冷漠的嫂嫂。這個黑眼睛、頭髮濃密的小女孩，得自母親遺傳，臉色比別人蒼白，奇蹟般愛黏著她那個不易與人親近的母親。嫂嫂也把這當成是全日本最驕傲的事，對家裡的任何人都想炫耀一番。尤其對自己的丈夫，根本已經超越所謂炫耀的意義，毋寧說是進行一種殘酷的報復。哥哥是無法離開思索的讀書人，大抵上都在書齋內，儘管心中多麼疼愛這個小女孩，可是父女之間並不親近，作為父親所得到的回報很少。感情豐富的哥哥對這種事不滿意，也是無可厚非。在餐桌上，哥哥甚至會流露出對此的不滿。阿重對這件事比誰都要打抱不平。

「芳江好愛媽媽喔。怎麼不來爸爸旁邊呢？」她故意問起類似這樣的話。

「因為……」芳江吞吞吐吐說道。

「因為怎樣呢？」阿重又問道。

「因為我怕啊！」芳江故意小聲答道。讓阿重聽起來覺得更可恨。

「什麼？怕？怕誰呢？」

她們經常重複如此的一問一答，時間持續五到十分鐘左右。在這種情況下，嫂嫂絕對不動聲色，蒼白的臉頰上總是露出微笑，以平常心看待。最後，父母親為緩和兩人的情緒，就讓哥哥拿水果或甜點給芳江，對她說道：「這樣就好啦！爸爸給妳好吃的東西喔。」總算才把事情給含混帶過去。縱使如此，阿重心中的氣也沒消，還是氣得鼓起雙頰，哥哥則默不吭聲獨自回書齋。像這種事是常有的。

4

那一年，父親從人家那裡學會種植牽牛花，經常培育不同品種的花、葉來欣賞。說是不同品種，也都是一些普通的牽牛花，只是多些皺摺又不漂亮，所以家人也沒想去看。不過，父親的耐心與每天早起、並排的花盆和乾淨的沙，還有不同於一般的怪花形和怪葉狀，的確值得欽佩。

父親把盆栽擺在檐廊上，不管逮到誰都不厭其煩地加以說明。

「原來如此，真有趣！」連正直的哥哥也感到欽佩而不吝讚美。

父親經常占住裡面那兩間和我們隔開的房間。在掛著簾子的檐廊上，總是擺滿牽牛花。所以常常就「喂，一郎」或「來一下，阿重」特地把我們叫到那裡。我獻給父親的讚美遠比哥哥還多，說到他開心後才退下。然後在父親聽不到的地方，又說些諸如「其實還蠻不好意思，不得不讚美牽牛花。老爸這種怪癖，真傷腦筋」之類的批評。

總之，父親是一個喜愛講解、說明的人，加上空閒時間又多，因此誰都無所謂，反正鈴聲一響，就得來聽他說東扯西。每逢叫到阿重時，她經常說道：「哥哥，今天拜託你替我去。」父親很喜歡對阿重講一些很難懂的話。

我們從大阪回來時，牽牛花還沒開花。不過，父親的興趣已經從牽牛花轉移了。

「怎麼了呢？那個新品種？」我一問，父親露出苦笑答道：「其實，那牽牛花令人不太滿意，明年起不種了。」我判斷可能是父親引以為傲，一直向我們炫耀那種奇怪的花和葉子，經內行人鑑定為並不成功所致吧！因此我在茶間放聲大笑。結果阿重和阿貞都替父親辯解。

「才不是這樣啦！因為太費工夫，爸爸已經沒耐心了。就算這樣爸爸能培育到這種地步，大家都很稱讚他。」

母親和嫂嫂看我一眼，好似在嘲笑我沒知識般笑起來。連在一旁的芳江也露出簡直和嫂嫂一模一樣，別有含意的笑。

日子就在這種瑣事中度過，我當然不去想哥哥和嫂嫂之間的事。我覺得好像已經沒必要依約定，去向哥哥說明嫂嫂的事。母親說回東京後再慢慢談那像似複雜的事，看來母親也是不太容易說出口。最後，那麼想知道嫂嫂情況的哥哥，漸漸也趨於冷靜。不過，哥哥對父母親和我也不像以前那樣交談。縱使是大熱天，他也幾乎都躲在書齋裡認真研究些什麼。我經常向嫂嫂問道：「哥哥在讀書嗎？」嫂嫂答：「嗯，大概在準備下學期的課程吧！」我心想原來如此，暗中希望哥哥就這樣一直忙下去，把心思完全都轉移到研究學問去。嫂嫂依然如往常，好像寂寞的秋草擺動著，不時會笑著露出一個酒窩。

5

不知不覺，夏天漸漸過了。每晚看到的星光愈來愈深沉了。梧桐葉朝夕隨風搖曳，映入眼中讓人不禁也有些寒意。入秋後，我宛如重生般，經常感到心情愉快。比我更富詩情的哥哥曾經眺望清澈的秋空，說道「這才是有生存價值的天空啊」，然後很開心地又仰望頭頂上的碧空。

「哥哥，有生存價值的時候終於就要到來了。」我站在哥哥書齋的陽台，轉頭對他說道。他躺在藤椅上。

「還不到真正舒適的秋天，得再過一陣子才行。」他答道，順手拿起倒叩在膝上的厚書。那是晚飯前的傍晚時分。我正想走出書齋時，哥哥突然叫住我說：「芳江在下面嗎？」

「應該在吧！剛剛還看到她在後院。」

我打開後邊的窗子，往下俯視，下方有一個花匠特地為芳江做的鞦韆。但是剛剛還在的芳江已經不見蹤影了。「咦，跑到哪裡去呢？」我才自言自語說道，芳江高亢的笑聲從澡間傳過來。

「喔，她正在洗澡。」

「她跟阿直一起？還是跟媽媽呢？」

芳江的笑聲中，的確也聽到嫂嫂那過於低沉的女人聲音。

「是嫂嫂。」我答道。

「好像很開心的樣子呀？」

哥哥如此說道，我不由地看他一眼。他手上的大本書把頭遮住，所以看不到他說這話時的表情。不過，我從他的語調中，充分明白他的意思。我稍微猶豫一下，說道：「因為哥哥不懂得哄小孩。」原本哥哥的臉還隱藏在書本後方，他突然放下書本說道：「我豈只是不會哄孩子而已呢？」我默默地注視著他。

「我豈只是不會哄自己孩子而已，連哄自己父母親的本事也沒有，何況要去哄自己的妻子？完全不知該怎麼做才好。我到這種年紀之前，專心於研究學問，根本無暇去學習那種事。二郎，看來為了自己的人生幸福，無論如何都必要去學會那種本領。」

「但是哥哥講課講得那麼好，不但彌補一切還綽綽有餘，不也很好？」

我如此說道，看情形自己該走了。可是哥哥並沒有要結束的樣子。

「我又不是只為講課才誕生的人。不過，我因為必須講課、讀書，使得生命中很重要的人無法擁有身為一個人應有的滿足。假如不是這樣的話，對方又怎會變得無法讓我滿足？」

我發現哥哥所說的話背後，好像在詛咒他周圍某種令人厭惡的事物。我務必得回答些什麼才行，可是我不知道該怎麼回答才好。如果不小心把嫂嫂那件事扯出來，那可就難辦了。因此我顯得很膽怯，特意不讓話題轉到那件事上。

「我覺得哥哥想太多了啦！還不如趁著好天氣，這個週日到哪裡去走一走，不是很好嗎？」

「嗯。」哥哥輕輕答道，無精打采表示同意。

6

哥哥孤獨的臉龐露出的落寞，順著寬額頭滲透在憔悴的臉頰。

「二郎，我從以前就很喜歡大自然，總之我就是和人合不來，不得已才把這顆心轉向大自然吧！」

我很同情哥哥，一口就否認：「沒那種事。」不過光是這樣並無法讓哥哥滿意，接著我又說：「說來還是我們家血統有那種傾向啦！爸爸自不必說，就是我也如哥哥所知，還有阿重也很奇怪啊！喜歡花草樹木，現在連看到山水畫也是一副很有感覺的模樣，一而再地觀賞。」

我想盡辦法安慰哥哥，說了一大堆話，這時候阿貞從樓下上來告知要開飯。我對她說：「阿貞，妳最近看起來很開心，總是笑咪咪。」自從大阪回來後，阿貞不管天氣多熱也躲在女傭房，不太願意露臉。我知道自己在從大阪寄給阿貞的風景明信片上，寫著「非常恭喜妳」五個字，引起家人哄堂大笑。可能因為這緣故，儘管住在同一個屋簷下，阿貞很奇怪老是躲著我。因此，我一和阿貞碰面，更是忍不住想多說些什麼。
「阿貞在高興什麼呢？」我半開玩笑地追問。阿貞雙手貼地，整張臉紅到耳根。哥哥坐在籐椅往下看著阿貞說：「阿貞，一提到結婚就臉紅是女人的黃金時期。說起來，結婚既不必開心也不必害羞到臉紅。豈止如此，結婚後一個人變成兩個人，很多時候人的品格比起單身一個人時更容易墮落，甚至還會遭遇可怕的事。總之，妳可要留意當心啊！」
阿貞好像根本不懂哥哥的意思，不知該如何回答才好，只是露出茫然的表情，眼中噙滿淚水。哥哥看她這樣子又說：「阿貞，對不起，講太多廢話了。我在開玩笑。這些話應該講給像二郎那種莽撞的人聽才對，卻對著阿貞這般溫柔的女孩講出來，完全搞錯對象，不要見怪。今晚有好吃的吧？二郎，我們去吃飯。」
阿貞一看到哥哥從藤椅站起來，立刻起身先「咚咚」走下樓梯。我和哥哥並肩走出書齋。這時候，哥哥轉過頭來看著我說：「二郎，上次那件事一直沒再談下去，最近忙著讀書和備課，雖然常想問你、想問你，卻還是擱在那裡，真是對不起。這陣子有空想聽你慢慢講，你要講給我聽。」我很想故作糊塗說「上次那件事？什麼事？」不過，當下我可提不起勇氣講那種話，只能講些四平八穩的話而已。

「時間一過，總覺就像走味的啤酒，我會變得很難把事說清楚。不過我們既然有約在先，你想聽，我哪有不說的呢？但是哥哥所謂有生存價值的秋天就要到來，與其說這些無聊的事，不如到哪裡去遠足吧？」

「嗯，遠足也不錯，但是……」

兩人邊交談邊走到樓下擺著餐桌的房間，在那裡看到身邊依偎著芳江的嫂嫂。

7

在餐桌上，父親和母親無意中聊起阿貞的婚事。母親說已經從布店買回來白綢，正想拿去染上家徽等。這時候，阿貞原本坐在大家的後面服侍，一聽到這些話題，趕緊把漆器黑托盤放在飯桶上就離開了。

我看著她的背影笑出來。哥哥卻露出不愉快的表情。

「二郎，你不要亂戲弄她。像對這種天真的女孩講話得體貼些。」

「二郎簡直就像戲館裡愛起鬨的人。」父親帶著嘲笑又規勸地說道。只有母親露出莫名其妙的表情。

「二郎每次一碰到阿貞就說什麼恭喜啦、好像有什麼開心的事等之類的話，讓阿貞很害羞。剛才在二樓也是說得人家滿臉通紅，立刻逃走。阿貞生性和阿直完全不一樣，所以我們對待她不能不注意些……」

母親聽了哥哥的說明才恍然大悟地露出苦笑。嫂嫂已經用完餐，故意看著我使了一個奇怪的眼神，看起來好像在給我什麼暗號。雖然我如父親所說愛起鬨，可是在父母親面前還是有所顧忌，對嫂嫂的暗號一點都不想回應。

嫂嫂默默無言站起來，走到門口轉過頭向芳江招手，芳江也立刻站起來。

「喔！今天不吃甜點就要走嗎？」阿重問道。芳江站著不動，看起來像似在想該怎麼辦才好。「咦，芳江不來嗎？」嫂嫂非常溫柔地說著，就走到檐廊外。原本猶豫不決的芳江，一看到嫂嫂走了，忽然下定決心，馬上「啪噠啪噠」從後頭追過去。

阿重恨得牙癢癢地看著芳江的背影，父親和母親緊繃著臉盯著自己的盤子看，阿重斜斜地往哥哥看過去。哥哥望著遠處在發愣，但是他的眉頭微微皺成「八」字形。

「哥哥，那個布丁給我，好嗎？」阿重對哥哥說道。哥哥默默把盤子推到阿重面前，阿重也默默拿起小湯匙挖起來吃。在我看來，她是怒氣沖沖地吃著不想吃的東西。

不久，哥哥站起來走回書齋。我豎起耳朵聽到穿著拖鞋輕輕走上樓梯的聲音，一會兒，樓上書齋的門「砰」一聲關上，然後一片安靜。

我回到東京後，屢次目睹這種情景。父親似乎也察覺到了，不過最擔心的還是母親。她識破嫂嫂的態度，也想把毫不示弱的阿重早點嫁出去，以避免這兩個年輕女人的紛爭。母親這種心情無論在臉上、神情或舉止、行為都表露無遺。其次，母親希望我儘早結婚，想把我這個麻煩人物從兄嫂夫婦之間拔除。不過，世間事之複雜，並不如母親所想那般順心如意。我依然游手好閒、無所事事。阿重對嫂嫂的敵意愈來愈深。不過很奇怪，她倒很疼愛芳江，但是只限嫂嫂不在時，芳江也只在嫂嫂不在時才纏著阿重。哥哥額頭上學者特有的皺紋愈來愈深，他也愈來愈沉溺於書本和思索之中。

8

因此，母親最不看重的阿貞的婚事反而先訂下來，完全和她心中所期待相反。不過早晚都要替阿貞把婚事辦好，也是父親和母親的義務，所以他們對於岡田的好意幫忙只有高興，絕對不認為不好。阿貞的婚事之所以變成全家的問題，正是這個原因。阿重對這件婚事，經常逮住阿貞不放。阿貞對阿重也可以不臉紅地商量各種事，也會跟她談談自己的未來。

有一天，我從外頭回來，剛洗完澡出來，阿重毫無顧慮，劈頭就問：「哥哥啊！佐野的為人到底怎樣呢？」從大阪回來，這種問題她已經問過二、三次了。

「妳怎會這般無厘頭呢？做事不可以這麼輕率。」

愛生氣的阿重默默看著我。我盤腿坐著寫明信片要寄給三澤，看她這樣子，就停下筆。

「阿重又生氣了嗎？——佐野嘛……就跟上次講的一樣，戴著金邊眼睛，額頭凸凸的。這樣可以了嗎？不管問多少次都一樣。」

「凸額和眼鏡，在照片上已經都知道了。我不必問哥哥也知道，難道我沒眼睛嗎？」

她講話的口吻就是一副問題沒解決的模樣。我輕輕放下明信片，把筆擱在桌上。

「究竟妳想問什麼呢？」

「有關佐野的事，究竟你知道些什麼呢？」

阿重這女人只要一爭論起來，就跟我平起平坐，沒有長幼之分，這是她的毛病。不知是因為她跟我很親近，還是因為她脾氣暴躁又幼稚。

「什麼有關佐野的事……？」我問道。

「就是有關佐野的為人。」

我原本看不太起阿重，但她卻提出這麼正經的問題。可我心中根本也沒有任何想法，只好若無其事地吸著菸。阿重露出懊惱的表情。

「不要這樣好嗎？阿貞擔心成那樣。」

「岡田已經保證他很可靠，那不就好了嗎？」

「哥哥又相信岡田到什麼程度呢？岡田不就只是將棋中的一顆棋子而已嗎？」

「他的臉倒是很像將棋中的棋子……」

「不是臉啦！是他的心太浮華了。」

我感到麻煩又有些火大，不想理睬阿重。

「阿重，妳與其擔心阿貞的事，不如想辦法早點嫁出去才是聰明的做法。爸爸和媽媽都認為妳嫁出去比阿貞嫁出去，不知更好上多少倍，妳知道嗎？阿貞的事怎樣都好，還是趕快找個好去處，稍微盡點孝心吧！」

阿重到底還是哭出來了。每次我和阿重吵架，假如她不哭的話，我就會覺得意猶未盡。我毫不在乎地吸著菸。

「那麼，哥哥早點討個媳婦獨立門戶才好吧！這樣比起我結婚，也許更盡不知多少倍的孝心，也不要一直袒護嫂嫂……」

「妳對嫂嫂太過反感了。」

「理所當然啊！我是大哥的妹妹。」

9

我原本想寫好給三澤的明信片後，趁著剛洗好澡用刮臉刀刮一下臉。看阿重哭啼啼的樣子實在很煩，趁機拜託她：「阿重，對不起啦！可不可以幫我到澡間，用漱口杯倒一杯熱水來呢？」阿重聽而不見地氣得臉頰鼓鼓的，好像認為怎會是拿漱口杯端水的時候呢？她正在思考比這更嚴肅十倍的人生問題啊！我對阿重蠻不在乎，擊掌要女傭幫忙端熱水來，然後在桌上擺起旅行用的鏡子，拿起象牙柄的刮臉刀，故意把被熱水潤濕的臉頰鼓成滑稽狀。

我故意怪模怪樣用刷子把肥皂泡沫塗抹在臉上。從剛才就坐在一旁的阿重，看到我這模樣，揚起「哇」的悲劇性哭聲大聲哭起來。依阿重的個性，我暗自料想她遲早會來這一招，因此我更故意吸滿空氣讓臉頰鼓起來，肥皂泡沫跟著刮臉刀刷刷地落下來。阿重一看，可能是憤恨難平還是怎樣，愈哭愈大聲。最後，還淒厲地喊了一聲：「哥哥」。雖然我是在戲弄阿重沒錯，還是被這淒厲的叫聲給嚇了一跳。

「什麼事？」

「還問什麼事，你太看不起我了，再怎樣我也是你的妹妹啊！不管你如何偏袒嫂嫂，她終究是外人，不是嗎？」

我放下刮臉刀，把滿是泡抹的臉頰轉向阿重的方向。

「阿重，妳是頭殼壞掉了。妳是我的妹妹，嫂嫂是從別人家嫁過來的女人，不必妳告訴我，這種事我也知道。」

「所以你不必多管閒事要我早點嫁出去，你才應該早點去找一個像你喜歡的嫂嫂那種人當太太，不就好了嗎？」

我真想一巴掌往阿重的頭打過去。但是怕弄得全家雞飛狗跳，所以不敢輕易動手。

「那麼，妳也早點去找一個像哥哥那樣的學者嫁了，不是很好嗎？」

阿重一聽我說這話，突然露出一副恨不得抓住我的可怕模樣。然後一把眼淚一把鼻涕說是因為她的婚事落在阿貞之後，才會如此被愚弄，最後還批評我是一個對兄妹毫無感情的野蠻人。原本我是一個和她勢均力敵的毒舌家，最後終究撐不下去而不再吭聲。儘管如此，她還是坐在我身旁不肯離去，嘮嘮叨叨講個沒完沒了，如果是事實也就算了，連一些無中生有的想像也東扯西扯，真是煩死了。當中她最得意的話題，不外是動不動就居心不良地把我和嫂嫂扯在一起指桑罵槐，我最厭惡這一點。那時候我在心中暗忖，無論多麼醜的女人都沒關係，一定要比阿重早結婚，把這個開口閉口夫婦關係如何、男女之愛如何，喋喋不休的女人獨自留在家裡。而且我也認真思考過，實際上就如母親所擔心，我結婚對兄嫂夫婦也比較好。

至今我還記得阿重那張好像被雨打過的撲克臉。阿重恐怕也忘不了我那張好像伸進滿是肥皂泡沫臉盆內的怪異臉龐。

10

阿重明顯地討厭嫂嫂。任誰都看得出來，那是因為她太同情學究型的孤獨哥哥。

「假如媽媽不在了，該怎麼辦呢？真可憐。」

藏不住心事的她，曾經對我如此說過。那是很早以前，我還沒把臉頰塗滿白泡沫跟她吵架之前的事。當時，我不想理她，只是以訓誡的口氣說道：「像哥哥這種明白事理的人，怎有必要妳為他的家庭關係擔心呢？妳閉上嘴巴看就好。爸爸媽媽還在啊！」

從那時候，我已經觀察到阿重和嫂嫂宛如水火般差異的個性，很難圓滿地同住在一個屋簷下。

「媽媽，阿重不早點嫁出去不行啊！」我甚至多嘴地向母親提出勸告。當時，母親並沒有反問我為什麼，她的眼神流露出完全明白我的意思，看著我說：「就算你不說，你爸爸和我也為她的事煩惱透了。不只是阿重而已，你的婚事也一樣，你都不知道背地裡要花多少功夫去幫忙物色。不過，一切都要靠緣分……」我不了解母親的意思，只像個孩子般「嗯」一聲就退下。

雖然阿重是一個死心眼的人，卻有表裡一致的正直美德，因此父親比母親更寵愛她，哥哥當然也疼她。當阿貞的婚事提出來時，父親的意見就是「按順序應該先辦阿重的婚事」，哥哥多少也同意父親的意見，不過母親認為人家特地指名要娶阿貞，放棄這難得的機會可能會造成雙方的損失。實際上，母親的見解相當正確，明理的哥哥立刻被說服。父親對哥哥的見地多少也會讓步，所以也不費事地接受了。

阿重一直默不吭聲，對此好像非常不愉快。可是她對於阿貞的婚事，無論大小事都開心地陪阿貞商量，看來對於阿貞早她先結婚並未心懷不滿也是事實。

她只是討厭有嫂嫂在一旁。儘管這是父母親都在的家，儘管她能隨心所欲像孩子般耍小姐脾氣，但是被冷冰冰的嫂嫂「哼」一聲地看一眼，她就比什麼都還難受。

在這種焦慮不堪的氣氛下，有一次偶然走到嫂嫂房間去借女性雜誌什麼的，看到嫂嫂替阿貞縫製的新嫁衣。嫂嫂把縫好的嫁衣裡裡外外翻來翻去給她看，說道：「阿重，這是阿貞的。不錯吧？妳也趕快找一個像佐野的人家嫁過去。」那種態度，就阿重聽來像是故意當面挖苦她。但也可以解釋為嫂嫂暗示阿重早點找個人嫁，她已經做好幫阿重縫製嫁衣的心理準備了，或可以解釋為諷刺阿重一直都利用小姑的身份在欺侮人。然而最後那句「找一個像佐野的人家嫁過去」，最觸動阿重的敏感神經。

她哭著到父親的房間去告狀。父親可能怕麻煩，完全沒對嫂嫂興師問罪。翌日，帶著阿重前往三越[2]。

2 三越即當時的三越吳服店，也就是現在三越百貨店的前身。

11

之後又過了二、三天，父親有兩位客人來訪。父親生性喜愛交際，加上職業上的需要，廣結各方朋友。雖然現在已經從公務退休，可能因為習性的關係，朋友之間的往來仍未曾間斷。話雖如此，經常來往的朋友當中，並沒有極為顯赫的達官名人。那一天的訪客，有一位是貴族院的議員，另一位則是某公司的監查人。

父親和二位客人好像是謠曲方面的同好，每次他們一來必定要歡唱謠曲。阿重聽父親話，曾短暫學過打鼓，所以碰到這種場合，經常被父親叫到客人面前打鼓。至今我還沒忘記她那副高傲的神情。

我曾經故意醜詆道：「阿重，雖然妳打鼓打得很好，可是妳的表情實在太醜了。我不想說難聽的話，可是妳出嫁時絕對不要打鼓喲。即使妳的丈夫是一個謠曲迷，在大喜之日也會倒盡胃口啦！」在一旁的阿貞聽得眼睛瞪得大大地說道：「說得太過份了，您真是冷酷。」我頓時也覺得自己說得太過頭了。不過，個性剛烈的阿重不像平常，似乎不在意我的話，還故意說明：「哥哥，即使當真是這樣，我這張臉還算是標緻。至於說到打鼓，真叫做夠受了，我沒有比在客人面前打鼓更討厭的事了。」我光注意阿重的表情，一直都沒發覺她鼓打得那麼差勁。

那一天，客人來了一個半小時後，果然如我所料謠曲開始了。我認為不久就會把阿重叫過去，於是帶著半戲謔的心態來到茶間。阿重正勤快地在擦拭餐桌。

「今天不去『咚咚咚』嗎？」我故意問道，阿重裝出一副茫然的表情，抬頭看著站在那裡的我。

「因為現在正準備做飯。忙不過來，所以就沒去。」

我想如果自己一直站在亂糟糟的廚房和茶間，玩笑開過頭被母親責罵，那就很無趣，所以就回房間了。

晚餐後，我出去散步回來，都還沒走進自己的房間，就被母親叫住了。

「二郎，你回來得正好。趕快去裏房[3]聽爸爸的謠曲。」

我聽慣父親的謠曲，所以聽個一曲左右還不覺得厭煩。

「今天唱什麼？」我向母親問道。母親和我正好相反，最討厭謠曲。

「我不知道唱什麼？快點去。大家在等你一個人。」母親說道。

我問過後正想走去裏房，看到阿重站在昏暗的檐廊附近。我不由得大聲叫道：

「喂……」阿重急忙搖手，示意要我不要開口說話。

3 原文作「奥」，有屋內深處幽靜房間之意，此處譯為「裏房」。

「為什麼獨自站在這昏暗的地方呢？」我湊到她耳邊問道。她立刻答說：「沒為什麼。」但是阿重看到我對她的說詞不滿意，依舊站在原處，於是又說：「從剛才就『快來、快來』地不知道催促多少遍了。所以我先告訴媽媽，身體有些不舒服。」

「今天妳為什麼這般客氣呢？」

「因為我對打鼓已經厭倦了，實在太無聊，而且接下來的謠曲很難，我根本不會啦！」

「真是感動呀！像妳這樣的女生也懂得一點謙虛的道理，了不起。」我隨便講幾句，就往裏房走去。

12

我走進裏房，兩位客人坐在壁龕前。兩人都是相貌堂堂，風度又好的人，他們微禿的頭頂和掛在後方的探幽[4]的三連作非常協調。

他們兩人都穿著褲裙，外褂已經脫放在一旁。三人當中，只有父親沒有穿上褲裙，父親連外褂也沒穿了。

我和他們已經是熟識，所以直接鞠躬打招呼道：「請容我洗耳恭聽……」客人裝出非常惶恐的模樣，搔搔頭說：「不，實在難登大雅……」父親問我阿重怎麼了？我答：「剛才頭有點痛，無法出來問候大家，實在抱歉。」父親看著客人說：「阿重說她不舒服，簡直就是鐵打的身體也會生病。」然後又轉向我問：「剛才聽阿綱（母親的名字）說好像是肚子痛，原來是頭痛啊？」我心想「完了」，趕緊答：「可能兩種情況都有吧！因為腸胃不舒服也會引起頭痛。不過，倒也不必擔心，很快就會好起來。」客人囉囉唆唆講了一堆同情阿重的話後說：「真是遺憾，那麼就開始吧！」

聽眾當中，哥哥和嫂嫂已經比早我到，恭敬並坐在一旁。我一本正經在嫂嫂旁坐下來。「演唱什麼戲碼？」我坐下後問。對這一方面毫無素養和興趣的嫂嫂答：「聽說是景清[5]。」除此就沒再交談了。

客人當中，那位紅光滿臉，體態優雅的人扮演主角「景清」，旁邊的貴族院議

---

4 指狩野探幽，為江戶初期狩野派繪師。

5 景清為謠曲名。內容為講述平家沒落後，大將軍惡七兵衛景清流落九州成為彈琵琶的盲僧度餘生，女兒人丸前來尋父，景清因落魄之身而羞愧，經鄉人勸解，父女才相認。景清敘述自己往日英勇戰績後，父女旋又訣別的感人故事。

員扮演配角「鄉人」，父親是主人所以就擔任「女兒」和「女兒隨從」兩個比較不重要的角色。我對謠曲多少有些鑑賞能力，從一開始就很在意景清的表現會如何。哥哥不知在思考什麼？他露出一副非常茫然的表情，彷彿在夢中聆聽已開始衰落的前世紀聲音。嫂嫂就連聽到最精彩的「門松」[6]時，也顯現出與其說是人的聲音，毋寧說像聽到野獸在咆哮般不愉快的模樣。我很早以前就對「景清」謠曲感興趣，總覺這謠曲充滿一種悲壯淒涼的氣氛，盲人景清鏗鏘有力的詞句，女兒千里迢迢來到日向國[7]尋父的悲情，曾經讓我有過一、二次淚滿盈眶。

不過，這謠曲應該由真正的藝人分別擔綱各角色才行，像剛才那一段胡麻節[8]真是好不容易才勉強唱出來，拙劣的唱腔讓人幾乎無法對景清產生同情。

不久，景清講完自己英勇的戰鬥故事後，這一段謠曲順利來到結局了。我正為不知該如何評論今天的成果而不安時，嫂嫂不像平日般沉默寡言，先說道：「真是勇猛的故事啊！」我也答說：「確實如此。」原本我認為不會開口說話的哥哥，忽然對著紅光滿面的客人說：「有一句『我也不愧為平家』，好像是故事開始的台詞，那句『我也不愧為平家』頗耐人尋味。」

哥哥本就是一個正直的人，因為他把不說謊當成自己品格的一部分，所以他這種說法不會被懷疑僅是客套話。然而，很不幸他的批評並非針對謠曲演出的精彩與否，而是歌詞的優劣，以致對方幾乎無法回應。

父親早已習慣這種場合，立刻說道：「哎呀！那一段聽來真是頗耐人尋味。」稱讚過客人的演唱後又說：「其實，那一段倒讓我想起往事，一個很有趣的事，好像是這個故事的現代版。假如把景清當成我要說的往事中的女人，那比起謠曲更加淒美，而且這還是真人真事啊！」

13

正因為父親是一個交際高手，所以在他的腦子裡有許多奇妙的故事。因此，在賓客酬酢之際，經常會臨機應變說上一段。雖然我跟在父親身邊多年，有關這個女版景清的軼聞還是第一次聽到。我不由得豎起耳朵，看著父親。

「這還是最近的事，而且是真實的故事，不過它的由來卻在很久以前。雖說很

6「門松」為謠曲景清的開頭，景清一登場就唱出「松門獨閉送歲月，仰望清光亦不知時節之移轉……」

7 日向國為七世紀中期，日本地方行政區的令制國之一，約當現在的宮崎縣和鹿兒島縣等地。

8 胡麻節又稱胡麻點，為在謠曲歌詞右側的記譜。

久以前，倒也不會從源平時代[9]說起，請大家放心。就從距今二十五、六年說起吧！那時候我還是一個每天帶著便當上班的小職員……」

父親的這段開場白逗得大家哈哈笑後，就進入故事主題。故事的男主角與其說是父親的朋友，不如說是他學弟的風流豔事。不過，父親不願意說出當事人的姓名。我對於出入家中客人的姓名和相貌大致上都記得，可是無論怎麼想，腦海裡還是無法浮現這風流故事的男主角，我不禁暗自懷疑父親在表面上已經不跟這個人來往了。

總之，故事發生在那男人二十歲左右，也就是當事人剛進入高等學校第一年或第二年時。父親說得相當含糊不清楚，不管怎樣，我們對此根本不在意。

「他是一個好人。好人有各式各樣，不過他就是好人，現在也還是。二十來歲時肯定是一個惹人喜愛的少爺。」

父親把那男人大略敘述一下，又極為簡單地說明那男人和家中女傭陷入某種關係的前因後果。

「這傢伙原本就是一個不知人間疾苦的少爺，聽說不曾有過談情說愛的戀愛經驗。他本人也認為不可能有女人會愛慕自己的奇蹟出現。然而，有一天奇蹟突然從天降臨，讓他大為驚奇。」

客人認真地聽父親講故事，露出一副「原來如此」的神情，我是覺得好笑得不得了。哥哥落寞的臉上也露出笑容。

「而且男方很消極，女方卻很積極，所以就更奇怪。我問那傢伙，在什麼情況下發現那女人愛上你呢？他非常嚴肅地說了很多，至今我仍然記得，其中最有趣的部分——那傢伙說他正在吃煎餅還是什麼的時候，那女人走過來說『我也要吃煎餅』，話一說完就把吃剩的一半餅拿起來放進她的嘴巴裡。」

父親的說話方式很滑稽，把重要的事實當成陪襯的背景，所以聽故事的客人和我三個人一直笑，可是笑過後好像什麼都沒留下。客人的笑法好像在哪裡練過般，笑得非常燦爛。滿座當中，只有哥哥比較嚴肅。

「總而言之，結果怎樣呢？有結婚嗎？」哥哥問道，語氣不像在開玩笑。

「我接下來就是要講這件事，正如我剛才所說女版『景清』就要現身了。剛才所說的只是開場白而已。」父親得意洋洋地說道。

---

9 源平時代指源氏和平氏兩大武士集團爭霸的時代。約為十一世紀末到十二世紀末的一百年左右。

14

據父親的說法，這對男女的關係，有如夏夜之夢般短暫。不過，聽說他們在訂情時，男方宣稱要把女人當成將來的妻子。那種話並不是女方提出的條件或約定，只是男方感情用事從嘴巴迸出來的話，雖然真心卻是很難實現的感情話罷了。父親特地做了以上說明。

「說來也是啦！雙方年齡都一樣。一個是依賴父母親過活，要走的路還很長的學生，另一個則是貧窮女傭。不管多麼堅定的山盟海誓，在實踐誓言的漫長歲月裡，誰都不知會發生什麼障礙。聽說女方曾經問過，『等你從學校畢業，已經二十五、六歲了。同樣我也老了，那時你會願意嗎？』」

父親說到這裡，突然打住，往膝蓋下方的銀菸管塞滿菸草。當淡淡的青煙從他鼻子噴出來時，我迫不及待問道：「那他怎麼說？」

父親邊用手敲菸灰，邊看著我說道：「我就知道二郎肯定要問。二郎，很有趣吧？世間有形形色色的人。」

我只回答一聲：「是啊！」

「其實，我也問過那男人怎麼回答呢？所謂少爺就是那種人啦！他說我知道自己的年齡，也知道對方的年齡。不過完全沒想過當我畢業時，女方是幾歲，更別說我五十歲時對方也五十歲，那種遙遠的未來事完全不曾在我的腦海中出現過。」

「真是天真啊！」哥哥的口氣毋寧說是讚歎。一直默不吭聲的客人突然附和哥哥而說道：「實在太天真了。」或是「終究是年輕人，顧前不顧後。」

「可是還不到一週，那傢伙就開始後悔，女方倒是很坦然。那傢伙覺得很羞愧。正因為是個少爺所以挺沒出息。不過他很誠實，終究向女方提出要解除約定，同時滿臉羞愧地賠罪道歉說對不起。到這種地步，儘管雙方年齡相同，女方覺得說什麼『對不起』，聽起來像小孩子般可愛，又覺得很愚蠢。」

父親放聲哈哈大笑，客人也跟著大笑，只有哥哥露出奇怪又不愉快的怪異表情。以他的人生觀來說，他的心裡似乎認為這個故事反映一個嚴肅的人生問題。他甚至認為父親的說話方式過於輕浮淺薄。

據父親所說，不久後那女人就請假離去，不曾再看到她。那男人從那之後，有二、三個月之久，彷彿被定在一處動也不動，專心不知道在思考什麼。有一次，那女人來到附近，順便到家裡去看他。雖說如此，不知道是因為在別人面前還是怎樣，他連一句話都不說。那時剛好是午餐時間，那女人如往日般伺候他，那男人卻如同遇到初次見面的人般極少開口說話。

從此以後，女人不再跨進男人家門一步，男人也好像根本把那女人給忘得一乾二淨。他從學校畢業後成家立業的二十多年到最近，都不曾和那女人有任何聯繫。

15

「如果到這裡就結束，那也只是一個普通的故事而已。然而，命運這種東西真是作弄人……」父親繼續說道。

我想父親不知又要說什麼，我的眼睛緊盯著父親的臉。父親所說故事的梗概，大致是如此：

那男人幾乎把那女人忘掉的二十多年後，兩人在命運的牽引下不期相遇。聽說相遇地點是東京的市中心。而且是在有樂座[10]的名人會[11]還是美音會[12]的微寒夜晚。

當時，那男人帶著妻子和女兒，並坐在事先預約好的觀眾席的某一排。他們進場還不到五分鐘，我說的那女人就被一個年輕女子牽著手走進來。她們看起來也像是以電話事先預約好座位，被帶到貼著紙條的預約席，也就是男人隔壁座位，從容就坐。兩個人就在這種奇妙的地方，奇妙地並坐在一起。還有更奇妙的事，就是女人和以前不一樣，變成雙眼全盲，根本看不到其他的人，只能傾耳聆聽從舞台上演奏出來的音樂聲而已。對男人而言，根本是做夢都想像不到的事實。

男人起初看到坐在自己鄰座女人的臉龐，宛如被拉回二十年前的記憶般感到驚訝。其次男人發現昔日凝視自己的那雙黑眸，不知什麼時候已經消失在女人的面貌上，為此他愕然又不安。

男人在十點前，幾乎是一動也不動坐著，耳朵也幾乎聽不到舞台上到底演些什麼，只是對於別後至今女人的黑暗命運做各式各樣的想像而已。女人完全看不見，所以完全不知道，完全沒有意識到鄰座就是昔日的人，她只不過從濃眉之間流露出在自然凋落的古樂中，好不容易回憶起年輕歲月的神情。

自從兩人突然相遇，又突然分離後，男人屢屢回想起女人，尤其在意她的全盲。因此，無論如何都想打聽出女方的住所。

「由於男人非常正直又投入，終於成功了。雖然問出女方所住的街道，卻又因為瑣事忘記了。聽說後來他前往有樂座，對接待人員百般說明又費盡心力才勉強問出來。」

---

10 有樂座為位於現在千代田區的小劇場。

11 名人會指東西名人會。以義太夫豐竹呂昇為中心的日本傳統音樂演奏會。

12 美音會指日本傳統音樂和西樂一起演奏的音樂會。

「女人究竟住在哪裡？」我很想確認清楚。

「那是祕密。姓名和住所都不能說，因為已有約定，就別問了。可是那傢伙竟然拜託我去探望那個全盲的女人。我不知道他是什麼意思，總之就當作好久不見的問候吧！不過當事人並沒直接說出口，他學問好，羅列好幾條看似冠冕堂皇的理由。換句話說，他只是想把過去和現在連結起來，以求個心安罷了。他對於女人為什麼會變成盲人這件事耿耿於懷又懊惱。雖說如此，他因為已經有妻有女，並不想在此時和那女人重新建立關係，更不想特地前去探望她。不僅如此，昔日他在和那女人分手時，曾經多嘴地講了些多餘的話。他說自己想要研究學問，不到三十五、六歲不會結婚生子，才會不得已請求解除約定。可是那傢伙一出校門立刻就結婚，良心上說不過去，心中也不好受。因此才拜託我前往。」

「還真不值得呀！」嫂嫂說道。

「雖說不值得，我還是去了。」父親答道。客人和我都饒有趣味地笑出來。

16

父親的性格中有一種看不見的詼諧。有人說他很率直，也有人說他是一個親和力很強的人。

「老爸全靠那種個性爬到現在的位子。實際上，世間事就是這樣吧！嚴謹地研究學問、認真地思考問題，在社會上不受到重視，反而只是受到輕蔑。」

哥哥把這種像似抱怨、像似厭惡、像似諷刺，又像似事實的不完整感嘆，在背地裡說給我聽。我的個性比哥哥更像父親，加上當時年紀又輕，對於他所說的含意不像現在般明瞭。

總之，父親受那男人拜託，欣然答應前往探望，我自己的解釋是有部分原因應該是來自父親天生好奇的個性。

不久，父親就前往盲者家拜訪。行前，男人說帶些禮物表達心意，就把一百圓放進紙袋並打上細繩結，又準備一大盒糕餅交給父親。父親接過來後，坐上人力車前往女人家。

女人的住家狹小卻很整潔，住起來顯得很舒適。檐廊角落擺著一個花崗岩雕成的圓形洗手盆，還算新的三越拭手巾掛在毛巾架上搖晃著。家中人口好像不多，寂靜無聲。

父親在採光好、茶室風的小客廳裡，初次和那盲人見面時，一下子不知道該說什麼才好。

「我這個人一詞窮說不出話來，就會變成一副丟人現眼的愚蠢模樣，實在傷腦筋。幸好對方是盲人。」

父親故意如此說道，想引起大家的興致。

父親終究說出男人的姓名，把禮物拿出來擺在女人面前。女人因為看不見，摸摸搓搓糕餅盒，恭恭敬敬地說：「感謝您的好意……」但是一摸到盒子上的紙包，臉色有些變，慎重地問道：「這是什麼？」父親那種個性，立刻就哈哈笑道：「那也是禮物的一部分，請一起笑納。」女人摸著細繩結反問：「難不成是錢嗎？」

「哎呀！只是一點小意思——聊表〇〇先生的心意而已，請您收下。」

父親如此說道時，女人「啪」一聲把紙包丟在榻榻米上。然後，以緊閉的眸子對著父親的方向，清楚地說道：「我現在是一個寡婦，但是不久前我還有一個丈夫。現在孩子也平安健康。縱使過去有過什麼關係，假如接受別人的錢財，就太對不起至今讓我過著舒適生活的丈夫的牌位，請把錢拿回去。」她說著眼淚就掉下來。

「這實在很難辦。」父親環視一下大家說道。只有這時候，沒有任何人在笑。我心想父親再厲害也有辦不到的事。

「雖然那時候我毫無辦法，卻認為假如把景清換成女人，不就是這樣嗎？我很感動。說到我為什麼會想起景清呢？不只是因為雙方都是盲人。總覺得那女人的態度……」

父親陷入思考中。坐在父親斜對面那位紅光滿面的客人，彷彿解開謎底般說道：「完全是因為氣勢相似啦！」

「對，完全是氣勢相似。」父親立刻表示同意。我認為父親的故事已到結尾，於是就以總結的口氣說道：「確實是一段有趣的故事。」沒想到父親又補上一句話：「後面還有，後面更有趣，尤其是像二郎這樣的年輕人聽起來。」

17

父親的話意外被女方的自尊打斷，不得已起身要離去。沒想到女人的臉上洋溢著女性的柔情，挽留父親不要走，然後問父親，○○是在哪一天看到她呢？父親把在永樂座的事情毫不隱瞞全告訴盲人。

「聽說恰巧坐在妳的鄰座，雖然妳完全不知情吧？不過○○從一開始就發現了。可是在妻子和女兒面前，實在難以開口，所以就這樣回家了。」

這時，父親看到盲女眼中溢出淚水。

「很冒昧請問妳的眼疾是很久以前的事嗎？」父親問道。

「身體變得這般不方便，已經有六年了。那是丈夫過世不到一年的事。我和天生盲目不一樣，當時感到非常不方便。」

父親並沒有加以安慰。父親又說明，她的丈夫好像是營造商之類，在世時花掉不少錢財，卻也留下相當可觀的資產。雖然她的眼睛不方便，現在還能獨自過著很好的生活。

她還有足以誇耀的一雙兒女。雖然兒子並沒有受過高等教育，卻在銀座的商會工作，其收入也能獨立更生；女兒是在具有下町風情[13]之處長大，全心專注於歌謠和三弦琴方面。不過她所說的一切，除了和○○烙印在遙遠過去的一點回憶重疊外，沒有其他共通之處。

當父親說起永樂座之事時，女人兩眼溼潤哽咽道：「實在沒有比雙盲更可悲的事了。」這句話刺痛父親的心。

「現在○○先生在做什麼呢？」女人露出望著空中想像的眼神向父親問道。父親毫不保留地把○○從學校出來後的經歷都講給她聽後，女人答道：「那麼，現在他很了不起，跟我這種老朽完全不一樣。」

女人沒等父親回答，又直率問道：「肯定娶了一個漂亮的太太吧！」

「是呀！已經有四個孩子了。」

「最大幾歲了呢？」

「大約十二、三歲吧！是一個可愛的女孩子。」

女人默默地開始掐指不知在算什麼。父親望著她的手指頭，突然感到惶恐。他在心中暗忖自己真是太多話，卻已經無法把話收回來。

女人隔了一陣子，只說一句「很好」後，露出落寞的笑容。父親說那種笑法，給人一種比哭泣、比憤怒更怪異的感覺。

父親把〇〇的住所清楚告訴她，說道：「有空時，請帶著小姐一起來玩，還不錯的家啦！〇〇也說如果是晚上都會在家，歡迎來走走。」那時候，女人忽然緊皺眉頭說道：「那種高不可攀的門第，不是我這種人可以進出的。」女人思索一會兒，突然好像控制不住般以嚴肅的語氣說道：「不能去。縱使對方說『來吧！』我也必須婉拒。不過，這一生有個唯一的願望，想請教您。我認為我們不會有緣再見第二次面，所以請您一定要告訴我，這樣我就可以了無牽掛地離開人世。」

---

13 原文為「下町風」，東京下町通常指日本橋、京橋、神田、下谷、淺草、本所、深川等處。下町風則指東京下町還殘留江戶時代人情味的風情和風俗。

18

雖然父親年紀已不小，膽子卻很小。那時父親聽女人如此說道，他擔心盲女提出什麼淒厲的要求，因而相當不安。

「幸好對方眼睛看不到，自己的狼狽相沒被看到。」他特地又補充這句話。那時候，女人如此說道：

「如您所見，我自從罹患眼疾以來，世界一片黑暗，連最明亮的太陽也看不到。想出去一下，若是沒有女兒的照料，根本寸步難行。一想到很多人即使上年紀，依然可以自由走動，我就會心酸地思索到底是什麼因果報應，才會有這種業障呢？不過，縱使眼睛瞎了卻也不是那麼難以忍受。反而是即使擁有明亮的雙眼，卻仍無法了解別人的心思——那才是我最痛苦的事。」

父親回答：「確實如此。」又答說：「說得真對。」其實，父親根本不了解女人的意思。他坦白表示自己沒有這種經驗。女人聽了父親含糊不清的話，慎重問道：「難道您不覺得這樣嗎？」

「那種情況當然也有啊！」父親說道。

「假如有的話，您受〇〇先生的請託，特地跑這麼一趟，不是很不值得嗎？」

女人說道。父親感到愈來愈窘迫。

這時候，我無意間看到哥哥的臉。把哥哥神態緊張的眼神和嫂嫂流露一抹冷笑的唇角相對照，突然察覺他們之間從前陣子已經產生一種微妙的隔閡。在那隔閡當中，我也被捲進去的那種令人生厭的氣味，毫不容情地撲鼻而來。雖然父親是為助興，為什麼偏要選擇這段故事呢？我心中不禁產生不安的念頭，但一切已經太遲，父親毫不在意繼續信口開河。

「因為我不了解，就直率問那女人：『我受〇〇請託，好不容易特地來拜訪，假如沒聽到關鍵就回去的話，對妳自不必說，就〇〇來說必定也是不甘心吧！所以請把藏在妳心中的事毫不隱瞞地說出來吧！否則我回去後，很難向〇〇交代。』」

那時候，女人才露出決定向父親坦白一切的表情。「那麼我就說了。您能夠代替〇〇先生特地來這麼一趟，想必也是關係密切的人吧！」她開頭先如此說道。

她跟〇〇訂情還不到一週，對方就想解除約定一事，到底是受到周圍的壓力不得不拒絕，或是有什麼不中意的地方是在訂情後突然發現才會拒絕？女人最想知道那件事情的真相。

女人迫切想挖掘隱藏在〇〇心裡二十年以上的祕密。她認為無法真確了解曾經山盟海誓的人的心，遠比失去天底下人都擁有的一雙明眼、幾乎被人家當成殘廢更加痛苦。

「爸爸怎麼回答呢？」那時候哥哥突然問道。他的表情說是感興趣，不如說是充滿異樣的同情。

「我也很無奈，不過沒問題，我承擔起來。我答說他本人沒有絲毫的輕浮。」父親反而把這種敷衍搪塞的回答，對哥哥吹噓一番。

19

「女人對您的回答滿意嗎？」哥哥問道。就我看來，哥哥的這句問話充滿不可侵犯的威力。我認為那是一種意志力。

父親是否察覺到了呢？他毫不在意如此回答：「剛開始好像不滿意的樣子。當然啦！我所說的話並不是那麼有所依據。老實說，正如我剛才所說，那男人就是個少爺，顧前不顧後，根本無能力斡旋。不過，這傢伙一旦和女人有關係後就悔不當初，肯定也是事實。」

哥哥露出非常不愉快的表情看著父親。父親不知有何用意，用雙手在自己的長臉頰來回撫摸二次。

「在這種地方說這種話稍微有所顧慮，不過……」哥哥說道。從哥哥口中到底會說出怎樣的議論？我暗忖應該看情形把話題引到不會帶給在座所有人麻煩的方向。接著他如此說道：「男人在滿足情慾前，把比女方更熾熱的愛獻給對方，一旦成事後那種熾熱的愛就會漸漸降溫；相反地，女方在發生關係之後，會愈來愈愛戀男方。這不管是從進化論來看，還是從社會現實來看，我認為實際上都是這樣。因此那男人也受到這一原則的影響，事後就不中意那女人，其結果就是拒絕結婚。」

「真是奇怪的說法。我是一個女人，不懂複雜的理論。第一次聽到這種話，非常有趣啊！」

嫂嫂如此說道時，我看到哥哥臉上露出不願讓客人看到的厭惡表情，正想趕緊說點什麼來緩和一下氣氛。父親比我早開口說道：「對啦！理論上也許有各種各樣的解釋，可是怎麼說才好呢？實際上，就算肯定討厭那女人，當事人也早已驚慌失措。再說他膽子小、老實，卻顧前不顧後，縱使不那麼討厭對方仍會拒絕結婚。」

父親如此說著，顯得很灑脫。

那時候，正把謠曲本子放在壁龕的一位客人，對著父親如此說：「話說女人真是非常執著，過了二十多年，那件事仍在心中放不下。你真是做好事積功德。假如能夠說些讓她放下心的話，真不知會帶給那眼睛看不見的女人多大的喜樂？」

「那種事全靠交涉時靈機應變。凡事都能順當的話，不知為雙方帶來多少方便？」另一名客人接著如此說道時，父親搔搔頭說：「不，不敢當。」然後又帶點得意說道：「其實就如剛才所說，最初那種說法很難化解她心中的疑團，我也有些為難。我後來胡亂扯了一堆好聽話，才終於說服那女人。真是費了好大的功夫！」

不久，客人把謠曲本子放進布包，走出被露水浸濕的門。大家隨後聊些家常話時，只有哥哥露出不痛快的神情，獨自走進書齋。我照例傾耳聽著哥哥趿著拖鞋發出一聲一聲冰冷又沉重的腳步聲，直到最後那聲「噔」的關門聲。

20

過了二、三週後，秋色日漸轉濃。每次眺望庭院，濃豔的雁來紅便映入眼簾。

哥哥坐人力車到學校。從學校回來，大抵上都直接走進書齋，很少和家人碰面。有事時，我都上二樓，所以二樓的門經常都敞開著。哥哥的眼睛總是對著大塊頭的書本，否則就是拿著鋼筆正在寫字。最引起我們注意的，就是他雙手托腮，茫然對著書桌的時候。

他好像專心在沉思。雖然他是學者又善於思索，默默思考也是理所當然的事，可是任誰開門一看到他的樣子，都會覺得冷冰冰，不等事情做好就趕快出來。連最親近的母親，好像都不是很願意到書齋去。

「二郎，是不是學者都這麼乖僻呢？」

當被問到這事時，我為自己不是學者而感到莫名的幸福，因此我只是「嘿嘿嘿」地笑著。然後，母親又嚴肅地說道：「二郎，雖然你不在後，冷清的家裡會變得更冷清，但你還是早點娶妻另立門戶。」我從母親話中讀出，假如我組成新家庭，另立門戶的話，哥哥的心情也許會好轉些的意味。我甚至懷疑哥哥是不是也在思考那些奇怪的事？其實，我已經到成家的年齡，以現在的收入也能撐起一個小家庭，成家的念頭早就在我凡事不在意的腦海中時隱時現了。

我對母親說道：「好，搬出去住沒問題。您叫我明天走，我立刻就走。但是討老婆這件事，不能像養隻小狗般怎樣都好，我可不願意隨便在路邊撿一隻人家不要的就帶回來。」那時候，母親才答說：「那當然……」我把她的話打斷。

「當著媽媽的面，我還是得說一下哥哥和嫂嫂的關係。他們之間很複雜，而且我老早就認識嫂嫂，以致讓媽媽擔心。從根本上來說，那是哥哥捨不得把時間花在做學問以外的事，凡事都交給別人，任何事都不肯動手，儼然華族[14]的模樣，這就是他的不對。不管研究時間多麼珍貴，學校的課程多麼重要，妻子總是一輩子共同生活的人。可是一講哥哥，他又會說出學者的意見來，可是像我這種不是學者的人，絕對學不來他的做法。」

我滔滔不絕講這些無聊的道理時，不知不覺母親的眼睛已經淚光閃閃，我為之一驚就不說了。

我不知道是自己臉皮厚，還是不懂得客氣，當家人都有所顧慮，對哥哥的書齋敬而遠之時，我卻比其他人更常去敲哥哥書齋的門跟他聊一聊。我一進裡面，不免也有點生疏。但是十分鐘過後，他就像變成另一個人般開心。我把重點放在讓鬱悶的哥哥轉換心情的本領上，有時甚至將此作為滿足自己虛榮心的手段，抱著這種態度故意進出他的書齋。坦白說，我突然被哥哥逮住，差點陷入死境時，實際上也是我最得意的瞬間。

21

如今已記不清楚那時自己說了什麼，反正哥哥問我撞球的歷史，又特地拿路易十四時期有撞球的銅版畫給我看。

我進哥哥的書齋，以這類事為話題，聽他講些新獲得的知識，而我只要

「對、對」地聽著，那是最安全的。原本我也愛說話，只是和哥哥不一樣，喜歡裝內行講「文藝復興」、「歌德式」之類的術語。大抵上，都是談些超俗的事就走出書齋。不過那天哥哥興致很好，給我看過銅版畫後，開始談起他很在行的遺傳、進化等相關學說。像這種話題，大部分我都是默默聽，插不上嘴的。那時候，哥哥突然說道：「二郎，你是爸爸的孩子沒錯。」我露出迷惑的表情答道：「是呀！」

「因為是你所以我才說，老實說，我們的爸爸是不是有一種奇怪的輕佻？」

從以前我就知道哥哥對父親確實有如此的批評。不過在這種情況下，我不知道該對哥哥說些什麼。

「那恐怕也不只是你所謂的遺傳或性格吧！當今的日本社會，不具備那些條件就行不通，所以不得不如此吧？世間上還有比爸爸更讓人難以忍受的輕佻。也許哥哥都在書齋和學校過著高雅的生活所以才不知道。」

「那我也知道。正如你所說的。當今的日本社會——說不定西洋社會也是如此——好像只有油腔滑調的人才能夠生存，真是無可奈何。」

14 華族為當時日本社會裡，身分位於士族、平民之上的人，依明治十七年（一八八四）頒布的華族令，有公爵、侯爵、伯爵、子爵、男爵等爵位。戰後已廢除。

哥哥說完，低頭沉默一陣子，然後抬起疲倦的眼睛。

「不過，二郎，雖說爸爸很可悲，那是天生的性格。無論生在怎樣的社會，爸爸很難超脫那種性格以別種方式生存。」

我望著眼前這個研究學問、高雅卻過於不切實際的哥哥，不僅被家人視為怪人，連生身父母親也日漸疏遠，不禁低下頭凝視自己的膝蓋。

「二郎，你和爸爸也是同一流人物，沒有一點真誠心。」哥哥說道。

雖然我脾氣暴躁的野蠻個性和哥哥一樣，不過在這種情況下聽到哥哥的這句話，並沒有絲毫憤怒。

「講得太過分了。我就算了，連爸爸都被看成和世間輕浮淺薄的人同一類。哥哥整天獨自關在書齋內，才會有那種偏見。」

「那我就舉個例子吧！」

哥哥的眼睛突然亮起來，我不由得閉上嘴。

「上次，唱謠曲的客人來的時候，爸爸講盲女的故事，那時候爸爸堂堂代表那個什麼人去探訪。那女人為二十多年來不解的事而煩悶，父親卻只以一句話就給搪塞了。那時候，我在心裡為那女人哭泣。因為是不認識的女人，並沒有對她產生很深的同情，但是坦白說，我是為爸爸的輕浮淺薄而哭泣。我認為爸爸真是冷酷無情……」

「如果這樣來解釋那女人，那麼凡事看起來都是輕浮淺薄，可是……」

「光是你說這種話，就證明遺傳到爸爸的壞因子。我信賴你才拜託你有關阿直的事，一直在等你的報告，但是你總是顧左右而言他，裝糊塗……」

22

「我真是可憐，竟被說是裝糊塗。我既沒說的機會，也沒說的必要。」

「機會每天都有。說到必要，就算你沒有，正因為我有必要才特地拜託你。」

我一時之間愣住而說不出話來。其實，自從那事件以來，要我一個人在哥哥面前嚴肅談論嫂嫂的事，真是非常痛苦。我硬是想把話題轉移到別的方面。

「哥哥已經不相信爸爸。因為我是那個父親的兒子，似乎也不相信我。不過，這和您在和歌浦所說的話根本相互矛盾。」

「你在說什麼？」哥哥帶些怒氣反問道。

「說什麼？那時候您不是說過嗎？因為我遺傳到父親的正直，可以信賴，才會告訴我這件事並且拜託我。」

我如此說完後，這次輪到哥哥愣住說不出話來。我心想該是時候，故意比平日更加強語氣地如此說道：「因為是約好的事，現在我就在這裡把那時候有關嫂嫂的所有事講出來也無妨。原本我認為那種事太無聊，沒機會開口就不想說，就算開口說，也是一句話就可以結束的事。如果哥哥沒放在心上，我不認為有說的必要，才會拖到今天。——我就像一個被長官逼去出差的下屬，非報告不可，也是無可奈何。現在，我立刻把自己所看到的通通講出來。不過，話先說在前頭，我的報告裡，沒有您所預期的那種奇怪的幻想。因為在您腦海中的幻想，客觀上根本不存在。」

哥哥聽完我的話，和平日不一樣，臉上的肌肉幾乎一動也不動，只是雙肘撐在書桌上，直愣愣盯著看。因為他的眼睛低垂，所以看不出他的表情。哥哥有一種像似明理，卻又像似不講理的毛病。我只看到他的臉色變得有點蒼白，我判斷他畢竟還是被我強勢的話打擊到了。

我從菸盒內拿出一根香菸，點燃後，看著從自己鼻子冒出來的青煙，又看看哥哥的表情。

「二郎。」哥哥好不容易才說道。他的聲音顯得有氣無力。

「什麼事？」我答道。自己的聲音毋寧是帶著傲慢。

「我不會再問你有關阿直的任何事了。」

「是啦！那樣對哥哥、對嫂嫂，甚至對爸爸都好。您要當一個好丈夫，那麼嫂嫂也會是一個好太太。」我好像在替嫂嫂辯護，又好像在勸戒哥哥般說道。

「你這個混蛋！」哥哥突然大聲罵道。那聲音恐怕連樓下都聽到了，坐在他身旁的我，心臟幾乎被這料想不到的驚嚇擊中了。

「正因為你是爸爸的兒子，也許比我更會待人處世，可是你不懂得跟有教養的人交往。事到如今，難道我還要聽你講阿直的事嗎？真是一個輕薄、毫無誠意的傢伙。」

我不由得從椅子上倏然起身，直接往門的方向走去。

「我聽到爸爸那種虛偽的自白後，又怎能期待你來做什麼報告？」

我把背後如此激動的言語猛攻關在門後，走向昏暗的樓梯。

23

自此之後，約又一週之久，我除了晚餐外，不曾和哥哥碰過面。平日都被大家公認有義務帶動餐桌熱鬧氣氛的我，突然變得默不吭聲，餐桌上的氣氛顯得很冷清。不知從哪裡傳來的蟋蟀叫聲，聽在耳中讓人的肌膚都有一股寒意。

圍著餐桌如此寂寥的團圓當中，阿貞除了想一想自己的婚期愈來愈近之外，彷彿無憂無愁，只是把托盤放在膝蓋上服侍大家。開朗的父親對於周圍毫不在意，依然信口開河。不過，總是如平日般沒有人有任何反應。實在看不出父親曾料想過餐桌氣氛會變成這樣。

有時候，能夠讓圍坐餐桌的人開口說話笑一笑的人，只有芳江而已。母親等人每當談話中斷，感到不安時，總是硬把問題扯到「芳江，妳……」之類來敷衍一下。但是這種做作的樣子，立刻又觸動哥哥的神經。

我每次從餐桌退下來，回到自己的房間，總像鬆了一口氣般抽根香菸。「真沒趣。比和一群陌生人聚餐還更沒趣。別人家也都這麼不愉快嗎？」

我如此一想後，就決心早點搬出去。餐桌上的氣氛過於沉重，阿重就會跟在我後頭，好像在追什麼似地跟到我的房間。有時她一句話都不說，只是坐在那裡哭哭啼啼。有時她會惡狠狠瞪著我，質問我為什麼不快點向哥哥道歉。

我變得愈來愈討厭這個家。急性子又優柔寡斷的我，終於下定決心要去租間房子或寄宿他處，以便暫時透透氣。我去找三澤商量，那時候，我對他說：「你在大阪病了那麼久，不好受吧？」他答說：「你在阿直身邊那麼久，不好受吧？」

我從上方[15]回來後，跟他見過好幾次面，從來不曾提過有關嫂嫂的事。他對於嫂嫂的一切也是閉口不談，什麼事都沒問過。

我第一次從他口中聽到嫂嫂的名字，而且他的話中似乎暗指我和嫂嫂之間或深或淺的關係。我帶著驚訝和懷疑的眼神注視三澤，他將我的模樣解釋為帶著怒氣，於是說：「不要生氣啦！」然後又說道：「像我這樣被一個發瘋，而且已經死去的女人愛上，同時又自我陶醉的人，反倒比較安全。雖然心裡肯定很不安，但是因為不會造成麻煩，不管怎麼愛人，怎麼被人愛都無妨。」我默不吭聲。他邊笑邊輕輕撞一下我的肩膀問：「怎樣呢？」我一點都不了解他的態度是認真，還是在開玩笑。總之，認真也罷，開玩笑也罷！我不想對他說明或辯解任何事。

縱使如此，我還是向三澤打聽到一、二間適當的住宿。回家前，我先去看過房子。一返回家中，就先把阿重叫來，告訴她：「哥哥聽妳的勸告，先告訴妳，我很快就會搬出去了。」阿重露出意外又像不出所料的神情，緊皺眉頭盯著我直看。

15 上方指京都、大阪等近畿一帶。

24

我和阿重，就作為兄妹而言，感情並不算太好。我把自己要搬出去的事先告訴她，與其說是基於兄妹之情，毋寧說是被她流露出指桑罵槐的態度打敗。沒想到竟然眼睜睜看到她一雙眼睛噙滿淚水。

「快點搬出去。反正我在哪裡都無所謂，因為我也會早點嫁出去。」她說道。

我默不吭聲。

「哥哥一旦搬出去，就不會再回來，打算立刻娶太太獨立門戶嗎？」她又問道。

我在她面前答說：「當然啦！」這時候阿重一直忍住的眼淚撲簌簌落在膝蓋上。

「為什麼哭成那樣呢？」我突然以溫柔的聲音問道。實際上，對於這件事，我沒料到阿重會掉下一滴眼淚。

「因為以後只剩下我一個人……」

我清楚聽到的只有這一句，其他的話被她哭哭啼啼的聲音弄得幾乎聽不出來講些什麼。

我照例又抽起菸，靜靜等她哭完。不久，她以衣袖擦擦眼睛站起來。當我看著她的背影時，突然很同情她。

「阿重，我經常跟妳吵架，可是像以前那樣爭吵的機會很少了。我們和好，來握握手吧！」

我說著就伸出手。阿重反倒覺得不好意思而猶豫一下。

我決定慢慢告訴父親和母親，自己要搬出去的決心，我認為自己必須逐一得到他們的允許。可是最後要去哥哥那裡，還得重複一次同樣的決心，讓我覺得很傷腦筋。

我向母親表明這件事，應該是在隔天。母親對於我這個唐突的決定驚訝地說道：「我原本認為要搬出去，總得等結婚對象決定後——算了，也是沒辦法。」話一說完，失望地看著我。當我轉身往父親的房間走去時，母親突然從後面叫住我。

「二郎，縱使你要搬出去……」

母親話說到這裡就停住。我不得不站在原處，反問道：「什麼事？」

「你已經對哥哥說了嗎？」母親突然問道。

「沒有。」我答道。

「哥哥那邊，你直接去說一聲比較好。硬要爸爸和媽媽轉達的話，反而傷感情。」

「嗯，我也這麼認為。我打算儘量把事情處理圓滿再搬出去。」

我如此說道，立刻走去父親的房間。父親正在寫一封長信。

「最近，大阪的岡田又來信詢問阿貞的婚事，我一直想回信、想回信，結果卻拖到現在，今天一定要完成這事，因此我正在寫信。順便說一下，你拜啟的『啟』字寫錯了。如果是草書的話，就要像草書的樣子。」

那封長信的一頭剛好落在我盤腿而坐的膝蓋上。我從旁看一眼「啟」字，完全看不出自己錯在哪裡。當父親振筆寫信時，我暗自欣賞壁龕上所插的黃菊，以及花後方所掛的掛軸。

25

父親邊捲信邊說道：「有什麼事？又是錢嗎？如果是錢，沒有。」然後他在信封上，寫上收信人的姓名和住址。

我極為簡略敘述自己的決定，然後又補上：「長期以來，多謝您的照顧……」之類的話。父親只答道：「嗯，是這樣呀。」不久，父親把郵票貼在信封一角，向我說：「幫我按一下鈴。」我答說：「我拿去寄。」就伸手接過那封信。父親提醒

「把你新住處的地址寫下來，交給媽媽。」之後，他就開始滔滔不絕解說壁龕掛的那幅掛軸。

我聽完後走出父親的房間，現在只剩哥哥和嫂嫂還沒去打招呼。自從上次那件事以來，我和哥哥幾乎不曾親暱地交談過。我沒勇氣對他發怒，如果有勇氣發怒的話，上次被他罵出書齋時，情緒就已經非常激憤了。我並不是那種害怕背後飛來小石膏像的人。不過，那時候原本應該憤怒的勇氣泉源感覺已經乾涸了。我好像寂然飄進屋內的幽靈，忽地又無力地退出屋外。之後，我怎樣都沒膽量去敲他書齋的門，爽朗向他致歉。我只是每天在餐桌上，看著他那張不痛快的臉。

最近我和嫂嫂也很少交談。與其說最近，不如說從大阪回來後也許比較恰當。雖然她有一間單獨擺放衣櫃之類的小房間，不過，她和芳江兩人在那裡玩耍的時間，一天加起來也沒多少。她通常都和母親在一起裁縫或幫忙做些事。

我向父親和母親稟告要搬出去的翌日早上，從廁所前往澡間的檐廊，和嫂嫂碰個正著。

「二郎，聽說你要搬出去。對這個家厭煩了嗎？」她突然問道。聽她的口氣可能是從母親那裡聽來的樣子。我毫不在意地答道：「是，暫時先搬出去。」

「那樣比較不會惹麻煩，很好呀！」

她以為我會說些什麼，直盯著我看。不過我什麼都沒說。

「早點娶個太太吧！」她又說。我依然默不吭聲。

「你還是早點娶好，要不要我幫你找？」她又問道。

「那就拜託了。」我才開口說道。

嫂嫂像似看不起我又像似戲弄我般，從嘴角兩端泛起輕蔑的微笑後，故意發出重重的腳步聲，走向茶間。

我默默地凝視掛在澡間和廁所之間水泥地角落的銅製金屬盆。這個大金屬盆直徑約六十公分多[16]，又大又重，以我一個人的力量很難舉起來。小時候一看到這個大金屬盆就很開心，總認定是大人洗澡用的。現在金屬盆積滿塵埃，又髒又難看。透過低矮的玻璃窗，可以望見自己從小就難以忘懷的秋海棠，每年的花色都一樣，顯得很孤單。我想起和哥哥經常一起在初秋時，站在那些秋海棠前方，把門前的棗子打下來吃。雖然我還是一個年輕人，發現自己背後那些天真無邪的往事不斷地成為過去時，心中油然升起一種撫今追昔之感。同時我又想到自己不得不去和以前的孩子頭哥哥進行不愉快的交談，然後離開自己的家。

26

那一天從辦公室回來，我就問阿重：「哥哥呢？」她答說：「還沒回來。」「他有說今天要去哪裡嗎？」我又問道。「不知道，我幫你去書齋看看貼在牆壁上的行程表。」阿重說道。

我拜託她等哥哥回來時告訴我，就誰也沒見地進自己的房間。我嫌脫掉西裝太麻煩，直接躺下去，不知不覺就沉睡了。在我被一個無法向他人說明也無法有所作為的複雜惡夢襲擾時，突然被阿重叫醒。

「大哥回來了。」

她這句話一進入耳朵，我立刻起身，不過意識模糊不清，好似還邊做夢邊走路。阿重在背後提醒道：「洗把臉吧！」意識還不清楚的我，甚至覺得沒那種必要。

我就這樣走進哥哥的書齋，哥哥也穿著西裝。他一聽到門聲，立刻將眼睛轉向門口，目光之中明白顯示出某種期待。他外出回來，嫂嫂就會帶著芳江把日常穿的

16 原文為「二尺以上」，日本尺一尺約為三十・三公分。

和服送過來，那是這陣子才有的習慣。因為母親對嫂嫂說：「妳要這樣做」時，我在旁邊聽到。雖然我還迷迷糊糊，從哥哥的眼神卻領悟到與其說在等那套日常和服，不如說他在等嫂嫂和芳江。

正因為我睡得迷糊，才能若無其事突然打開他的房門。他看到我站在門檻前，看不出他有絲毫生氣的樣子，只是默默盯著我這身西裝打扮，卻沒打算要開口說話的模樣。

「哥哥，我有話想跟您說……」我還是先開口說話。

「進來吧。」

他的語氣鎮定沉著。聽在我耳裡，感覺他對那件事已經毫不介意。他特地把一把椅子拉到我面前，招呼我坐下。

我故意不坐下，只是把手放在椅背上，把對父母親所說的話又重述一遍。哥哥以值得尊敬的學者態度，靜靜聽我敘述。當我簡單說完後，他既不喜也不悲，就像接待常客般的態度說：「先坐下來！」

他穿著黑色晨禮服，抽著味道不太好的雪茄。

「想搬出去就搬出去吧！你也已經長大成人了。」他說完後，吞雲吐霧一會兒，又繼續說：「不過，假如讓大家覺得是我把你趕出去就很麻煩。」

「不會有那種事。我是因為自己的情況才搬出去的。」我答道。這時候，我睡得迷迷糊糊的腦袋已漸漸清醒。我想盡可能早點離開哥哥房間，轉頭看了一眼門口。

「阿直和芳江可能正在洗澡，所以沒人會上樓來。不必急著走，可以慢慢聊一聊，把燈打開。」

我站起來，把房間內的燈打開。然後，哥哥又拿出一根雪茄點燃。

「一根八錢，味道很差的菸。」他說道。

27

「打算什麼時候搬出去？」哥哥又問道。

「這個週六前後。」我回答。

「一個人搬出去嗎？」哥哥又問道。

當我聽到這怪異的詢問時，一時之間只能茫然盯著哥哥看。他是故意說出這種失禮的話來諷刺我，還是哥哥的頭腦已經有點不正常？在我不清楚是哪一個時，到底該做何種推斷才好？心中實在沒主意。

他的話平常聽在我耳裡就充滿諷刺意味，不過那是他的智力比我們都敏銳的結果，我非常清楚他並沒有惡意，只是這一句話聽進耳朵，卻是熱辣辣地在耳中鳴響。

哥哥看著我的臉，「嘿嘿嘿」地笑。我從那笑影中甚至看到一道歇斯底里的閃電。

「你當然是一個人搬出去吧！因為你沒必要帶任何人出去。」

「當然。就是一個人想呼吸一點新鮮的空氣而已。」

「我也想呼吸新鮮空氣。可是這麼廣大的東京，竟沒一處可以讓我呼吸新鮮空氣。」

我半對這個喜愛孤獨的哥哥感到憐惜，半對他過於敏感的神經感到悲哀。

「要不要去旅行一下呢？也許心情會開朗些。」

我如此說道時，哥哥從西裝背心的內袋拿出懷錶。

「距離用餐時間還有一點時間。」他說著，又坐在椅子上。然後，看著我說：「喂，二郎。經常這樣談話的機會快沒了，你就陪我在這裡聊天到開飯吧？」

「好。」雖然我這麼回答，可是並沒坐下，而且我認為也沒什麼話題好聊。這時候，哥哥突然問：「你知道保羅和法蘭西絲卡[17]的戀愛故事嗎？」我好像聽過又像沒聽過，無法立刻回答。

據哥哥的說明，保羅是法蘭西絲卡丈夫的弟弟，兩人背著丈夫相愛，結果被丈夫發現而遭殺死的悲戀，聽說是但丁《神曲》中的故事。我與其說是同情這個悲劇故事，毋寧說對哥哥故意講這種故事，參雜著一種厭惡的疑念。

哥哥在難聞的煙霧之間，始終凝視我的臉在講這個不知是十三世紀還是十四世紀義大利的古老故事。過程中，我很努力才克制心中的不快。但是故事一講完，哥哥突然又問我一個意想不到的問題。

「二郎，為什麼世人都忘記那個最重要丈夫的名字，只記得保羅和法蘭西絲卡呢？你知道理由嗎？」

我沒辦法，只好答道：「看來就像三勝和半七[18]的故事吧！」哥哥對我這個意外的答案，好像有點驚訝。最後他說：「我來解釋。」

「我是如此解釋。實際上，自然形成的戀愛比由人力促成的夫婦關係更為神聖，因此隨著時間推移，狹隘社會所制定的僵化道德被屏棄，只有讚美大自然法則

17 保羅和法蘭西絲卡，為但丁《神曲》〈地獄篇〉中的登場人物。

18 三勝和半七，指遊女三勝和有婦之夫半七相戀而殉情的故事。

的聲音，宛如在刺激我們的耳朵般留下來。當時大家都站在道德上，究責兩人的關係是不義的行為。然而那種只能在事情發生瞬間起作用的道德，就好像一場驟雨，雨後就全屬於藍天和白日，也就是保羅和法蘭西絲卡。怎樣呢？你不這麼認為嗎？」

28

假如是平常的話，無論從年齡還是從性格來說，我應該都會舉雙手贊成哥哥的說法。不過在這情形下，他為什麼故意把保羅和法蘭西絲卡當成話題呢？為什麼要小題大作地解說兩人永留世間的理由呢？因為不知道他打什麼主意，自然產生的興趣被這種不快和不安的念頭全給打消。我聽了哥哥那種拐彎抹角的說明，心想其中必有緣故。

「二郎，所以說站在道德那邊的人肯定只是一時的勝利者、永久的失敗者；順從自然的人，雖然是一時的失敗者，肯定是永久的勝利者……」

我一言不發。

「然而，我連一時的勝利者都當不成，當然是永久的失敗者。」

我還是默不吭聲。

「實際上，練習相撲的人，本身不行沒力氣。縱使不拘泥形式，只要有實力的人一定就會取勝。那是理所當然的！所謂四十八手[19]，不過就是人為的小伎倆，臂力才是自然恩賜的……」

哥哥不停地評論那些無意義的哲學。我坐在他的面前，整個人被難聞的煙霧籠罩著。我認為驅散朦朧的煙霧，比咬斷粗麻繩還要痛苦。

「二郎，你打算現在和未來都當一個永久的勝利者吧！」最後他如此說道。

雖然我脾氣暴躁，卻不像哥哥那種露骨的猛衝性格。何況這時候哥哥的精神當真完全正常嗎？還是因過於亢奮而引起精神狀態的不尋常呢？那是我最掛心的事。導致哥哥的精神成為這種狀態，無論如何我都有責任，這個事實更讓我感到難過。

最後我終究連一句話都沒說，只是儘量聽哥哥講而已。我甚至考慮既然懷疑到這種地步，不如乾脆和嫂嫂離婚，心情不是爽朗些嗎？

這時候，嫂嫂拿著哥哥的日常和服，牽著芳江的手，如往常般上樓來。

當她出現在門檻時，看起來剛從浴室出來，平常略帶蒼白的臉頰泛起令人愉快

---

19 指相撲四十八手，為室町時代（一三三六—一五七三）以來，在相撲角力上的四十八種技巧。

的淡淡紅暈，細緻的肌膚顯得粉嫩，彷彿引誘著人觸摸。

她看我一眼，連一句話都沒跟我說。

「我來得太慢了。穿著西裝很不舒服吧？不巧正在洗澡，沒能立刻送過來。」嫂嫂對哥哥說了客套話後，提醒身旁的芳江：「來問候爸爸回來了。」芳江聽她母親的話，低頭說：「您回來了。」

我很久沒看到嫂嫂表現出作為人妻的殷勤來對待哥哥。我也不曾看過哥哥因為這種殷勤，而將軟化的情緒全都集中在他的眼睛裡。哥哥在人前是一個自尊心極為強烈的人，但從小一起長大的我最了解，哥哥腦子內流動變化的念頭。

我把意外得救的喜悅藏在心中，走出哥哥的書齋。出來時，嫂嫂好像對素不相識、身份低的人打招呼般輕輕點頭致意。我受她如此冷淡對待，還真是罕見。

29

二、三天後，我終於從家裡搬出去了，我搬離父母兄弟所住，擁有悠久歷史的家。搬出去時，我幾乎沒什麼特別的感覺。母親和阿重依依不捨的難過表情，反而讓人討厭，覺得她們好像故意要妨礙我的自由。只有嫂嫂雖是若有所失也還笑咪咪地說道：「已經要搬出去了。好好保重，要經常回來看看。」

我在看到母親和阿重的凝重神情後，聽到這麼殷勤的聲音，多少愉快些。

我搬到新住處後，每天如常到有樂町的事務所上班。幫我斡旋到這份工作的人，還是三澤。事務所的老闆就是以前三澤保證人H（哥哥的同僚）的叔叔。這個人長期旅居國外，在國內也是累積相當資歷的權威之士。他有一個毛病，喜歡把手指伸進花白的頭髮裡，胡亂搔著頭皮，然後把頭皮屑放到前方的火爐裡，讓火爐不時冒出怪異的臭味，讓人難以忍受。

「最近你哥哥在研究什麼？」他經常會問我這類的話。我沒辦法，只是照例極為簡略地答道：「就是一個人關在書齋研究些什麼。」

梧桐葉落盡的一天早上，他突然叫住我，又問道：「最近，你哥哥還好嗎？」雖然我已經被問習慣了，由於過於突然竟忘記回答。

「身體怎樣？」他又問道。

「身體不是很好。」我回答。

「不注意身體可不行，不要只顧讀書。」他說。

我看他的神情，察覺他的眉頭和眼神都流露著認真。

自從我搬出來後，只回家一次。那時候我把母親叫到隱蔽處，詢問哥哥的狀況。母親答說：「最近好像好一點。有時還會出來帶芳江去盪鞦韆，幫忙推幾下……」

因此，我才稍稍放心。除此之外，直到今天我都沒和家中的任何人見過面。

午餐時間，我點了簡餐正在吃飯時，B先生（事務所老闆）又突然問道：「你真的搬出家裡了嗎？」我只簡單答說：「是呀。」

「為什麼？你家不是很寬敞又方便嗎？還是有什麼麻煩事嗎？」

我極為婉轉又含糊地帶過去。這時候，嘴裡剛好嚼著一片好像沒一點水分的麵包，吃起來乾巴巴的。

「不過比起一堆人鬧哄哄，一個人反而輕鬆——話說你還單身吧？還是早點娶個太太，怎樣？」

我對B先生的這番話，無法像平常般輕鬆回答。B先生又說道：「今天你的情緒很消沉。」然後，他就把話題轉到其他方面，開始講一些愚不可及的無聊事。我凝視自己面前那杯茶裡浮起的茶梗，它像似暗示有事要發生的徵兆。我對於身旁的笑聲似聽似沒聽，只是默默坐在椅子上，心裡頭有一種不愉快的擔心。最近自己是不是罹患神經過敏症呢？我想到會不會自己住在外面太孤獨，腦袋瓜才會變得怪怪的呢？我決定下班後，去找好久不見的三澤聊聊天。

30

那一晚，我被帶到三澤起居的二樓，看到他悠閒盤腿而坐的身影，感到很羨慕。他的房間燈火明亮，火爐暖呼呼，看起來好像把初冬的寒冷完全隔離了。從他的氣色和舉止看來，他的老毛病隨著秋風漸強而日益好轉。然而，和現在的我相比，真沒想到他竟如此悠哉度日。想起他在大阪住院，每天提心吊膽仰望太陽高掛的酷熱天空的情形，當時的他和現在的我，幾乎就像對換位子一樣。

最近，他的父親剛過世，他順理成章成為一家之主。透過H的斡旋，當B先生要錄用他時，不知道他是好意甘願居後，還是過於挑剔，就把這個難得的工作讓給我。

我環視燈火明亮的房間，和他談了一會兒掛滿牆上的風雅銅版畫和水彩畫。但是不知為什麼，談論藝術的話題不到十分鐘，自然而然就停頓了。這時候，三澤突然向我說道：「不過你哥哥……」我驚訝地想，難道在這裡又要談論哥哥嗎？

「你說我哥哥怎樣？」

「不，不怎樣，沒事……」

他話到此，只是凝視著我。我當然在心裡把他的話和今天早上B先生的話連結在一起。

「講話不要講一半，如果有話要說，就全部說出來。我哥哥到底怎麼了？今天早上，B先生也問我同樣的事，我正感到奇怪。」

三澤更為懇切地凝視焦慮的我，不久說道：「那麼我就告訴你吧！」

「我認為B先生跟我一樣，也是從H那裡聽來的，H是從學生那裡聽來的。聽說你哥哥平常講課清淅明瞭又不落窠臼，很受學生歡迎。雖然明瞭是很明瞭，可是上課中出現一、二處前後矛盾。學生提出問題，你哥哥是一個正直的人，一遍又一遍地解說，學生總是不明白。最後，他把手放在額頭上，嘟囔道『最近總覺得頭有點不舒服……』然後就發呆似地望著玻璃窗外，一直站在那裡。學生說『既然這樣，下次再請教』就先告退。而且這種事已經發生過好幾次了。H要我下次碰到長野（二郎的姓氏），提醒一下比較好。他說你哥哥也許罹患嚴重神經衰弱症。可是我把這事給忘了，今天碰到你之前都沒想起來。」

「那是什麼時候的事？」

「大概是你搬出來的前後吧！我記不太清楚。」

「現在還那樣嗎？」

三澤看到我焦慮的樣子，安慰似地說道：「沒有、沒有。」

「沒有、沒有，好像只是短暫發生而已。這陣子他和平時完全沒兩樣，H是兩、三天前對我說的，所以可以放心。但是……」

我不禁想起要搬出來時，已經烙印在我心中和哥哥見面的情景。當時我的懷疑，或許可以從學校得到證明吧！對此我的心中非常不安又害怕。

31

我儘量要把哥哥的事忘記。忽然想起在大阪醫院聽三澤所說的來那個患精神病的「小姐」。

「你趕上那小姐的法事嗎？」我問。

「趕上是趕上了。不過，那小姐的父母親真是沒禮貌的討厭傢伙。」他握拳作勢揮舞地說道。我驚訝地問他理由。

那一天，他代表三澤家前往位於築地的本願寺[20]菩提所[21]。在昏暗的正殿誦讀

20 築地的本願寺位於當時京橋區（現在的中央區）的一座淨土真宗的寺院。

21 菩提所亦稱菩提寺，為供佛、誦經、施僧、作法事為亡者祈求冥福的地方。

長長的經文後，他以出席者身分，也在白色牌位前焚香。據他所說，除他之外幾乎沒人誠心誠意在年輕美麗女子的靈前祭拜。

「不管是父母親還是親戚，那些傢伙好像只是來參加一個安靜的祭典般毫不在意又嫌煩的樣子。真心為她落淚的只有非親人的我而已。」

我聽到三澤這般憤慨，感到有些滑稽，表面上還是點頭說：「竟然如此。」三澤又說：「不，假如只是那樣還不會生氣。讓人憤怒的事還在後頭。」

他依照一般習俗，法事結束後，被招待到寺院附近的某家料理屋。在用餐時，像似她父母親的一男一女，跟他談話當中開始有一種奇怪的指涉。毫無惡意的他起初完全聽不懂他們的諷刺，交談愈久，他才終於明白他們真正的意思。

「傻子也有個限度。講白一點，他們認為小姐不幸的原因就是我，造成她精神病的人也是我。好像跟她離婚的前夫完全沒責任，這是不是很沒禮貌呢？」

「為什麼會這麼認為？不應該那樣啊！是不是你的誤解呢？」我說。

「誤解？」他大聲說。我沒辦法只好默不吭聲。他沒完沒了地不停講述那對父母親的愚蠢、惡質。不斷痛罵她的前夫是一個輕浮、薄情的人。最後，他如此說道：「為什麼一開始不把她嫁給我呢？眼中只有財產和社會地位……」

「你到底有沒有提出要娶她呢？」我中途打斷他的話。

「沒有。」他答道。

「我對那小姐——小姐水汪汪的大眼睛，開始在我心中不停來回盤旋時，她已經罹患精神病，也是在她開始央求我早一點回家之後的事。」他如此說道，彷彿依然在眼前般描述她那雙美麗的大眼睛。假如現在那女人還活著的話，無論多大的困難，他也要從愚蠢雙親的手中，還有輕浮薄情丈夫的手中，把那女人奪過來，永遠把她摟在自己溫暖的懷抱。——從他緊閉的嘴巴周圍，同時流露出這種堅定的決心。

這時候，我的想像與其說在有一雙美麗眼睛的女人身上，不如說又回到已經忘掉的哥哥這邊。我非常擔心哥哥的精神狀態，擔心到好像那女人因精神失常而狂叫的聲音就在我耳際響起。哥哥在前往和歌山的火車上，斷定那女人確實愛慕三澤，而且說是因為精神病以致心中的顧慮解除。說不定哥哥希望嫂嫂也罹患精神病，想看她吐露真心吧！從旁看來，抱持如此想法的哥哥，也許因為神經衰弱而造成精神有些異狀，所以他才會說些可怕的話嚇唬家人也不一定。

這時候，我已經沒心情去看三澤臉上的表情。

32

母親以前曾經拜託我，下次去找三澤時，探探口風看三澤願不願意娶阿重。不過，那一晚我怎樣都提不起興致去辦這件事。他不知道我的心思，反而一直勸我結婚。我的腦子還沒平靜到可以興致勃勃回答這種事。他說有機會要介紹一個對象給我。我含糊地回答後，就走出他家。外頭寒風亂吹。仰望天空，繁星點點，宛如粉塵般聚集，閃閃發亮以對抗寒風。我把雙手摀住發冷的胸前，回到住處，然後鑽進冰冷的被窩。

兩、三天過後，我依然惦記著哥哥的事，頭腦總無法專心一致。我到底還是回到番町[22]。我不喜歡和哥哥直接碰面，終究沒上二樓，可是我對母親和其他人有一種久別重逢的感覺，坦然自若東聊西聊。一家團圓中沒有哥哥，反倒讓我感到輕鬆又溫暖。

我臨走之際，把母親叫到小房間，問起哥哥的近況。母親高興說最近哥哥的情緒平穩很多。我聽了母親這句話總算才安心，可是又擔心在母親沒注意到的特殊地方也許有些異狀。雖說如此，我還是提不起勇氣和哥哥見面，對他測試一番。我並沒告訴母親，從三澤聽來有關哥哥在課堂上的反常現象。

我沒有話要說，茫然站在昏暗、顯得冷颼颼的房間紙門後方。母親和我面對面，也是一動也不動。看起來她好像有話要對我說。

「不過，前陣子他感冒時，說了奇怪的夢話。」她說道。

「說了什麼話？」我問。

母親並沒回答，反而想打消我的疑團說：「發燒的緣故，不必擔心。」

「燒成那樣嗎？」我又問起其他事。

「是啊！燒到三十八度、三十八度半左右，照理不會胡言亂語才對，一問醫生才知道，神經衰弱的人稍微發燒，頭腦就會不正常。」

我連一點基本醫學都不懂，第一次聽到這種知識，不禁皺起眉頭。由於房間昏暗，母親並沒看到我的表情。

「但是用冰塊冰敷，熱度一降下來，就安心多了。不過……」

我想知道哥哥燒未退時，到底說了什麼夢話，所以依然站在微寒的紙門後方。隔壁的房間電燈亮了起來，每當父親一說話逗芳江時，便傳來大家開朗的笑聲。這時候，突然從笑聲當中，聽到父親呼叫：「喂，二郎。」

---

22 番町位於當時的麴町區（現在的千代田區）的街町，在皇居的西側，為高級住宅區。

「喂，二郎。你又再向媽媽要賴要零用錢嗎？阿綱，妳千萬不可聽二郎亂說一通啊！」父親大聲說道。

「不是，才沒有那種事。」我也不服氣地大聲答道。

「那麼是什麼事？躲在那麼暗的地方，偷偷跟媽媽說些什麼呢？喂，趕快來明亮的地方。」

父親說這話時，聚集在明亮房間的所有人一齊「哇」大聲笑起來。我想問母親的事也沒問，就依父親的話，答了一聲「是」，現身在大家面前了。

33

此後的一段時間，我碰到B先生也好，到三澤家去玩也好，都不願意談起哥哥的事。我稍微安心了，試著盡可能忘記家裡的事情。不過，住處無聊到比什麼都痛苦，所以經常和三澤在一起消磨時間，有時我去找他，有時他來把我拉出去。

三澤不厭煩地總是一直講那個精神病小姐的事。每當我聽到這個異樣的風流事，一定會聯想起哥哥和嫂嫂，自己就覺得很不愉快。因此，我經常表現出不耐煩的神情，可是三澤毫不在乎地照樣講。

「你也說些你的風流事，我們兩人不就扯平了。」他講這類話諷刺我。我差一點在街上跟他吵起來。

他這樣跟精神病小姐形影不離，所以我根本沒辦法向他談起母親的交代，詢問有關阿重的事。阿重的姿色，任誰看來都是在水準之上，縱使和她不太好的我看來，也確實如此。不過很可惜，阿重和三澤心目中那個重要人物，根本是不同臉型的人。

三澤和我顧慮東顧慮西的態度不一樣，輕易就開口說要幫我介紹結婚對象。「下次找個地方見面吧？」他甚至這樣勸我。一開始我只是含糊回答，後來竟然真的想和那女子見面，沒想到三澤卻說，時機還沒到，再稍等一下，再稍等一下——見面的日子一拖再拖。我感到沮喪之餘，最後再也不對那女子抱任何幻想了。

相反地，阿貞的婚事快要成為事實，好日子愈來愈近了。阿貞相對於她的年齡，卻是家裡最單純的女人。她沒有任何特點，一說起話來立刻就臉紅，很惹人憐愛。

我和三澤混到半夜，從寒冷的街上回來，鑽進住處的冰冷被窩時，不時會想起阿貞。我想像此刻她也蓋著冰冷的棉被，正在夢見即將到來的美滿未來，把誰都看不見的笑臉，半藏在天鵝絨的衣領裡。

阿貞結婚前二、三天，岡田和佐野從如冰縫般的火車中，凍得直發抖地在新橋車站[23]下車。岡田一看到去接他們的我，喊了聲「喲！」之後說：「二郎都沒變，還是逍遙自在。」岡田好像以為我不知道自己是一個逍遙自在的人似的。

翌日，一到番町家中，岡田一個人就把家裡搞得熱鬧滾滾。哥哥可能認為此事的意義和其他不一樣吧，並沒有苦著一張臉，而是默默被捲進熱鬧中。

「二郎，現在怎麼住外面？怎會那麼糊塗啊？如此家裡不就更冷清了嗎？阿直，是不是？」岡田找嫂嫂說話。這時候，嫂嫂還是露出奇怪的表情，默默不說話。我也沒什麼話好說。哥哥倒是冷冰冰，一副對誰都不理睬的樣子。岡田已經醉了，不拘泥任何事，哇啦哇啦講個不停。

「不過，我認為一郎不好。整天關在書齋研究學問，不覺得單調無聊嗎？假如有你那種學問，我到哪裡都吃得開。話說二郎、阿直、阿姨也不好。雖然一郎除了書齋，其他都討厭、討厭。但你們瞧！我一來就把一郎從二樓拉下來，而且和我不是談得很融洽嗎？一郎，是不是？」

他如此說道，看著哥哥。哥哥默默地露出苦笑。

「阿姨，是不是？」

母親默默不說話。

「阿直，是不是？」

他好像要逐一詢問到聽到答案為止。阿重立刻說道：「岡田，你這愛說話的毛病，無論到幾歲都好不了。煩死人啦！」大家都笑了，我也才鬆一口氣。

34

芳江從小房間伸出小手，向我招呼道：「叔叔，來一下。」我問了一聲：「什麼事？」就起身往她的方向走去。她不知從哪裡拖出一個很大的信玄袋[24]，很神氣地說：「這是阿貞的喔！給你看。」

她從信玄袋裡掏出一個天鵝絨的方形盒子。我把盒內的珍珠戒指拿出來放在手上，「嗯」了一聲後仔細端詳。芳江說：「還有這個。」這次掏出一個紫紅色的盒子，裡頭是我為感謝阿貞為我洗衣服還有其他事的謝禮，是一只沒鑲寶石的純金戒指。她又說：「還有這個。」就掏出一個綢緞錢包，錢包是以金線織出菊花的

23 新橋車站位於當時的芝區（現在的港區），為當時東海道本線的起點。

24 信玄袋為手縫布袋，用以裝小東西或雜物。

圖案。接著又掏出一個大的細長桐木盒，內部有以金線、紫紅線和銀線編成常春藤葉並附有金工品的一個腰帶扣環。最後她掏出梳子和髮簪給我看，還說明：「這是卵甲[25]啦。不是真的龜甲，因為真的龜甲太貴了，所以就沒買。」我對於所謂卵甲，並不太了解。芳江當然也不了解。不過，到底是女孩子，又說：「這是最便宜的啦！比四方張[26]還便宜。因為是用雞蛋的蛋清貼出來的。」我問她：「蛋清怎麼貼？貼在哪裡？」她一本正經地說：「那可就不知道嘍！」話一說完，趕緊把信玄袋拉回小房間。

我要母親給我看阿貞當天要穿的和服。那是一套微顯淡紫的藍綠色絲綢，上有常春藤圖案，下擺則是竹子圖案的和服。

「這會不會過於素淨呢？以阿貞的年齡來說。」我向母親問道。母親答：「可是，實在太貴了。」又添了一句：「這也要二十五圓，你知道嗎？」我沒有這方面常識，感到很驚訝。聽說布料是去年春天京都布商揹來時，買下的三十多公尺[27]白布料，直到前陣子還擺在衣櫃的抽屜。

阿貞從剛才就沒在大家面前露臉。我想一定是害羞，我真想看看她害羞的模樣。

「阿貞在哪裡呢？」母親問道。這時候，哥哥說：「啊！差點忘了。出嫁前，我有話要跟阿貞說。」

大家都露出奇怪表情，嫂嫂的嘴唇明顯閃出一抹冷笑。哥哥不理睬任何人，只向岡田說了聲：「失陪一下。」他就逕自往二樓走去。他的腳步聲消失沒多久，阿貞就來到我們房間的門檻附近，向岡田恭敬鞠躬。

岡田向她點頭招呼道：「請進。」「現在就要去書齋，過一會兒再來。」阿貞回答後，立刻站起來。在座的人看她嬌羞地面紅耳赤，不知道是不是同情她，就不再強留了。

哥哥上樓的腳步聲並不大，只是拖著拖鞋的聲音「啪嗒啪嗒」響，從樓下都聽得很清楚。阿貞赤足，加上可能要顯出女性恭謹的態度，簡直聽不到腳步聲。我甚至連開門、關門聲都沒聽到。

他們兩人在書齋約談了三十分鐘左右。其間，嫂嫂和平常的冷淡態度不一樣，有說有笑，心情好像比平日好。不過，我很清楚她是努力硬要壓抑隱藏在內心的不愉快。岡田則是毫無察覺。

---

25 卵甲為以雞蛋的蛋清為素材，製成如龜甲的仿製品。
26 四方張，原本為以拼貼做成的小工藝品，此處指以非優質龜甲削薄後拼貼而成的梳子及髮簪。
27 原文為「三反」，此為日本古來度量衡，一反約為十一公尺。

阿貞和哥哥談完話，從我們房間旁經過，我一聽到腳步聲，故意假裝有事走到檐廊。這突如其來的相遇，她還是害羞到滿臉通紅。阿貞低頭從我身旁擦身而過時，我發現她的眼瞼還留有淚痕。直到現在，我還不知道她在書齋和哥哥談了些什麼？不僅是我，除了他們兩人外，恐怕全天底下的人都不知道其中的詳細內容吧！

35

父母親要我以親戚的身份，列席阿貞的婚禮。那一天，雨「淅瀝淅瀝」下不停，是一個不適合結婚的冷清天。我比平常起得早，回到番町一看，阿貞的衣裳散放在八張榻榻米大的房間。

我從廁所出來，往澡間窺探，玻璃窗半開，瞥見阿貞正在裡面化妝，也聽到她的聲音說：「啊呀！不要摸那裡。」看到芳江在那裡淘氣惡作劇。我很想像芳江那樣，不過今天場合不對，只得收斂些返回茶間。

不久，我到八張榻榻米大的房間一看，大家正在換衣服。芳江當眾張揚道：「阿貞的手也抹上香粉喔！」老實說，阿貞的手腳比臉還顯黑。父親一聽，打趣道：「變得好白啊！欺騙老公可不太好。」

「到了明天，妳丈夫可能要嚇一跳吧！」母親笑道。阿貞低著頭苦笑。她梳著島田髮型，給我一種意想不到的新鮮感。

「這種髮型，又插上那麼重的飾品，可能很累吧？」我問道。母親立刻說道：「不管多麼重，一輩子才一次……」母親一直很在意我黑禮服上的家紋和白領子是否搭配。嫂嫂把阿貞的腰帶繞到背後用力緊緊繫住。

哥哥邊抽著難聞的雪茄，邊在寬敞的檐廊逍遙地踱來踱去。他流露出難以判斷的態度，好像對這婚禮不感興趣，又好像正在心中做出第一流的批評，不時往我們的客廳望一眼。他只是站在門檻附近，卻絕對不進來。他也沒有催促大家問道「準備好了沒？」今天他穿著西式大禮服，頭戴禮帽。

終於到了出發時刻，父親挑一輛最漂亮的人力車，給阿貞坐上去。原訂十一時的婚禮，由於時間上有些遲了，岡田特地先到太神宮的式台[28]迎接我們。大家一齊走進休息室，看見新郎好像充當人質的傀儡般獨自坐在椅子上。當他站起來跟大家一一寒暄時，我環視一下休息室內的桌子、地毯，還有白木格子梁。休息室盡頭掛著簾子，裡頭好像有什麼似的，不過太暗，什麼都看不見。前方豎著一對金色屏

28 式台為太神宮玄關入口較低處，鋪有板子的地方，為迎送客人之處。

風，上頭畫滿喜鶴和浪濤。

有一個身穿褲裙外褂的男子來告訴我們，新娘和媒人婆先走出來，然後新郎和媒人公，接著親戚依序走出來。不過，重要媒人岡田竟然沒把阿兼帶來，於是岡田跟父親商量道：「啊呀！實在是給你們添麻煩，拜託一郎和阿直來當媒人，好嗎？在太神宮這裡就好。」父親簡單答道：「好啊！」嫂嫂照例說：「怎樣都好。」哥哥也說：「怎樣都好。」卻又補上一句：「不過，像我們這樣的夫婦來當媒人，對兩位新人不好意思。」

「哪有什麼不好意思？——比我來當更光彩。對不對？二郎。」岡田還是以一貫輕鬆口吻說道。哥哥好像要敘述理由的樣子，繼之一想又說：「生平第一次擔任這麼重大任務，我什麼都不知道。」父親說明道：「他們會告訴我們怎麼做，不必做什麼。只要在那裡，你們根本什麼都不必做就完成了。」

36

走過拱橋時，前面的人不知被什麼擋住，大家都停下來。我趁機拉一下岡田大禮服的下擺。

「岡田，你還真是粗心大意。」我說。

「為什麼？」

他對於自己主動牽線作媒，卻粗心到忘記把阿兼帶過來一事絲毫沒發覺。我問他為何如此粗心時，他苦笑地搔搔頭答道：「其實，有想過要帶她一起來，可是又想這樣好嗎……？」

走下拱橋，進入正堂門口，新娘在有一整面鏡子處前坐下，用黑色漆器水盆洗手。我在後頭踮腳看到阿貞時，心想原來如此，怪不得隊伍會停下來，同時差一點爆笑。因為阿貞那雙特地仔細抹上香粉的手，可能因為一杓聖水而殘酷地變成原來黝黑的模樣。

神殿左右各有一個房間。哥哥伴著佐野走進右方，嫂嫂伴著阿貞走進左方。當我看到雙方從左右房走出來就坐時，兄嫂夫婦都露出嚴肅的神情相對而坐，新娘和新郎當然是恭謹地相對而坐。

以父親、母親為首，大家都對著禮儀台，在後方並坐成一排，安靜而肅穆地凝視這兩對各有所思的夫婦、塗滿顏料的漂亮太鼓，還有不知藏著什麼東西的簾子。

哥哥的心裡在想什麼呢？旁人看來，他跟平常並沒兩樣。嫂嫂也沒平常做作，而是保持自然的態度。

他們已結婚多年，也體會過夫婦生活這種社會性的重要經驗，並把所體會的經驗作為人生歷史的一部分。對他們而言，也許是不會再有第二次的珍貴體會。不過，無論從哪一方面來說，好像都不是一對似蜜般甜蜜的夫婦。這一對有過痛苦經驗的老夫老妻，是不是打算把自己不幸福的命運分給年輕男子和年輕女子，造成另一對不幸福的夫婦呢？

哥哥是學者，也是感情充沛的人。他那蒼白額頭裡，也許正在思考這樣的事吧？也許思考比這更深奧的事吧？也許他不禁詛咒所有的結婚者，同時坐著感受不得不讓新郎新娘握手的媒人的喜劇和悲劇吧？

總之，哥哥嚴肅端坐，嫂嫂、佐野、阿貞也都嚴肅端坐。這時候，儀式開始了。有一個巫女因中途腹痛而退下，由陪伴新娘的年輕女子代替擔任巫女。

坐在我身旁的阿重對我耳語道：「比大哥結婚時冷清啊！」記得那時候，有簫、有太鼓演奏，巫女左右穿梭的身影宛如蝴蝶翩翩起舞般華麗。

「妳出嫁時，我會辦得跟那時候一樣熱熱鬧鬧。」我對阿重說道。阿重笑了。

儀式全部結束，回到休息室時，雖然我們都還站著，阿貞特地將雙手放在地毯上，恭敬地致謝「至今受到照顧，由衷感謝」。她的眼睛噙滿落寞的淚水。

新婚夫婦和岡田搭乘白天的火車，立刻出發前往大阪。我站在雨中的月台上，送別理應會在箱根逗留二、三天的阿貞後，向父親和哥哥告別，獨自回到住處。途中，我想到下次理應會輪到自己結婚時，總覺這宛如人生的不幸之謎。

37

阿貞好像被搶走似地消失後，家庭的氣氛依然如舊。就我所見，阿貞好像是家裡最沒煩惱的人。她長期在我家幫忙，早晚又是拿掃帚勤打掃，又是洗洗刷刷，不知道是女傭還是打雜工，她卻甘之如飴地過了十年，看不出有任何不滿。她和佐野在雨中搭著火車離開東京。阿貞的心裡就好像她日常重複做慣的工作般清楚又機械化。上次可視為一家團圓的晚餐餐桌上，一時之間被沉重而苦悶的陰鬱氣氛所籠罩時，只有阿貞坐在其中和平常沒兩樣，把托盤放在膝蓋上毫不介意地等候服侍大家。結婚前幾天，她被哥哥叫到書齋，出來時，她的表情和眼瞼上的淚痕顯現哥哥不知對她的未來說了些什麼？但是以她的個性來說，我不認為對她會有長久的影響。

冬天隨著阿貞的離開也過去了。與其說是過去，不如說是沒發生大事情就結束來得恰當。斑駁的殘雪、搖曳枯枝的風、結成冰的洗水盆，一切景象都和往年一樣，規則性地映入我的眼簾後消失、離去。大自然的寒冷課程如此重複之間，番町的家屹然不動。在這個家裡，人與人的關係也和過去一樣，勉勉強強維持住。

我的處境當然也沒變化。只有阿重常半是來玩地跑來向我訴苦。每次她一來，我就會問道：「阿貞還好嗎？」

「什麼還好嗎？——難道你這裡都沒來信嗎？」

「來是來了。」

我一問就知道——有關阿貞婚後的狀況，她的資訊遠比我知道的多得太多了。另外，每次她來，我也不會忘記問問哥哥的狀況。

「哥哥怎樣呢？」

「還問怎樣？都是你不好。回到家裡也不跟哥哥見面就走了。」

「我不是故意避著他。每次回去都剛好不在家，實在沒辦法。」

「你說謊。上次你回來時，明明不去書齋就逃跑了。」

阿重比我正直，辯得面紅耳赤。自從那件事後，雖然我心裡也希望和哥哥恢復以前的親密關係，實際上卻相反，總覺得很難接近他。完全如阿重所說，回到家裡，縱使有機會跟他打招呼，也是盡可能不碰面就走的時候比較多。

我被阿重反問住，宛如表示無言投降般「嘿嘿嘿」地乾笑，又故意摸摸嘴邊的短鬍子，照例點根香菸吞雲吐霧一番。

我認為她說得沒錯，沒想到阿重突然說道：「大哥也真是一個怪人。現在我才覺得無怪乎你會跟他吵架而搬出來。」我被阿重這種無頭無腦的話嚇一跳，心中竊喜自己又增加一名同夥，但是也不至於幼稚到公然跟她的意見一搭一唱，當然更不至於賣弄虛榮心，堂皇冠冕地訓斥她一頓。只是在她回去後，立刻反轉至今的想法。我一直苦惱哥哥的精神狀態已經影響到周圍的人，好像看到他漸漸從所有生物中孤立，被拉到書籍當中。我對他的同情更甚於平日一倍。

38

母親來過一、二次。第一次來的時候，心情非常好。她煞有其事問一些我都不太清楚的事情，諸如：住在隔壁的法學士在哪裡做什麼工作之類。那時候，母親並沒提起家裡的任何事，只交代：「最近，到處都在流行感冒，要當心。爸爸二、三天前喉嚨痛，現在還貼著藥布。」她提醒我注意身體後就離去。我在母親走後，也無暇去想兄嫂夫婦的事。我已經忘掉他們的存在，只想舒服洗個澡，好好吃頓晚餐。

第二次來時，母親的神情和前次比較，有一點不太一樣。從大阪回來，尤其是我搬出來後，她故意避免在我面前批評嫂嫂。我在母親面前也覺得愧疚，沒必要的範圍，也顧忌嫂嫂的名字，儘量不說出口。然而，非常謹慎的母親突然向我問道：「二郎，只在這裡說說就罷！阿直的性情到底是好，還是不好？」我心想果然發生什麼事嗎？不由得打了個寒顫。

自從搬出來後，有關哥哥也好，有關嫂嫂也好，我完全沒勇氣去講些不謹慎、不負責的話。因此，母親從我這裡得不到任何滿意的回答就離去了。為什麼她突然問我這麼令人不愉快的問題，我終究無法理解，所以就把話岔開。我問母親：「是不是發生讓人擔心的事？」她只答說：「沒有啊！倒也沒發生什麼奇怪的事……」後來，母親只是直盯著我看而已。

母親回去後，我開始被這個問題困住。不過，把前後事情和母親的態度綜合起來考慮，我判斷怎麼樣都不是家裡發生新的狀況。

母親太過於擔心，以致變成無法理解嫂嫂。

最後，我如此解釋，那似一種被惡夢纏繞的感覺。

阿重來了，母親也來了，只有嫂嫂終究連一次也沒到我房間的火爐烘烘手。她故意迴避來找我的用意，我當然非常清楚。我回去番町時，嫂嫂問我：「聽說二郎住的地方很高級。房間內有漂亮的壁龕，庭院裡種植美麗的梅花，是不是？」但是她並沒說「下次我去拜訪」。我也說不出「歡迎來看看」這種話。不過她口中所說的梅花，只不過是不知從某處的田裡拔起，隨便種下去的一棵普通樹而已。

哥哥也絕對不來我的住處露臉，他和嫂嫂的不來，有不一樣的用意，又可以說是同樣的用意。

父親也沒有。

三澤則是時常來。我利用某次機會，若無其事探他是否有意娶阿重為妻。

「對啊！那位小姐也到適婚年齡，差不多也到了必要幫她找個歸宿的時候了。趕快尋得好婆家，讓她高興吧！」

他只是如此說道，沒有理睬我的意思，因此我也斷了念頭。

似長又短的冬天，在彷彿即將出事卻又安然無恙的我眼前，有如既定的行程般平凡地重複驟雨、霜解、乾燥風……好像就這樣離開了。

塵勞

1

1

陰鬱的冬天被春風吹走時，我宛如從冰冷的地窖出來，伸出頭眺望光明世界。我心中感覺這個光明世界，也像剛過去的冬天一樣平凡。不過我並沒有老到每次呼吸時，忘記快活地把春天氣息也吸進體內。

天氣晴朗時，我總愛打開拉門眺望街道，或是從房檐仰望橫在眼前的藍天。這時候，真想到遠方去旅行。如果還在學生時代的話，應該正在準備趁著春假去旅行才對，不過現在已經是上班族，根本無法那樣逍遙自在。偶爾在週日睡醒後心情不好，一整天都關在屋內，連出去散步都不願意。

我是半歡迎春天，半詛咒春天。一回到住處，吃過晚餐，就坐在火爐前邊抽菸邊茫然想像自己的未來。在編織未來的織線中，經常看到向自己獻媚的華麗色彩和新產佐倉炭[2]一起燃燒，火光閃閃，有時卻全然變色，有如死灰般失去光澤。我突然就會從想像的夢幻中回到現實中的自己，然後思考命運會以怎樣的手段把現在的自己和未來的自己連結在一起呢？

有一天傍晚，當我正迷惘於現實和夢想之間，凝神在火爐上烘手時，女傭忽然拉開門，讓我嚇一跳。可能是將注意力過於集中在自己身上，其實我完全沒聽到女傭走在檐廊的腳步聲。女傭出乎意料「唰」一聲拉開門，我冷不防抬起頭才和她四目相望。

「洗澡嗎？」

我如此問道。因為除此之外，女傭不會在這時候拉開門。女傭只回答「不是」，站著默不吭聲。我從女傭的眼角看到一抹笑意，那抹笑意中閃著女性喜愛捉弄人的瞬間所得到的那種奇怪快感。我嚴厲向女傭說道：「怎麼？妳就這樣站著？」女傭立刻跪坐門檻邊。然後，神情收斂地答道：「有客人來訪。」

「三澤吧？」我說。因為我有事正等三澤來。

「不是，是女客。」

「女人？」

我疑惑地對著女傭皺眉頭。女傭反倒是若無其事。

「我帶她進來嗎？」

「對方姓什麼？」

1 為佛教用語，指世俗間的一切煩惱。

2 佐倉炭為千葉縣佐倉地區所產的木炭，為優質炭。

「不知道。」

「怎麼不知道？哪有人連問都不問就要把客人帶進來？」

「我問了，可是她不肯說。」

女傭如此說道，眼神又流露出剛才那種不懷好意的笑。我突然把放在火爐上方的手放開，起身站起來，像似把跪坐在門檻邊的女傭轟走般，直接走到樓梯口一看，嫂嫂身穿大衣好像很冷般站在土間的角落。

2

那一天，從早上就陰沉沉。寒風一吹，彷彿把連日的好天氣都趕跑了。我從事務所走出來，就豎起外套的領子，邊走邊擔心會下雨。我剛坐在膳桌前要用晚餐，雨就「淅瀝淅瀝」下起來了。

「這麼冷的晚上還出門啊？」

嫂嫂輕聲只答了一聲「嗯」。我把剛剛自己坐的坐墊翻過來，整一整放在壁龕前，招呼道：「這邊請坐。」她邊用力脫掉外套的袖子邊說道：「我不喜歡被當成客人看待。」我放開原本想按鈴叫女傭把茶具拿去沖洗的手，看著她的臉。她盯著我的眸子看，外頭的冷空氣使她的臉頰顯得更蒼白，連平常就帶著落寞的酒窩，也在消失瞬間隱約閃現更異於平常的落寞。

「好吧！那邊請坐。」

她依我的話，坐在坐墊上，把白皙的手放在火爐上方烘。從那姿態可以想像，她是一個手指纖細的女人。她身體各部位中，最早惹我注意的就是窈窕的手腳。

「二郎，你也把手伸出來烘一烘。」

我不知道為什麼猶豫地沒能伸出手。這時候，窗外響起瀟瀟的雨聲。從白天就愈颳愈大的西北風和雨突然一起來，使得世間顯得格外蕭瑟，只聽見斷斷續續打在水管上「滴答滴答」的雨聲。嫂嫂一如平常的泰然，環視一下屋內說：「果然是好房子，很幽靜。」

「因為是晚上，看起來還不錯。白天來的話，還真是亂糟糟。」

我和嫂嫂應對一陣子。坦白說，我心中絕對不像自己講話的口氣般平靜。因為到現在我都沒料想到嫂嫂會登門來看我，連作夢都沒想到。當我看到她現身在樓梯口土間時，真是大為驚訝。這種驚訝，若說是喜悅的驚訝不如說是不安的驚訝。

「她為什麼來？這麼冷為什麼特地跑來？為什麼在華燈初上的夜晚才來？」

這是我看到她瞬間所產生的疑惑。從一開始我就對這些疑點耿耿於懷，和她隔著火爐相對而坐的尋常態度裡，不斷有種壓迫感，讓我的談話和語調帶著不愉快的虛偽。我非常清楚地意識到這一點，而且我也意識到那種虛偽很明顯傳遞到對方的頭腦裡。不過，我卻是毫無辦法。我對嫂嫂說道：「真是春寒料峭啊！」又問道：「怎會在這時候出門呢？」兩人交談到這裡時，我心中依然不見開朗，變得拘謹起來，彷彿站在蒙娜麗莎詭異的笑容前，不由得感到畏懼。

「二郎，才一陣子不見，怎麼忽然變得見外呢？」嫂嫂說。

「哪有這種事。」我答。

「不，就是這樣。」她爭辯道。

3

我一聲不響起身繞到嫂嫂背後。她背對三尺壁龕而坐。房間太窄，她的腰帶幾乎貼在壁龕的杉木柱。我的腳伸過去時，她的身子縮著往前曲，問道：「你要做什麼？」我一隻腳懸著，從壁龕內拿出一個黑色漆器多層盒，擺在她面前。

「來一個吧！」

我說著就打開蓋子，她露出一抹苦笑。盒內整齊擺著撒上白砂糖的牡丹餅[3]。

我看到牡丹餅，才知道昨天正是春分。我向嫂嫂認真問道：「要不要吃？」她忽然笑出來。

「你也真是的，這萩餅不是昨天家裡送來的嗎？」

我不由得露出苦笑，塞一個到嘴裡。她倒了一杯茶給我。

因為牡丹餅，我才知道今天她回娘家掃墓，回家途中順道來這裡。

「好久沒見面，那邊都好嗎？」

「謝謝，很好……」

寡言的她只簡單回答而已，隨後又加上一句：「說到好久沒見面，你好久沒回番町了。」她說完話就看著我。

我和番町已經漸漸疏遠了。剛開始總掛念家裡，一週不回去一、二次就不放心。不知不覺已偏離家的核心，習慣從外圍悄悄眺望，而且在眺望期間也不曾發生過任何事，所以我自覺到自己不回去正是家中平安無事的原因。

「為什麼不像以前常回來呢？」

「因為工作比較忙。」

3 牡丹餅為外皮裹紅豆餡的麻糬，也稱「御萩」或「萩餅」。

「是嗎？真的？不是這樣吧？」

我實在受不了嫂嫂的逼問，而且我也不了解她的心態。因為我堅信不管其他人怎樣，嫂嫂絕對沒勇氣就這件事逼問我。我很想直接了當對她說：「妳太過於大膽。」不過我早就是一個被對方看破手腳的膽小鬼，到底還是沒膽量說出來。

「真的很忙。其實，最近想再讀點書，正在準備中，所以哪裡都不想去。我認為不能一直遊蕩懶散下去，想趁現在多讀點書，過陣子打算出國。」

我回答的後半段，當真是自己的希望。哪裡都好，我一心一意只想遠走高飛。

「出國？要去歐美留學嗎？」嫂嫂問道。

「對啊！」

「很好啊！趕快去拜託爸爸幫忙，我也幫你說話。」

雖然我明知不可能，還是抱著這個夢想，可是聽她一講，立刻搖搖頭說：「父親不行啦。」她也沉默下來。不久她哀怨地說道：「當男人真輕鬆。」

「一點都不輕鬆。」

「可是一旦厭煩，男人隨時都可以跑得遠遠的，不是嗎？」

4

我不知不覺地把手放在火爐上方烘。雖然火爐又大又厚，體積也只是普通尺寸而已，但兩人對坐烘手，臉和臉之間的距離未免太過接近。嫂嫂從一坐下去，因為太冷一直像駝背般胸部往前縮著。她這種坐姿除了說很像個女人外，也無可非議。不過這麼一來，我就非挺直背端坐不可。縱使如此，我不曾這般近距離看著她額頭上的美人尖。她蒼白的臉頰如火焰般令我眩目。

我就在這般拘謹下，突然聽她坦承自從我離家後，她和哥哥之間的關係愈來愈惡化這種令人煩心的事。至今為止，如果我不問起的話，她的態度就是絕對不提起哥哥的事。即使我問了，她也只是微笑答說：「老樣子」或「不必擔心啦」等。今天一反常態，主動向我吐露我最苦惱的問題真相，膽小畏怯的我有如突然被潑灑硫酸般感到一陣刺痛。

然而，事情一旦露出線頭，我就想追根究柢。不過惜話如金的她，並不順我意，只是如蜻蜓點水般談到夫婦間的不和，至於為何不和的近因，一概都未觸及。再問，她只答說：「不知道為什麼會這樣？」實際上，她也許真的不知道，也許知道卻故意不肯說。

「反正我天生就笨，無可奈何。不管怎樣也沒有其他路好走，想到這裡也就死心認命了。」

她好像生來就具有一顆不畏懼命運的宗教心。另一方面，看起來又有不畏懼他人命運的性格。

「男人一厭煩的話，像二郎一樣就可以飛得遠遠的，可是女人卻不行。我就好像父母親親手栽種的盆栽般，一旦栽植完成後，除非有人來搬動，否則就是動彈不得，只能一動也不動在那裡。除了一動也不動枯死外，沒有其他辦法。」

我強烈感到那可憐的訴說背後，有極為固執的女性倔強。當我想到這倔強對哥哥產生何種影響時，不禁打起寒顫。

「哥哥只是心情不好。其他有什麼異常嗎？」

「嗯，那也很難說。因為是人嘛！什麼時候會得什麼病也不知道。」

不久，她從腰帶間掏出女用懷錶看一下。房間安靜到連闔上錶蓋的響聲都讓人耳朵受到強烈震動，就好像尖銳的針刺在平滑的肌膚一樣。

「我該回去了。——給二郎添麻煩，讓你聽到那些厭煩的事。我從來不曾向人提起這些事，今天回家後也會沉默不說。」

在樓梯口等待的車伕，手提著的燈籠上有她娘家的家徽。

5

那一晚，雨寂靜地下了一整夜。彷彿打在枕頭的雨滴聲中，我一直在勾勒嫂嫂的幻影。當濃眉和深邃的眸子一浮現眼前，蒼白額頭和臉頰便以磁鐵吸附鐵片般速度，立刻跟著映照出來。她的幻影多次破滅，每次破滅後，又以同樣順序立刻又重複出現，最後我連她嘴唇的顏色也歷歷可見。那嘴唇兩端的肌肉，彷彿不出聲的語言符號般微微顫抖。我清楚看到肉眼幾乎看不見的微小漩渦，像似酒窩又像似即將消失的迷人姿態，不停在她的臉頰上波動。

我強烈想像如此栩栩如生的她。在「滴答滴答」雨聲中，漫無邊際地想到很多事，發燙的腦子開始苦惱起來。

既然她和哥哥的關係已經惡化，無論我的肉體飛到哪裡，自己的心還是不得安寧。關於夫婦感情惡化，我希望她具體說明，可是她不像一般女人喜愛瑣碎訴說，所以根本不理會我的要求。就結果而言，她的來訪等同是讓我更焦慮。

她所說的一切話彷彿影子般昏暗不清，儘管如此，卻宛如閃電般的靈光射進我的心胸。我把影子和閃電連起來思考，難不成脾氣暴躁的哥哥竟會對嫂嫂做出至今不曾有過的粗暴行為嗎？當我把毆打、責罵、虐待等用詞排列一看，產生一種令人厭惡的殘酷震響。嫂嫂是現代女性，對於哥哥行為所蘊含的意義也許完全了解。我問起哥哥的健康狀態時，她冷淡地答說「因為是人嘛！什麼時候會得什麼病也不知道」就不願再說了。她理應知道我是擔心哥哥的精神狀態才會這樣問，因此她比平常更冷淡的回答，也可以解釋為她把加諸在自己美麗肉體的鞭打聲，化為對丈夫未來的復仇聲——我感到恐怖畏懼。

明天我想回番町，一定得向母親詢問他們兩人的近況。不過嫂嫂已經明白表示，有關他們夫婦之間的變化，沒有任何人知道，也不會告訴任何人。天底下也許只有我一個人，從她如影子如閃電的言語中隱約得知這件事。

為什麼沉默寡言的嫂嫂，只對我說出那件事呢？她平常很冷靜，今晚也和平常一樣冷靜。因此我不認為她是過於激動亢奮找不到人訴說，才特地跑來說給我聽的。首先，所謂訴說這個詞彙，和她的態度就很不搭調。但是就結果而言，毋寧正如我方才所說，我被她弄得更焦慮。

她看我對著火爐的臉，問道：「為什麼這般拘謹呢？」我答說「沒有什麼拘謹」時，她笑道：「不是把背挺得直直嗎？」那時候她的態度，幾乎要把她纖細的食指伸過火爐來捏我的臉頰般親暱。她又叫著我的名字說：「嚇一跳吧？」她說話的口氣，彷彿在這寒冷的雨夜突然來訪，讓我嚇一跳是頗為愉快的惡作劇……

我的想像和記憶，就在「滴滴答答」的雨滴聲中，毫無止境地一再迴旋，直到深更半夜。

6

此後的三、四天，我的腦子不斷被嫂嫂的幽魂所纏繞。連坐在事務所的桌子繪製重要圖稿時，都不知道該以什麼方法來擊退這個作祟的鬼怪。我焦慮到甚至認為有一天可能得借助他人的手來完成工作。我懷疑自己如此心不在焉，卻又裝出和一般人沒兩樣，旁人真的不覺得奇怪嗎？事務所的人老早就認為我不是一個開朗的人，尤其最近我很少開口說話。因此這三、四天來，縱使有所變化，其他人應該也不會注意到吧？我獨自感受到自己和周圍完全隔絕的寂寞。

前幾天，我從各方面來思索嫂嫂——她從嫁到我家那天起就已經超越連男人都無法超越的某種事物。或說她從一開始就沒有必須跨越的牆壁，從一開始就是一個自由自在不受拘束的女人。至今為止，她的行為不過就是不受拘泥的天真表現而已。

在我看來，有時候她又是一個凡事藏在心裡，不輕易表露自己的堅強女人。從這意義來看，她遠超過一般常見的堅強女人的範圍。她的穩重、她的品格、她的沉默寡言，任誰來評論，她肯定都是一個過於堅強的人，此外，她也是一個厚顏到令人驚訝的人。

某一剎那，她宛如忍耐的化身佇立在我面前。那種忍耐隱藏著不把痛苦痕跡露出來的高雅。她以微笑取代緊皺眉頭，以端坐取代伏首哭泣，宛如要坐到席子下的腳腐爛為止。總之，她的忍耐已經超越所謂忍耐的含義，幾乎接近她的自然面貌。

我從各方面來思索嫂嫂——坐在事務所的桌子前、午餐的桌上、回家的電車上、住處火爐周圍，在各種地方從各方面來思索。我苦於無法對人說而承受著不為人所知的痛苦。前幾天，屢屢有一個想法浮上心頭，按照順序我應該毅然決然回到番町，打聽一下事情的大致情況才對，不過怯弱的我卻提不起勇氣回家。這就好像明知眼前有恐怖的東西，反而故意閉上眼睛不看。

這樣到第五天的週六下午，父親突然打電話到事務所來。

「你是二郎嗎？」

「是的。」

「明天早上去找你，好嗎？」

「好。」

「會麻煩嗎？」

「不會……」

「那麼就等我吧！再見。」

父親就把電話掛斷了。我感到有點狼狽，真後悔連什麼事都沒問，就把電話掛斷。不過我立刻感到奇怪，假如有事的話也應該把我叫回去才對。我總覺父親破例從家裡來找我這事，似乎和上次嫂嫂來訪有關，我的內心更加不安。

回到住處，看到桌上擺著一張岡田寄來的風景明信片。那是他們夫婦邀請佐野夫婦到郊外半日遊的紀念。我對著桌子凝視那張風景明信片許久。

7

雖然我週日有睡懶覺的毛病，可是唯獨這天我蠻早就起床。早餐後看報紙，那報紙就像趕火車時隨手買來看的報紙，沒有值得一看的地方，無聊透了。我把報紙丟在一旁，不到五、六分鐘又拿起來看。我邊抽菸，邊仔細擦拭眼鏡的鏡片，手上不得閒地等父親來。

父親一直都沒來。我知道父親是一個早起的人。從小時候，我已經很習慣他的急性子。我坐不住地想打電話問到底怎麼回事，想問問父親的情況。

我和母親非常親近，卻很怕父親。不過真正說來，慈祥的母親比嚴厲的父親反而還可怕。當父親生氣，或被他責罵時，雖然很惶恐，卻經常在心裡暗忖男人終究是男人，但是今天的情況和平常不一樣。雖說是父親，也不能隨便就讓他看不起，所以才打算打電話又作罷。

父親在十點左右終於來了。父親身穿褲裙、外褂等有點過於正式的服裝，不過神情顯得格外安穩。從小就在他身邊長大，我的功力已累積到從他的臉色就可以判斷有事或沒事。

「我以為您會更早就來，從剛才就一直在等候。」

「我想你大概會在被窩等我。想早來的話，多早都沒問題，可是一大早就把你從被窩挖起來，太可憐啦！才故意晚出門。」

父親把我沏的茶，端到嘴巴，像是要喝又像在品茗，目不轉睛環視房間內。房間內只有書桌、書櫃和火爐而已。

「真是好房間。」

父親對我們也經常講那些客套話。他長年來用慣的社交辭令，不知不覺中也會用在不需要客套的家人身上。因為是那種毫無意義的客套話，在我聽來就只像是跟人說聲「早安」一樣。
他看了壁龕，開始凝視掛在那裡的卷軸。
「很搭調。」
那是為裝飾這壁龕，特地向父親借來的半張宣紙尺寸的小幅作品。當時他只說：「這幅的話可以讓你帶走。」就丟給我了。在我看來，那是一幅不搭調也不怎樣的怪作品。我也苦笑地望著看。
那畫上，以淡墨畫一根斜斜的棒子，其上方有「此棒不動，一觸即動」的題辭。總之，無論是畫還是字都是難登大雅的無聊之作。
「你覺得好笑嗎？這是具有素簡、單純之美的作品。很適合掛在茶室的好作品。」
「出自誰的手呢？」
「那倒不知道，反正是大德寺[4]的什麼人吧……？」
「原來如此。」
父親沒打算要結束掛軸的講解，他說明那些我不感興趣的大德寺怎樣，黃檗[5]

4 大德寺指位於京都的臨濟宗大德寺，此處暗指那作品出自該寺住持之手。

怎樣之類的事。最後他問我：「你明白這根棒子的含義嗎？」這真是叫我傷腦筋。

8

那一天，我陪父親到上野表慶館[6]參觀。以前曾陪他去過幾次，可是我卻不認為他為此特地跑來找我。我和父親一起走出住處往上野的途中，預期他肯定會說出此行的真正目的。不過我提不起勇氣問他，因為哥哥和嫂嫂的名字在他面前好像被禁錮的字眼，我絕口不提他們的名字。

在表慶館裡，父親站在利休[7]的信函前，硬要結結巴巴地唸些自己都看不懂的字。當他看到天皇家收藏的王羲之親筆書簡時，欽佩道：「哇，確實高明。」在我看來，那書簡很沒趣，於是說道：「足以痛擊人心。」父親反問道：「為什麼？」

兩人走進二樓的大廳。那裡掛有一大排應舉[8]的十幅作品。最不可思議的是十連作，除了右端的岩石上佇立三隻鶴，左端的角落有一隻展翅而飛的鶴之外，其間約有四、五公尺的畫面全部都是波濤。

「有人把襖門[9]上的畫作剝下來當掛軸。」

父親指著每一幅畫作上有開閉襖門被手磨破的痕跡，和取下襖門拉手露出白紙的地方給我看。我站在大廳正中央，聽了父親的說明，才知道畫出如此雄偉的古代日本人多麼值得尊敬。

從二樓走下來時，父親為我說明玉石和高麗燒[10]，也提到柿右衛門[11]。最無聊的就是吉左衛門[12]的茶碗。後來兩人都累了，就走出表慶館，看到右側有一棵遮蔽館前的高聳黑松。我們慢慢走在漂亮的小路上。儘管如此，父親還是沒提起任何重要的事。

「櫻花快開了。」

「是啊！快開了。」

---

5 黃檗指黃檗宗，和臨濟宗、曹洞宗被稱為日本三大禪宗。

6 表慶館為上野公園內的美術館，明治四十二年（一九〇九）為賀喜當年皇太子（後為大正天皇）成婚而建。

7 利休指千利休（一五二二—一五九一），為安土桃山時代的茶人，為千家流茶道開山祖。

8 應舉指圓山應舉（一七三三—一七九五），江戶時代中期的畫家，為圓山派開山祖。

9 襖門為日式建築物內，作為隔間用的紙門，大戶人家的紙門上會請名家來作畫，通稱為襖繪。

10 高麗燒指朝鮮半島高麗時代的陶器。

11 柿右衛門（一五九六—一六六六）為江戶初期開始燒製有田赤繪瓷器的陶工酒井田柿右衛門。

12 吉左衛門（一五九九—一六五六）為京都樂燒第三代，後剃度為僧，法號道入。

兩人走到東照宮[13]前。

「到精養軒[14]吃飯吧！」

時間已是一點半。從小跟父親出去，養成一定會到哪裡吃個飯的習慣，長大後我仍然把陪父親出門和美食連在一起。可是那一天不知為什麼就是很想早點離開父親。

上午路過時沒注意到的精養軒門口，不知何時拉上縱橫交錯掛滿五色旗的繩子，熱鬧迎接戴禮帽的貴賓。

「咦，今天是什麼日子啊？大概被包場吧！」

「好像是。」

父親停下腳步，眺望從樹葉間忽隱忽現的五色旗，不久好像想起什麼似，問道：「今天是二十三號吧？」那一天確實是二十三號。聽說是哥哥的朋友K結婚宴客的日子。

「我竟就忘了。大約一週前送來請柬，寫有一郎和阿直兩人的名字。」

「K還沒結婚啊？」

「是啊！不過不很清楚，難不成是再婚嗎？」

兩人下了山，最後走進左邊的一家西餐廳。

「這裡可以清楚看到馬路，說不定會看到一郎戴著禮帽路過。」

「嫂嫂也一起出席嗎？」

「這就不知道。」

我們坐在二樓靠窗的座位，隔著一只插著花的矮花瓶，可以俯視寬闊的三橋大街。

9

用餐時，父親心情愉快地閒聊起來。不過，直到喝咖啡他都沒談到比較像是正事的話題。走出餐廳時，他才露出像是察覺什麼的表情，望著對面的白色大建築物。

「啊！什麼時候勸工場[15]改成電影院？我一點都不知道。什麼時候改的呀？」

---

13 東照宮在上野公園內，為祭祀德川家康的神社。

14 精養軒在上野公園內，為精養軒飯店所經營的西餐廳。

15 勸工場又稱勸商場，明治、大正時期，在一棟建築物內設有各種商店，販賣各種物品，類似現在的百貨公司或超級市場。明治十一年（一八七八）在東京出現的第一勸工場為日本最早。

西式白色建築物正面的金字招牌周圍，掛滿無數支廉價旗子。由於職業的關係，我總是以悲哀的眼神，看著這些矗立在東京的粗製濫造、浮誇建築物。

「世間變化真是快得驚人。這麼一想，像我這樣的人什麼時候要死都不知道。」因為是晴朗的週日假期，路上行人熙來攘往。父親的這番話，和周圍那些光鮮色彩、歡樂開懷、步履輕快族群的氣氛顯得非常不協調。

我走到番町和自己住處的分岔路上，打算向父親告別。

「有事嗎？」

「是，有點事……」

「好啦！不管它。回家去吧！」

我手放在帽緣，躊躇起來。

「好啦！回去。那不是自己的家嗎？偶爾也得回去。」

我尷尬地跟在父親後面。父親轉過頭說道：「最近你都不回家，家人都覺得很奇怪，一直問二郎怎麼了？俗話說『因客氣而未問候反倒失禮』，你既不客氣也不問候，更加失禮。」

「不是這麼說……」

「反正回家就對了。理由就等到家跟媽媽說吧！我只負責把你押回去。」

父親快步往前走。我心中苦笑自己怎麼像個未成年孩子，只好默默跟著父親的步調一起走。那一天和前陣子完全不一樣，轉向南方的太陽，散發出開春以來第一次的溫暖陽光，灑落在我們的頭頂。由於父親穿著水獺毛領子的厚厚披風，我也穿著略微厚重的外套，從剛才一走動，就感覺有點熱。託父親的福，我才能很難得地在春日裡到處轉。最近，我幾乎不曾和年邁父親並肩走，自己都不知道今後還能和年邁父親這樣並肩走幾次。

我在些許不安中，感到一絲喜悅，伴隨喜悅而來是一種人生苦短的虛無感。我盡可能隨著忽然襲上自己心頭的這種感傷移動腳步。

「媽媽很擔心啊！春分那天送去萩餅，既沒回音，也沒把盒子送回來。哪怕是探個頭也好，也得回家呀！又不是有什麼重要的事無法回家。」

我什麼話都沒回答。

「我想把好久不見的你帶回去，讓大家看看。——最近，你都沒和一郎碰面吧？」

「是，只有上次要搬出來時向他打招呼而已。」

「你看！可真不巧，今天一郎偏偏不在家。爸爸把上野喜宴給忘了，真糟糕。」

我跟著父親，終於走進番町的家門。

10

一進客廳，母親看到我時只說：「啊呀！還真難得。」雖然我幾乎是服膺父親的威嚴而被押回來的，在途中卻很感激父親的慈愛。同時，我暗中想像回到家見到母親那一瞬間的情景，沒想到我的想像被母親這句話全顛覆了。原來父親事先沒告訴任何人，完全出自他一個人的主意，親熱地把我這個浪蕩子帶回家。阿重以一種好似在看逃犬的眼神看著我說：「啊喲！迷途羔羊回來了。」嫂嫂一如平日的寡言，只招呼道：「歡迎回來。」好像完全忘記上次晚上獨自來探望我的事。我在人前也有所顧忌，一句話都沒提起。父親比較開朗，他多少帶著詼諧和誇張，得意洋洋向母親和阿重敘述他是如何把我誘騙出來。父親連「誘騙」這種字眼都說出來，聽起來實在有夠誇張和滑稽。

「春天到了，所以大家要開心些。假如還像前陣子般死氣沉沉，簡直就像住在鬼屋裡，太沉悶啦！現在不是連桐畠都蓋起漂亮的屋子了嗎？」

所謂桐畠是住家附近馬路轉彎處有塊地皮的名稱。自古傳說住在那裡會有鬼神作祟，一直到前陣子還是一塊空地，最近終於有人買下來，開始大興土木。父親興致勃勃對旁人談起這件事，好像害怕自己家成為桐畠第二。平常父親都習慣待在裏房那二間相連的房間，有什麼事照例就把母親或哥哥叫到那裡。可是那一天，他和平常不一樣，一進家門並沒到裏房，只把褲裙和外褂脫放在一旁，就坐下來跟我們一直聊。

偶爾回到以往長久住習慣的房子，多少會勾起已被遺忘的回憶。我從家裡搬出去時還很冷，客廳的玻璃窗子大致上都是多加上一道板窗，庭院的青苔被降不完的霜無情地從地面上剝落。如今板窗都已經收起來了，內窗也是左右敞開，盡可能讓家裡和天空連成一氣——樹木、青苔、石子都從大自然中直接映入我的眼簾。一切都和我搬出去時大異其趣，一切也都和現在的住處大異其趣。

我坐在這裡懷念過去，很久沒如此和父母親、妹妹、嫂嫂一起閒聊。家人當中，唯一不在這裡的只有哥哥，從剛才就不曾聽到有哪個人提起哥哥的名字。聽說那一天他去參加K的喜宴，不過我甚至不知道他是否去赴宴？是否出門到上野？是否真不在家？我可以確認的就是眼前的嫂嫂並沒出席喜宴。

我為哥哥的名字沒出現在話題感到苦惱，同時又害怕他的名字出現。我抱著這般心情看大家一眼，竟覺得沒有一張臉是誠實的。

不久，我對阿重說：「阿重，帶我去看妳的房間。不是很自豪把房間收拾得很乾淨嗎？」她答：「當然啦！我這麼自豪的房間當然歡迎參觀。」於是，我起身要去看搬出前，那間家中自己最熟悉，早晚起居，原本屬於我的房間。阿重果然也跟著我過來。

11

雖然她的房間不像她所自豪那般乾淨，但是和我以前弄得亂糟糟相比，總覺得飄著一股嬌嫩的氣息。我盤腿坐在擺在桌子前方的豔麗圖案坐墊上，邊環視房間邊說道：「確實不錯。」

桌上擺著日本製馬爵利卡[16]陶盤，分離派[17]圖案花瓶內插著人造薔薇，繡有白色大朵百合花的壁飾掛在旁邊。

「很時髦嘛。」

「對啊！很時髦。」

阿重若無其事，卻看得出得意的神情。

我跟阿重說笑一陣子。五、六分鐘，我裝作不經意地向她問道：「最近哥哥怎樣呢？」她壓低聲音答道：「他變得有點怪。」她的個性和嫂嫂完全相反，這對我來說正中下懷。一旦話匣子打開，根本無須套話，她就會把心裡所有事毫不隱瞞地全部說出來。我默默聽著，最後聽到都覺得囉唆。

「總之，哥哥不太跟家人說話的意思嗎？」

「就是這樣啊！」

「那不就是跟我搬出去時一樣嗎？」

「對啊！」

我感到失望，邊想邊把菸灰彈到馬爵利卡陶盤裡，阿重露出厭惡的表情。

「那是擺筆的盤子，不是菸灰缸。」

阿重的頭腦不如嫂嫂聰明，我從她口中得不到任何想知道的事，正當我想回到父母親都在的客廳時，她突然講起一段奇怪的事。

聽說最近哥哥好像一本正經地在研究心靈感應之類的事。哥哥叫阿重站在書齋外，自己捏自己的手臂，問她：「阿重，剛才哥哥捏了手臂，妳有沒有覺得自己的手臂在痛呢？」或是自己在屋內喝下一杯茶，然後問道：「阿重，剛才有沒有感覺妳的喉嚨『咕嚕咕嚕』喝下什麼呢？」

---

16 馬爵利卡（Maiolica）陶盤指十五世紀在義大利所燒製的彩色陶盤，或其仿製品。

17 分離派（Vienna Secession）指十九世紀以維也納藝術家克里姆（Gustav Klimt, 1862-1918）為中心，主張脫離傳統學院派的造型美術運動，又稱新藝術派。

「哥哥在跟我說明前，我很驚訝認為他肯定瘋了。後來哥哥告訴我那是法國的什麼人所做的實驗，又說我的感受力遲鈍，所以感應不到。我聽了，還真開心。」

「為什麼？」

「假如感應得到，那比得霍亂更叫人討厭。」

「妳那麼討厭呀？」

「那當然啊！令人不舒服，怎會研究學問研究到做那種事呢？」

我也覺得奇怪而且感到不舒服。回到客廳一看，嫂嫂已經不在了。父親和母親相對而坐，低聲不知在講些什麼？剛才因為我回來整個家裡又熱鬧又開心的情景已經看不到，只聽到：「我不曾打算過要把他養成這樣子。」

「那真是傷腦筋。」又聽到這樣的說話聲。

12

我在那裡向父母親問起最近哥哥的情況。他們所舉的事情，除了證實從阿重那裡得來的訊息外，也沒別的新說法。不過從他們的言行舉止看來，我深切感受到哥哥好像讓大家相當的苦惱。他們（尤其是母親）因為哥哥一個人，讓整個家的氣氛變得憂鬱而感到難過。他們自認比通常的父母更愛自己的兒子，所以更加滿腹牢騷，他們暗自認為實在沒理由被自己的兒子弄得這般不愉快。我坐在他們面前，聽他們兩人除了數落哥哥之外，並未對其他任何人加以責難。連平常不滿意嫂嫂以那種態度對待哥哥的母親，這時候也未曾說出任何一句對她有所不滿的話。

他們的牢騷充滿出自同情的擔心。他們非常擔心哥哥的健康狀況，對於他的健康狀況多少影響他的精神狀態，也無法淡然看待。總而言之，哥哥的未來，對他們來說是一個可怕的未知數。

「該怎麼辦呢？」

這是他們在商量時必定不斷重複的一句話。坦白說，縱使他們沒坐在一起，我也能夠隱約感受到他們在心中重複這句話。

「原本就是一個怪人，雖然以前也常有那種事情出現，可是怪人就是怪人，很快就好轉。這次真是奇怪啊！」

他們從哥哥小時候就很清楚他的喜怒無常，最近卻也覺得哥哥太奇怪了。哥哥陰鬱的狀態，從我搬出去到現在一直沒有好轉過，而且愈來愈嚴重。

「我真的很苦惱。我又生氣又同情。」

母親像似在訴苦般看著我。

我和父母親商討的結果，決定勸哥哥去旅行。他們說自己對這件事無從施力，我提議拜託哥哥最親近的朋友H來幫忙，父母親兩人都贊成。但是前去拜託的工作，非由我出面不可。還有一週就要放春假，眼看學校的課程快結束了。假如要拜託的話，應該儘早去才好。

「那麼，這二、三天內我去找三澤，到時候再決定是請三澤幫忙，還是由我直接去講？」

我和H的交往並非很親密，無論如何都必要三澤從中斡旋。三澤在校時，H是他的保證人。從學校畢業後，幾乎就像家人般始終有來往。

我臨走時，想跟嫂嫂告辭，往她房間一看，只見嫂嫂正在幫放在芳江面前的一個裸身玩具娃娃穿上漂亮的衣服。

「芳江長大了。」

我站在那裡，把手放在芳江頭上。芳江被好久不見的叔叔一逗，有些靦腆地咧嘴笑。走出家門時已接近五點，哥哥去上野還沒回來。父親說好久沒回來，吃個晚飯等他回來碰面再走。我終究還是沒坐到那時候就回去了。

13

翌日，我從事務所回家途中就去找三澤。聽說他剛出門去理髮，我不客氣地進屋內等他。

「這二、三天明顯暖和起來。櫻花也快開了吧！」

主人不在家，他的母親一如平常來到客廳客氣地跟我聊起來。

他的房間還是老樣子，掛滿繪畫和素描，多到快碰到鼻子。其中有不裝框的畫作，以圖釘直接將畫釘貼在牆壁上。

「我不知道那到底是些什麼，反正是他喜歡的東西。隨便貼得亂糟糟。」他的母親像是在辯解般說道。我旁邊的書架上，有一張和圓壺並擺的油畫。

那張油畫畫著一個女人的頭像。女人有一雙又大又烏黑的眼睛。溫柔的黑眼睛水汪汪又迷茫，使得整個畫作飄著夢幻的感覺。我凝目直視那張畫，他的母親露出苦笑轉頭對我說道：「那是前幾天才胡亂畫出來的。」

三澤是一個作畫高手。雖然因為職業關係，我也懂些作畫方法，不過就藝術天份來說，我完全不能跟他比。我在觀看這幅畫的同時，聯想起可憐的奧菲麗雅[18]。

「畫得真好。」我說。

「說是看著照片畫的，所以表現不出真實的神韻。假如還活著時就把她畫下來，那會更好。她是一個不幸的女人，二、三年前過世。特地給她找個婆家，並不美滿。」原來油畫中的人，就是三澤口中的小姐。我並沒問起，他的母親就告訴我有關她的很多事，但是她和三澤的關係卻是一句話也沒提起，那女人罹患精神病也都沒觸及。我並不想聽那些事，很想打斷這個話題。

後來話題從女人轉到三澤的婚事，他的母親顯得很高興。

「這件事也讓您非常操心，總算定下來……」

前幾天，收到三澤的信，信上提到有一點私事想向我說，最近會來找我。聽了他母親的話，我才恍然大悟。我向他的母親表達一般的祝賀之意，心中卻暗忖這次的對象不知道是否像油畫中的女人有一雙烏黑又水汪汪的眼睛？那是我最想看也最想確認的事。

三澤不如我預料般那麼早回來。他的母親說他大概在回家途中，順便去澡堂洗澡，要不要叫人去看一下，我婉謝了。雖然覺得很不好意思，我實在沒興趣跟她聊天。

本想推薦給三澤的妹妹阿重，到現在還拖拖拉拉，不知會花落誰家？我自己也和阿重半斤八兩。而好不容易才結婚的哥哥，又和嫂嫂不合。——把這些事對照想一想，我怎樣都快活不起來。

14

不久，三澤回來了。最近，他的身體看來不錯，理過髮泡過澡後，他的氣色尤其顯得容光煥發。他盤腿坐在我面前，我從他的表情看到健康和幸福這兩件事，他的言語態度也同樣充滿開朗。他實在太快活了，我實在沒辦法突然插進那個不愉快的話題。

「你怎麼了？」

他的母親起身離席後，兩人相對而坐時，他如此問道。我不得不吞吞吐吐把哥哥的近況告訴他，我也不得不說要他去拜託H勸哥哥去旅行。

「看到父母親在擔心，我也不能放著不管，實在太可憐了。」

他一直聽到我最後這句話，煞有其事地雙臂交握，看著自己的膝蓋。

「那麼，我跟你一起去，一起去比我單獨去好，你也去事情才說得清楚。」

18 奧菲麗雅為莎翁名劇《哈姆雷特》中的人物，為哈姆雷特的戀人，後發狂落水溺斃。

三澤既然這麼好意，對我來說再好不過了。他說去換衣服，立刻起身離開座位。可是不久又從拉門探頭說：「我媽媽說你好久沒來，吃完飯再走，正在準備晚飯。」我實在沒心情在這裡接受招待，可是婉拒的話，還是得去找個地方吃飯。我含糊答應，急著快離開的屁股又坐回原來的座位。眼睛不時望著書架上擺著的那幅女人像。

「家裡沒什麼菜又留您用餐，真是給您添麻煩。就是一些現成的。」三澤的母親邊讓女傭端菜上膳桌，邊來到客廳。膳桌的一端擺著古色古香的九谷燒[19]小瓷杯。

雖然用過餐，不過和三澤一起出門時仍比預計時間還早。下了電車，走了五、六百公尺，來到H的會客廳，一看錶才八點。

H身穿平織和服，繫著一條白色縐綢窄幅腰帶，盤腿坐在椅子上，對三澤說道：「帶來一位稀客啊！」他有張圓圓的臉，圓圓的頭頂留著五分頭，胖嘟嘟好像支那人，講起話來也像說不慣日語的支那人般慢條斯理。每次一開口說話，堆滿肉的臉頰就跟著動起來，所以看起來總是笑咪咪。

他的態度正顯露出他的個性是一個文雅大方的人。他故意兩腳盤坐在好像不是很安穩的椅子上，旁人看來應該是很不舒服的樣子，他卻是怡然自在。他這種模樣、風度和哥哥正好相反，卻反而成為哥哥和他之間結交的力量。在他這種凡事不唱反調的人面前，哥哥大概也不想跟他抗拒。我從來不曾從哥哥口中，聽過任何一句有關H的壞話。

「你哥哥還是那麼認真讀書嗎？也不能一直讀書啊！」

他從容不迫地如此說道，然後看著自己吐出來的煙霧。

15

不久，三澤開口談起那件事，我隨著也扼要地說明一下。H轉過頭說道：「那就有點奇怪，應該不會這樣。」

他的疑惑，看起來並不假。昨天，他和哥哥因K的喜宴在精養軒碰面。兩人一起從那裡出來，因為話還沒談完，就漫不經心相偕一起走。後來，哥哥說累了，H就把哥哥拉到他家。

「因為你哥哥在我家用餐，看不出他和平時有哪裡不一樣。」

19 九谷燒為產自石川縣，色彩絢爛的瓷器。

任性的哥哥，平常在家很難伺候，在外面倒是極為穩重，不過那是以前的哥哥。現在的他，假如只以任性兩字來解釋的話，未免太過單純。不得已之下，我只好向H說：「如果方便的話，能不能把那時候哥哥所說的事大致說給我聽呢？」

「家裡的事，他一句都沒提到。」

這也不是謊話。H的記性好，那時候的談話記得一清二楚，並且坦率地全部說給我聽。

聽說那時候哥哥不斷地談論有關死亡的話題。他對於英美流行的所謂死後研究課題頗感興趣，也查閱相關資料。不過，那些資料都無法令他滿意。雖然他也讀過梅特林克[20]的論文，卻嘆息說「也是跟一般的『唯心論』同樣無聊」。

哥哥跟H的談話，僅止於學問和研究方面。H認為以哥哥的專長來說，那自是理所當然。不過聽在我的耳裡，無論如何也無法把這個哥哥和家裡的哥哥當成兩個人來思考。毋寧只能理解為因有家裡的哥哥，才會產生如此一個研究的哥哥。

「那是一種動搖。我不知道跟府上的人是否有關連？總之，那是因為思想上的動搖，以致無法平靜而呈現出精神衰弱卻是明確的事情。」

最後，H如此說道。他也認為哥哥有神經衰弱症。不過，那件事哥哥從來都不隱瞞。每當哥哥和H碰面時，幾乎就像口頭禪般都會訴說自己的神經衰弱。

「所以這時候去旅行最好不過了。如果是這個理由的話，我來勸說看看，不過他也不見得立刻就答應。他不是一個容易聽勸的人，也許很困難。」

H的言詞當中，並沒自信勸得動哥哥。

「如果是您說的話，我想他會聽從吧！」

「倒也不一定。」

H露出苦笑。

我們走出H家大門時，大約將近十點。即使如此，在這閑靜的住宅區還是看得到稀疏的人影，傳來悠閒的腳步聲。天空星光宛如不停眨著想睡的眼睛般黯淡。我有種好像被什麼不透明體包住的感覺。在昏暗的街道上，我和三澤並肩走回去。

16

我翹首以盼地等待H的消息。櫻花開放的訊息開始在東京都內熱鬧報導的一週

---

20 梅特林克（Maurice Maeterlinck, 1862-1949）比利時詩人、劇作家。其作品的主題以討論死亡及生命意義為多。一九一一年作品《花的智慧》獲諾貝爾文學獎。

後，始終沒收到H的回音。我感到失望，可是也不願打電話到番町探問。我抱著怎樣都好的心態靜靜地等待。這時候，三澤來了。

「聽說並不順利。」

事實果然如我所料。哥哥斷然拒絕H的勸誘。H不得已只好把三澤叫去，拜託他轉達這個結果。

「所以你是為此特地來的嗎？」

「可以說是啦！」

「辛苦你了。謝謝。」

除此之外，我什麼話都不想說。

「H就是這樣的人，把那當成自己的責任般感到很對不起。他說這次事出突然，沒能順利辦妥，不過等到下次暑假非讓你哥哥去旅行不可。」

三澤如此安慰道，我露出苦笑看著他。H那種非常悠閒的人看來，春假和暑假可能差不多，可是捲在事件中的我們看來，暑假是遙遠的未來。那個遙遠的未來和現在之間，潛伏著非常大的不安。

「不過也無可奈何。原本就是自己任意想出來的方法，然後讓哥哥配合來自由行動。」

最後我還是放棄了。三澤對此沒有任何批評，只是將手肘擺在桌角，撐著下巴凝目看著我。不久，他說道：「所以說如果依我的話去做就好了。」

前陣子，為哥哥的事去拜託H的回家途中，默不吭聲的他突然站在街道正中央，讓我嚇一跳。對哥哥的事一直未置一語的他，那時冷不妨拍一下我的肩膀說道：「與其想辦法讓你哥哥去旅行，或擔心他快不快樂，還不如你自己早點結婚才對呀！總之，這樣對你比較好。」

他勸我結婚，那一晚並不是第一次。我每次都只回答「沒結婚對象」。後來他說要幫我找，也曾差一點成為事實。

那一晚，我對他還是回答同樣的話。我記得他聽了後的反應比平時更冷淡。

「那麼依你的話去做，你真能幫我找到對象嗎？」

「假如你真依我的話去做，一定能幫你找到好對象。」

從他說話的語氣聽來，好像心中已經有底了。也許是從他最近就要娶過門的女人口中聽到什麼合適的對象吧！

他已經不太說起那個有雙烏黑大眼睛的精神病小姐的事了。

「你未來的妻子長得也是那一類型的吧？」

「該怎麼說呢？改天介紹你認識就知道了。」

「結婚典禮是什麼時候？」

「那要看對方的狀況，也許會延到秋天吧！」

他似乎很愉快。他把過去的詩情投入即將到來的生活中。

17

四月不知不覺過去了。櫻花從上野、向島，然後荒川，依序漸漸開放又漸漸凋零。我虛度一年當中最美好的賞花時節。月份更迭，大地一片新綠，回首凝視春去也，感到相當無聊。縱使如此，能夠無所事事過日子也是很感恩。

此後，我一次也沒回家過，家人也沒來過。母親和阿重打來一、二次電話，只不過是有關準備衣服的事。我也完全沒和三澤碰面。大阪的岡田在櫻花盛開時，寄來一張風景明信片，跟上次一樣，有阿貞和阿兼的署名。

我天天到事務所通勤上班，像動物般過日子。沒想到五月底，突然收到三澤的一張大請柬。我以為是結婚請柬，拆開一看頗為意外，竟是富士見町[21]雅樂稽古所[22]的請柬，上面寫著「訂於六月二日舉辦音樂會，當日下午一時入場，歡迎蒞臨聽賞。」從來都不認為三澤跟這方面會扯上關係，所以完全不明白怎會寄來這張請束？半天之後，又收到他的來信，信上寫說「六月二日一定要來」。既然寫說一定要來，他本人當然也會去。既然特地來邀請，我決定要去看一看。不過，我對雅樂並不抱太大的期待。三澤在收送人之後的補述中寫著：「H是一個不說謊的人。H終於說服你哥哥。聽說兩人約好六月課程一結束，要去什麼地方旅行。」然後又加上一段毫無關聯的話，「希望因此讓我情緒轉換」。

我為父親、母親，還有哥哥感到高興。哥哥既然有心情和H約定去旅行的話，光是這樣就表示他有很大變化了。厭惡虛偽的哥哥肯定是真心打算去旅行。

我並沒有向父親或母親打探是否屬實，也沒向H證實這件事情，只是很想從三澤口中聽更多的細節。心想這次見面再問也可以，所以暗自等待他所謂「一定要來」的六月二日。

六月二日碰巧是下雨天。雖然十一點左右暫歇一下，畢竟已是雨季，沒能就此放晴。路上的行人一會兒撐傘、一會兒收傘。城門外長長的柳條倒垂，宛如青煙。從柳條下走過，覺得有灰白的黴粉之類沾黏在衣服上，久久不落。

---

21 富士見町位於當時麴町區（現在的千代田區）的街町名，約在皇居的東北方向。
22 雅樂稽古所為日本宮內省雅樂部所建。

雅樂所的大門內並排很多人力車，也有一、二輛馬車，不過沒有任何一輛汽車。我在玄關把帽子遞給工作人員，那個人身穿有金黃色紐扣的制服，另一個人則領著我到觀眾席。

「請坐那裡。」

他如此說道，又返回玄關。座椅上稀稀落落只有幾個人坐著，我選了一個不顯眼的後排位子坐下。

18

我邊等待三澤邊環視四周，可是並沒看到他的身影。觀眾席除了正面外，左右兩側也有。我被帶領從玄關向左走到盡頭右轉，經過金色屏風前到正面座位。我的前方有二、三個身穿染有家徽和服的女人，後方有二個身著卡其色軍服的軍官，其他還有六、七個人散坐各處。

和我隔著一個座位，有兩個人正在談論舞台正面的布幕。布幕上染著好幾排好似跟雅樂毫無淵源的奇怪圖紋。

「那是織田信長的家徽。據說信長感慨皇室的式微，獻上那布幕，從此以後雅樂的布幕必然染上木瓜紋[23]。」

布幕的上下方鑲著紫底金色蔓草圖案的邊。往布幕前方望去，正中央擺著太鼓。那個太鼓塗有綠色、金色、紅色等美麗的色彩，並且裝在一個薄薄圓圓的框內。左端有一個火熨斗大小的鐘也是吊在框內，此外還有二把古琴、二把琵琶。

樂器的前方，鋪著綠色地毯是舞蹈的地方。舞台構造很像能劇舞台，三面的觀眾席完全分離，從其間約一公尺的空間，陽光可以照射進來，通風也很好。

我好奇地東張西望，觀眾絡繹不絕地走進來。其中有一位N侯爵，我記得在音樂會上曾經看過。「因為今天有教育會，所以無法來。」他對著旁邊一個光頭矮胖的男人，像似在講自己妻子的事。後來三澤告訴我，那個矮胖的男人是K公爵。

舞樂開始五、六分鐘後，身穿大禮服的三澤才進來。他站在金屏風那裡環視觀眾席，猶豫一會兒，一看到我立刻走到我身旁坐下。

跟他一前一後，有一個身材修長的年輕男子，帶著二個年輕女子，也走進正面的座位。那男子穿著大禮服，女子當然穿著染有家徽的和服。那男子和其中一個女

23 剖面木瓜紋為織田信長的家徽。

子的臉龐很相似，我立刻明白那是一對兄妹。他們越過五、六個人頭，相互打招呼致意。男子的表情非常親切，女子則有些害羞模樣。三澤特地起身站起來。大抵上，婦女都坐在前頭座位，所以他們還是沒坐到我們身旁。

「那是我的未婚妻。」三澤低聲告訴我。我暗中將那個有一雙夢幻般烏黑眼睛的精神病小姐，和相距五、六公尺坐在前方那個臉色紅潤的小姐相比較。她坐的地方，我只能看到烏黑頭髮和白皙的脖子，而且不時有人影遮住，我無法盡情看仔細。

「另外一個女子是……」三澤又低聲說道。然後他忽然把手伸進衣袋，掏出白紙片和鋼筆，開始在上面不知寫什麼。正面舞台上，已經有樂人[24]登場了。

19

他們頭上戴著不像帽子也不像頭巾，叫不出名稱的新奇東西。我熟知謠曲的富士太鼓[25]，推測那東西大概是烏兜[26]之類吧！從脖子以下所穿戴的也一樣超越現代，他們身上的衣裳好像是以錦緞縫製而成的。那種肩衣因為沒有墊肩，肩膀的線條柔軟地貼在身上，白色袖口縫有三寸寬的紅色綢布。他們全穿上紮褲腳的白色褲裙，全體都是盤腿而坐。

三澤把放在膝上不知寫了什麼的白紙揉成一團，我從旁看了一眼那個紙團。他看著正前方，沒對我做任何說明。從舞台綠色地毯的左側帷幕，走出一個手拿著矛的人。他也跟演奏管弦的樂人一樣，身穿錦緞無袖肩衣。

三澤一直都沒把「另外一個女子是……」繼續說完。由於觀眾席非常肅靜，連坐在鄰座都避免談話，我只好忍住不催促他，三澤也裝糊塗。他和我一樣，第一次來觀賞雅樂，顯得有點拘束。

舞蹈照著既定的節目表，在正襟危坐的觀眾面前，不厭其煩地擺動單調又高雅的手和腳。不過他們每更換主題，就會換穿另一套優雅的古代色彩服裝，繽紛色彩不停從我們眼前掠過。有人的頭冠插著櫻花，寬大的紗袖下透出燃燒般的五彩圖案，腰間還配戴金刀；有人在束口袖的朱色和服上，披上及膝錦緞背心，好像是身纏著錦緞的獵人；有人零亂地披著好像簑衣的綠色衣裳，腰間掛著同樣綠色的斗

---

24 樂人指雅樂的演奏者。

25〈富士太鼓〉為樂人演奏的謠曲。內容為名喚富士的太鼓演奏者巡迴演出時被殺，妻子穿上丈夫的衣裳後，一見到仇人立即擊鼓狂舞。

26 烏兜為仿照鳳凰頭製成的頭盔。

笠——所有一切宛如夢幻，讓觀眾感受到祖先遺留下來如久遠紀念物般的氣息。大家都以難能可貴的眼神在觀賞，我和三澤野也像似被鬼狐附身般端坐。

舞樂告一段落時，不知誰說了一聲「喝茶去」，周圍的人都起身開始走向另一個房間。這時候，剛才那個三澤未婚妻的哥哥走過來，以老朋友的口吻和三澤交談。看起來男子好像和主辦單位有所關聯，對於當天受到招待的人一清二楚。三澤和我都向他請教在座的華族和高官名流的姓名。

另外的房間備有咖啡、巧克力和三明治。雖然看不到一般聚會那種粗魯的舉止，不過多少有些擁擠，有些婦女仍然坐在位子上不願起身。三澤和他的朋友，把甜點和咖啡放在托盤上，特地端到兩位小姐面前。我站在門檻上，邊剝巧克力的錫箔紙邊從遠處偷偷望著他們。

三澤的未婚妻鞠躬後，端起咖啡杯，沒去碰甜點。所謂「另外一個女子」則是連咖啡杯都沒輕易伸手去端。三澤端著托盤，露出進退兩難的模樣站在那裡。小姐的表情，看來比起剛才更是充滿孩子般的痛苦。

20

我從剛才就一直特別注意「另外一個女子」。促使我如此做的主要原因，無疑就是三澤的樣子和態度。不過，簡單來說，她具有足以吸引我目光的姿色。我在觀賞舞樂當中，就不斷往她和三澤未婚妻的背影望過去。從我坐的位子往她們那邊看非常方便，不需要特別轉頭，能夠以若無其事的模樣望過去。

我剛才只是看到她們的脖子，現在站的位子比較自由，開始可以斜斜地看到臉龐。我心想說不定有機會看到正面，我把巧克力塞進嘴巴，暗中專注地要捕捉轉過臉的瞬間，但是那女子和三澤的意中人始終沒轉過頭來。我從遠處只看到她們三分之二左右的容貌。

這時候，三澤端著托盤回來。經過我身邊時，微笑地問道：「怎麼樣？」我只回答一聲：「辛苦了。」隨後，那個身材修長的哥哥也走過來。

「怎麼樣？到那邊去抽根菸。吸菸室在那邊的盡頭。」

我和三澤剛要交談又告吹了。兩人被他帶到吸菸室。那個被煙氣與男人佔領的狹窄房間，比想像中還熱鬧。

我站在角落，只看到一個認識的人。那是和雅樂名家同姓，有一雙大眼睛的男人。他是某協會的主要成員，在舞台上巧妙耍弄他的大眼睛。他以唸台詞的深沉聲調，正和人家在交談。他幾乎和我們交替似地走出吸菸室。

「聽說他終於成為藝人。」

「賺大錢了吧？」

「嗯，賺了吧！」

「前陣子報紙上報導說擔任什麼演出，就是那個人嗎？」

「對啦！就是，就是他。」

他走出去後，吸菸室裡有三個人如此閒聊著。三澤的朋友告訴我們那三個人的姓名，其中有二個是公爵，一個是伯爵。而且那三個人全都是朝臣出身的華族。從他們的閒聊推測，三個人幾乎對戲劇、藝術都沒有任何知識和興趣。

我們返回座位，聆聽二、三曲歐洲的音樂後，快到五點時終於離開雅樂所。周圍都無人時，三澤才開始談起「另外一個女子」的事。他的想法果然跟我最初所預料一樣。

「怎麼樣，還中意嗎？」

「長得不錯。」

「只是長得不錯嗎？」

「其他不知道，是不是有點保守呢？她好像覺得凡事客氣就是有禮貌的樣子。」
「那是跟家庭教育有關。不過那樣做總不會錯吧！」
兩個人沿著堤壩走。堤壩上的松樹上還殘留著雨水，映在天空中顯得蒼翠。

21

我和三澤不厭煩地一直談論女人。他要娶的人是宮內省官吏的女兒，那個同伴是她的好朋友。三澤跟她商量過，為了我才特地把那女子約出來。我問三澤那女子的家人、社會地位、教育等有限的狀況。

我把事情的本末倒置了。在雅樂所碰到三澤之前，我暗忖當天要詢問有關H和哥哥暑假一起去旅行的問題。離開雅樂所時，我發現那竟然變成一個小藉口而已。我在快和他分手時，才站在十字路口的角落，問道：「原本今天我碰到你，想要好好問一下關於哥哥的事，看來一切都如H所說那樣。」
「既然是H特地把我叫去說的事，錯不了。沒問題啦！」
「要去哪裡呢？」
「那就不知道。——到哪裡都可以，只要願意去就好。」

三澤站在遠處，從一開始就不把哥哥的命運當成多麼了不起的問題看待。

「與其想這些，不如先朝一個方向依照順序積極進行比較好吧？」

我獨自回去住處的途中，仍然無法不去考慮哥哥和嫂嫂的事。不過，我思索今天看到那名女子的事也許比他們的事還多吧！可是我根本連一句話都沒和她交談過，連她的聲音也沒聽到。三澤說只想讓兩人的視線自然而然在同一室相會而已，他討厭刻意留下任何痕跡，所以也不為雙方做介紹。他如此說完後，還向我道歉。他的做法，不管是對她還是對我，都不失是一個簡單、爽快而不致引起麻煩和困擾的方法，不過讓人有種意猶未盡的感覺。我要他無論如何得再做點什麼。三澤辯解道：「我又不明白你的心意。」被他如此一說，情況確實如此。既然這樣，我也不能對那女子採取進一步的行動。

此後的二、三天，女子的臉龐不時浮現在我的腦海。但是我也不因此而焦慮，產生想跟她見面的熱情。隨著那天的絢爛色彩漸漸褪去，番町依然才是我的重要問題。我勉勉強強從遠處嗅到女人氣味的反動力，反而使我變得邋邋遢遢。我往返事務所途中，撫摸長滿鬍渣的臉頰，可悲地感到自己好像一隻輕易就搭上電車的貉。

約過了一週，母親打電話來，她告訴我昨天H來家裡玩。因為嫂嫂感冒，她代為招待客人，H才提起和哥哥一起去旅行的事。母親心情愉快地向我道謝，她還說父親也在問我好不好，我只答說：「那太好了。」

那一晚，我想了很多事。我認為旅行對哥哥有所幫助，才去麻煩H而有種種運作。坦白說，我心底感到最苦惱的事，莫過於哥哥對我的想法。他是怎麼看我呢？他到底有多恨我呢？又有多懷疑我呢？那是我最想知道的事。因此我在意的是未來的哥哥，同時還有現在的哥哥。很久就斷絕和他見面的我，幾乎無法直接得知哥哥的現在情況。

22

我認為在出發旅行前，有必要和H見一面。就人情義理來說，對於他順利辦好委託事情的好意，不去道謝實在說不過去。

我從事務所回家途中，順道到他家門口遞上名片。門房進去通報不久，他那胖嘟嘟的身影就出現在我眼前。

「坦白說，我正為明天的講義苦惱中，假如不是急事的話，今天就請見諒。」

我沒留意到學者的生活，聽了H的這番話，突然想起哥哥的日常生活。他們整天關在書齋，未必是對家庭或社會的反彈。我請教H方便的日子，決定改天再來拜訪。

「實在很對不起，那就這樣吧！我打算儘早將課程告一段落，和你哥哥一起去旅行。」

我在H面前不得不恭敬鞠躬致意。

我再度前往拜訪，是又過二、三天後，一個梅雨放晴的傍晚。這個胖子坐在那裡直說「好熱」，把浴衣的掩襟敞開到胃部上方。

「到底要去哪裡呢？都還沒決定是要上山還是下海。」

真不愧是H，對於旅行地似乎毫不在意。雖然我也是無所謂，不過……

「關於這件事，我有一個請託。」

家裡的一些普通事，上次和三澤一起來時，已經都告訴H了。但是橫亙在我和哥哥之間的一種特別關係，至今未向他透露半句。我認為這件事不管過多久，都不該由我在H面前把它說開。縱使親密如三澤，也不過還在臆測的階段而已。H從三澤那裡也許聽說過那些臆測的訊息，可是只要我不坦然說出來，真偽的程度也無法確認。

我非常想知道現在哥哥是怎樣看我？怎樣認定我？我為了知道這些事，若想借助H的一臂之力，勢必得把所有事都攤開在他面前。我對三澤什麼都沒說，故意擺脫他獨自來見H，實際上也是盡可能不想讓人家知道那件事的真相。不過，在心理上就連三澤都要顧慮的真相，那就更沒理由在H面前說出來了。我不得不把這個特殊問題當成一般問題來處理。

「也許會給您添麻煩，是不是可以請您和哥哥一起去旅行期間，對於哥哥的舉止、言詞、思想、感情，以及您所觀察到的結果，盡可能詳細寫下來讓我們知道呢？如果能夠明瞭那些事，對於家人該如何和哥哥相處會有很大的幫助。」

「是嗎？倒不是絕對做不到的事，可是有一點困難。首先就是沒時間做那些事，你說對不對？縱使有時間，也沒必要吧？與其如此，不如等我們旅行回來，我慢慢講給你聽，不是更好嗎？」

23

H所說的確實很對。我低下頭沉默一會兒，終究還是說了謊話。

「其實是我的父母親很擔心，他們說如果可以的話，很想知道過程中的每一段……」

我露出苦惱的表情。H大聲笑出來。

「你不必那麼憂心。沒問題啦！我負責就是。」

「可是，老人家……」

「傷腦筋。所以我討厭老人。回家就這麼說，說沒問題。」

「有沒有什麼好辦法呢？既不會讓您覺得麻煩，又能使我的父母親滿意的辦法。」

H又笑了。

「怎會有這種錦囊妙計呢？你呀！——不過，既然來拜託了，就這樣辦吧，假如在旅途中，發生值得通報的事，就寫信給你。假如沒寫信給你的話，表示一如平常，你就可以安心。這樣好嗎？」

我不能再對H有更多的要求。

「這樣很好。但是所謂發生事情的意思，並不是世俗所說那種意外的事，可不可以定義為以您的觀察，發現哥哥在感情、思想上有異於尋常的事情呢？」

「事情還真麻煩。但是，好吧！要那樣也可以。」

「另外，說不定哥哥也會提到我的事、家母的事以及家裡的事等，請您也不必有所顧慮，一一講給我們聽。」

「嗯，只要沒有妨礙就告訴你吧！」

「有所妨礙也無所謂，請您講給我聽。否則家人很傷腦筋。」

H默不吭聲地吞菸吐霧。我察覺自己作為一個晚輩，說話未免說得過頭了，有一種強烈的彆扭感襲上心頭。H望著庭院的方向。庭院角落有五、六棵房東從秋田移植過來的款冬。雨過天晴的初夏，天空的明亮陽光照射在大地上，款冬的粗莖在薄暮中顯得綠油油。

「那裡有一隻大癩蛤蟆。」H說道。

閒聊一陣子後，我想趁著天未黑回去，正想起身時，H問道：「你的婚事怎樣呢？前幾天，三澤來的時候，得意洋洋說幫你找到一個好對象。」

「是，三澤非常熱心。」

「可是好像也不完全是因為熱心才幫忙找對象。所以你也別太挑剔就娶回來，這樣不是也很好嗎？聽說長得還不錯，你不滿意嗎？」

「不是不滿意。」

「啊！那就是滿意嘍。」H說著就笑出來了。我走出H家大門，心想那件事不趕快做出決定，情理上對三澤說不過去。不過，在哥哥的事還沒告一段落之前，自己終究無法把心思轉到那方面。我也想過，索性就當那女人已經愛上我好了。

24

我又去找三澤。不過並非下定決心而去找他，實際上不管採取哪種步調都無心前進。總之，自己就是一副拖拖拉拉的態度，而且漫不經心地談論那女子。

「怎麼樣呢？」

如此被問到時，我終究還是無法講出具體的結論。

「我的工作還處在不穩定狀態，好像流浪漢般過日子，不過在家庭方面，我自認可以接受一般家庭的規範，腳踏實地鞏固自己的地位。但是我和你正好相反，因為希望工作早些安定下來，才會故意不積極去成為一家之主或成為人夫。」

「我的心裡也還不太穩定。」

我收到大阪岡田的來信，說那裡有不錯的工作勸我過去，因此我也在考慮說不定會離開事務所而到大阪去。

「上一次，你不是還嚷嚷說要到歐美去嗎？」

三澤對我的矛盾窮追猛打。對我而言，不管前往歐美還是大阪根本沒有什麼差別。

「凡事都沒有一個目標，那樣不行。我那麼認真地考慮你的婚事，還真是愚蠢。算了。」

看來三澤非常生氣。我倒是不生氣。

「對方到底怎麼說呢？你不要光指責我。我不是也不知道對方的意向嗎？」

「我怎會知道呢？什麼話都還沒說。」

三澤有點激動。他會激動也是理所當然。他對於女子的父兄還有女子本身，關於我的事還是隻字未提。這樣子的話，縱使有所差錯也不致影響他們的面子。他只是把女子和我置於相互的視線範圍內而已。三澤非常自滿地誇稱他的處理方法沒有留下任何人工痕跡，幾乎都是運用自然的狀況促成而已。

「既然你沒做出任何結論，什麼事都不能進行。」

「讓我再想一想。」

三澤好像很焦慮，我也感到不愉快。

H和哥哥一起搭火車離開東京，是在我離開三澤家不到一週的事。我不知道他們出發日和旅行天數，也沒收到三澤或H的任何告知，而是家裡來電才知道。當時，我更沒料到來電的人竟是嫂嫂。

「今天早上你哥哥出發了。爸爸要我告訴你，所以打電話給你。」

嫂嫂說話有些鄭重其事。

「他是和H一起去的吧？」

「嗯。」

「去哪裡呢？」

「聽說要去伊豆[27]海岸轉一轉。」

「搭船去嗎？」

「不，從新橋車站出發……」

25

那一天，我沒回自己的住處。從事務所下班，立刻繞回番町。雖然我直到昨天還很害怕接近這裡，一聽到哥哥出發，立刻就往這裡跑，自己這種行為未免過於現實。但是我根本不想隱藏，似乎也沒必要在家裡任何人面前隱藏這種心態。

嫂嫂在茶間，正在翻閱雜誌的封面繪畫。

「今天早上謝謝妳。」

「啊呀！嚇一跳，還以為是誰。二郎，剛從京橋[28]回來嗎？」

「嗯，天氣變得好熱。」

我掏出手帕擦臉，然後把外套脫掉放在榻榻米上。嫂嫂拿一把團扇給我。

「爸爸呢？」

「爸爸不在家。今天去築地[29]那兒好像有事。」

「在精養軒嗎？」

「不是吧！應該是其他茶屋之類。」

「媽媽呢？」

「媽媽正在洗澡。」

「阿重呢？」

「阿重也……」

嫂嫂忍不住笑了。

「在洗澡嗎？」

「不是，不在家。」

27 伊豆位於靜岡縣東部，鄰接神奈川縣。
28 京橋指當時的京橋區（現在的中央區），應是二郎上班事務所的所在地。
29 築地位於當時的京橋區，料理店很多。

女傭來問冰水裡要放草莓還是檸檬。

「家裡已經可以保存冰了嗎？」

「嗯，二、三天前開始使用冰箱[30]了。」

不知是多心還怎樣？看起來嫂嫂比上次憔悴些，雙頰好像消瘦了。她左側臉頰向著檐廊坐著，在夕陽照射下，每當她的臉部一動，光線就一閃一閃從我眼前掠過。

「哥哥還真下定決心出去旅行了。我心想這次說不定還會延後。」

「不會延後啦！」

嫂嫂如此說道時，低頭向下。聲音比平常更冷靜又低沉。

「因為哥哥很守信用，既然跟H約定，肯定會照著去做……」

「不是那個意思。不是因為那個意思所以不會延後。」

我呆呆地看著她。

「那是什麼意思所以不會延後呢？」

「什麼意思？——你不了解嗎？」

我是不懂。

「我不了解。」

「你哥哥討厭我。」

「妳是說因為討厭妳才去旅行嗎？」

「不。他對我已經完全不在乎，所以才去旅行。也就是他沒把我當妻子看待啦！」

「所以……」

「所以我怎樣他都無所謂，因此就去旅行了！」

嫂嫂說到這裡就默不吭聲。我也什麼都沒說。這時候，母親洗好澡出來。

「哎呀！什麼時候回來的呢？」

母親看到兩人坐在那裡，露出不高興的表情。

26

「還不去把芳江叫醒，晚上不肯好好睡覺就很傷腦筋。」

---

30 日本第一台家庭用電冰箱為舶來品，始於大正十二年（一九二三）；日本國產第一台電冰箱則是昭和五年（一九三〇）東芝製品。明治時代的家庭用冰箱為上方放置冰塊，下方冷藏食物。

嫂嫂默默起身。

「叫醒後就帶她去洗澡。」

「好。」

她的背影消失在檐廊的轉角。

「芳江在睡午覺啊？難怪這麼安靜。」

「剛才不知道為什麼還在撒嬌地哭著，後來就睡著了。不管怎麼說都五點了，再不叫醒……」

母親露出抱怨的神情。

那一天，我難得在家中餐桌拿起筷子吃晚餐。父親被邀到築地的餐館還是茶館當然就沒回來，阿重倒是準時回來吃飯。

「喂，快坐下來。大家都在等妳從澡間出來！」

阿重一屁股坐在朝向檐廊的位子，拿著團扇往穿著浴衣的胸前直搧風。

「不必那麼急著一直催我呀！不就是一個偶爾才來的客人嗎？」

阿重故意擺臭臉，轉向眼前八角金盤的方向。母親看我一眼，露出「又來啦」的好笑神情。我忍不住又想捉弄她。

「既然認為我是客人，就不要把大屁股朝向客人，快點來坐在這裡。」

「囉唆！」

「這麼熱的天氣，一個人跑到哪裡閒晃呢？」

「到哪裡也不要你多管閒事。首先，所謂閒晃這用語就很低級。——好啦，我就說！今天到坂田那裡，把哥哥的祕密打聽得一清二楚才回來。」

阿重稱哥哥為大哥，稱我為哥哥。剛開始都稱我是小哥，每次聽到這個小字，莫名其妙就覺得不舒服，後來還是要她把小字拿掉。

「跟大家說，總可以吧？」

阿重被熱水泡得紅通通的臉轉向我，我的眼睛連眨兩下。

「妳剛才不說是哥哥的祕密嗎？」

「嗯，是祕密喔。」

「既然是祕密，說出來肯定不好吧？」

「說出來的話，很有趣啊！」

我不知道阿重這個大白目，到底會說出什麼話來？心中有些畏怯。

「阿重，妳不知道邏輯學上的所謂contradiction in terms[31]吧？」

「還真會說呀！不要自以為了不起地講英語，人家聽不懂。」

「好啦！兩個都給我停下來，吃太飽是不是？又不是十五、六歲的孩子。」

母親忍不住告誡兩人。我趁這好機會，立刻停止舌戰。阿重把團扇扔到檐廊，乖乖坐上餐桌。

看來場面一轉後，阿重在用餐時，大概沒機會講那個所謂祕密的祕密。母親和嫂嫂絲毫沒露出感興趣的模樣。有一個名喚平吉的男人，從裡頭出來往院子灑水。母親說：「還沒到天乾地燥的時候，隨意灑一灑就可以。」

27

那一晚，我離開番町是在天剛黑，點上燈不久後。儘管如此，也是在餐後和大家坐在那裡閒聊了約一個半小時才離開。

在那一個半小時裡，阿重還是揭露那個所謂的祕密，讓我陷在窘境當中。不過，對我而言，根本談不上是祕密或什麼，不過就是婚事而已，所以我反而感到安心。

「媽媽，聽說前陣子哥哥瞞著我們去相親。」

「哪是什麼瞞著去相親！」

我在母親還沒開口說話前，就先打斷阿重的話。

「不，我是來自可靠方面的消息，所以怎麼裝蒜都不行！」

我從阿重口中聽到「可靠方面的消息」這種字眼，不由得露出苦笑。

「妳真是傻瓜！」

「傻瓜也好啦！」

阿重把六月二日的事情，向母親和嫂嫂哇啦哇啦地說出來，而且詳細到讓我驚訝。我帶著強烈好奇反問，到底從哪裡聽來的消息呢？阿重只露出促狹的微笑，絕口不說消息來源。

「哥哥在我們面前默不吭聲，肯定有難以開口的理由。對不對啊？哥哥。」

阿重不但不回答我好奇的詢問，反而正面捉弄我。我說：「隨便妳愛怎麼說。」母親正經地問我事情始末時，我照實簡單地回答。

「只是這樣而已，而且是在對方不知情的情況下。像阿重這樣隨便亂講，我倒是無所謂，但也許會給對方帶來麻煩。」

母親露出理應不會給對方添麻煩的神情，開始追問起細節來。什麼家裡有多少

---

31 contradiction in terms 意為自相矛盾，此處指二郎所隱藏的事（祕密）和公開的事（說出來的話）相互矛盾。

財產啦，親戚當中有沒有窮人啦，或家族有沒有不好的遺傳病啦，一些我都無法回答的問題。不僅如此，最後被問到實在很厭煩，所以趕快逃離番町。

那一晚，我被母親東問西問時，雖然嫂嫂也在座，對那些問題幾乎是未置一詞，母親對她也沒有任何類似商量的話。她們兩人的態度，很能表現出各自的個性。不過，我並不認為那單純只是不同個性的對照而已，看起來嫂嫂好像要保持一種局外人的立場吧？所以她始終把注意力放在照顧芳江。芳江已經養成天黑就睡覺的習慣，因為白天午覺睡過頭，所以那一晚在我離開時都還沒鑽進蚊帳睡覺。

我回到住處，感到自己的房間特別悶熱。故意把燈熄滅，默默坐在黑暗中，心想今早出發旅行的哥哥今晚留宿在哪裡呢？今晚H和他談了些什麼呢？H那張文雅大方的臉龐自然而然浮現在我眼前，同時也看到哥哥那消瘦的臉頰露出許久不見的笑容。

28

從第二天起，我就抱著等待H來信的心情。我開始掐指數著，一天、二天、三天。H卻是渺無音信，連一張風景明信片都沒有。我很失望，H不是那種不負責任的輕浮之人，但是他悠哉過日子慣了，不是一個會如我預期完成約定的人。我心焦如焚地在遠處盼望他的來信。

在他們兩人出發後第十一天的晚上，才收到一封沉甸甸的信。H用鋼筆在有格線的西式信紙上密密麻麻不知寫了些什麼。從張數看來，這封信不是二、三小時就寫得出來。我像被綁住的人偶般端坐書桌前，開始讀這封信。我的眼睛放射出如火焰般目光，決心把這些一筆一畫寫出來的黑色小字，一字不漏地讀進去。我的心已經被釘在頁面上，而且有如雪橇般滑行其上。總之，我從H來信的第一頁開始讀，一直到最後一頁的最後一句話，完全不知道花了多少時間。

信上如此寫道：

邀長野君出來旅行時，對於你所託付的事情，雖然接受是接受了，事到臨頭實在很難以實行，縱使可以實行也覺得真有必要嗎？暫且不去管有必要或沒必要，做這種事總覺不妥當——我是如此思考。旅行開始的一、二天，這三件事全部或說有幾分經常占據我的頭腦，因此對於我們的約定，勢必毀約的想法愈來愈強烈。第三、四天時，又再思考一下。思考到第五、六天，不僅只是思考而已，我認為依約定寫信給你，也許是有所必要。原本這裡所謂的必要，你和我也許有相當的差異，但是你只要把這封信讀到最後就會明白，所以我不說明。另外，當初我在倫理上所抱持的一種不妥當的感覺，不管經過多少天仍然無法消除。另一方面，某種必要程度，自然而然壓抑那種感覺也是千真萬確的事。因此只恐怕沒時間寫信吧！——這個問題果然如我當初告訴你般，無論到哪裡都糾纏著我不放。我們兩人在同一房間睡覺，同一房間吃飯，出去散步也在一起，洗澡時只要澡間設備許可，也一起洗澡。如此看來，個別行動只有上廁所時了。

我們當然不是從早到晚話講不停。有時隨便拿本書，有時默默躺在那裡。不過，要我在那個人面前，若無其事寫那個人，而且還偷偷拿給別人看，對我來說是一件很困難的事。雖然我認為有所必要，對此卻感到非常棘手。我一再想找機會、找機會寫信，總找不到機會。不過，終於有一個偶然的機會牽著我的手，去做我認為有必要的事。我可以不必那麼顧慮你哥哥，開始寫這封信。我希望在同樣狀態下，寫完這封信。

29

我們在二、三天前，來到紅谷[32]的深處，在山谷間放鬆疲憊的身子。我們借住在親戚的小別墅，屋主說八月之前很難離開東京，所以在這之前屋子可以任由我使用，沒想到竟在這次旅行中派上用場。

所謂別墅，好像很好聽，其實就是一間寒酸又狹窄的屋子。從規格來說，就像每月領有四、五十元的小官吏在東京郊區的住屋。不過因為是鄉間，房舍的占地多少寬廣些。不知是庭院還是菜園，從屋簷一直延伸到緩坡對面的樹籬。樹籬的珊瑚樹結實累累，透過樹葉可以看到鄰家茅草屋頂的四分之一。

從同樣的屋簷望去，隔著山谷可以清楚地看到一座山。整座山都是某伯爵的別墅用地，有時從樹間可以看到浴衣的色彩，有時從崖上會傳來婦女的說話聲。山崖頂上有一棵聳入雲間的高大松樹。我們懷抱學習高深學問的心情，朝夕從低矮的屋簷下仰望那棵松樹。

至今為止所走過的地方，這裡好像是你哥哥最滿意的地方。這也許有種種的含意，不過我認為最大原因是在這間只有兩個人的屋子裡，他可以有一家之主的感覺，使得不習慣與人相處的他有一種安心感。至今不管在哪裡你哥哥都睡不好，從來到這裡的那一晚就睡得很好。現在我拿著鋼筆疾書中，他也正睡得很安穩。

另外，我認為是來到這裡偶然獲得的好處。原本住在普通旅館，兩人始終囿於

32 紅谷為鎌倉市材木座的地名。

狹窄的空間，只能在一個房間內無所事事。雖然就如剛才所說，這屋子非常狹窄，比起門外右坡上某富翁的西式建築物，簡直就像小火柴盒一樣。縱使如此，也還是四周圍著樹籬的獨門獨院的屋子，縱使狹窄也有五個房間。你哥哥和我睡在同一間房間的同一張蚊帳內。但是和旅館不一樣，沒必要同時間起床。有一個人醒來，另一個人想睡也還能繼續睡。我可以不驚動你哥哥，獨自坐在另一個房間的那張紙胎漆器桌前。白天也是如此，當兩人相對無趣時，誰都可以任意走開，在自己喜歡的時間做自己喜歡的事，然後在適當的時間再碰面。

我就是趁著這偶然的機會寫這封信。我能夠利用這意想不到的偶然機會，我認為對你來說是很幸運，但對於必須利用這偶然機會的我來說，卻感到遺憾。

我所說的事並不像日記般按照順序整理出來，或許也並不是依照科學分類加以區分。希望你能夠明白所謂旅行就有火車、人力車、住宿等妨礙規律工作的障礙，還有這工作的性質有很難不介意去做而產生的破壞結果，實在無可奈何。我之所以能夠向你片斷敘述以下的事情，已是出乎我的意料之外，這全因為那個偶然機會的出現。

30

我們兩人都不是很擅於旅行的人。因此我們所規劃的旅程，一如我們的經驗，非常平凡。我們認為能夠在近處便利的地方轉一轉，大半的目的就已達成，所以心中朦朧浮現的目的地就是相模[33]、伊豆一帶。

儘管如此，我比你哥哥還強些。我大致上還知道主要的地方和該搭何種交通工具，你哥哥幾乎連地理位置和方向都弄不清楚，甚至國府津[34]是在小田原之前之後都不知道。與其說不知道，不如說根本不在意吧！另外，我不解如此漫不經心的你哥哥，為什麼在人際關係的各方面，無法表現出同樣泰然的態度呢？實際上，我不得不認為太不可思議。不過，這是題外話。題外話講太多就回不來，盡可能還是言歸正傳，不要離題吧！

我們最初的商量，決定以逗子[35]為基點，從那裡出發。可是在前往新橋的車上，我突然改變想法。儘管說是平凡的旅行，一開始就去逗子太過平凡，實在讓人

33 相模位於神奈川縣，舊令制國之一。
34 國府津位於神奈川縣，小田原之東。
35 逗子位於神奈川縣，鎌倉之南。

提不起興致。我在車站和你哥哥重新商量，建議把行程倒過來，先從沼津[36]往修善寺[37]，越過山往下到伊東[38]。你哥哥連小田原和國府津的前後都不清楚，當然沒有任何異議，所以我們立刻買前往沼津的車票，搭上東海道線的火車。

在火車上，沒有值得向你報告的事。抵達目的地時，也是洗澡、吃飯、喝茶等，其間也沒有引人注目的地方。有關你哥哥，我想起也許可以作為你們家人參考而有必要告知的事情，是在那一天晚上以後的事。

那時候，睡覺嫌太早，說話也說膩了。旅行中誰都有過這種經驗——一種煩悶突然湧上心頭。我猛然往壁龕一看，那裡擺著一個沉甸甸圍棋盤，我立刻把它端到房間中央，當然是想跟你哥哥一決雌雄。不知道你是否知道，我在學校時，經常和你哥哥下棋。後來，兩人好像商量過般，突然就不下棋了。可是在這種情形下，想消磨閒餘時間，下盤棋肯定是不錯的方法。

你哥哥看了一會兒棋盤後說：「算了，不要吧！」我表現出很想下棋的樣子，說道：「不要這麼說，下一盤吧！」你哥哥又說：「不、不，不想下棋。」我一看你哥哥的臉，眼睛和眉頭間有種奇怪的表情。那不是對圍棋的輕蔑或不在意，所以讓我覺得有種異樣。不過我並不喜歡強迫人家，最後我獨自拿起棋子，交替擺上白子、黑子開始自己對決起來。你哥哥看了一陣子。我依然默默地繼續下棋，他忽然起身走到檐廊。我想他大概去上廁所吧！完全沒注意你哥哥的舉動。

31

你哥哥果如我所料很快就回來。他突然說道：「下一盤吧！」就把我手中的棋子硬拿走，我毫不在意地答：「好啊！」立刻開始對弈起來。不用說，我們的棋藝都挺差勁，投子也快，兩三下勝負就分曉。一小時內可以下個二盤，所以無論觀棋還是對弈的人，絕對不會覺得慢吞吞。縱使很快就能下完的一盤棋，你哥哥還是說一直堅持到最後很痛苦，終究在中途就罷手，不願意繼續下去。我擔心他可能心情不好，你哥哥只是露出微笑。

上床前，你哥哥才坦白說明他當時的心理狀態。你哥哥說下棋就別說了，不管做任何事都覺得厭煩，同時不做點什麼事又覺得坐立難安。你哥哥對於這種矛盾感到痛苦。你哥哥早料到如果下棋的話，肯定會感到厭煩，可是不下棋的話，也是坐

36 沼津位於靜岡縣，在伊豆半島西北部。
37 修善寺位於靜岡縣，在伊豆半島中央部，為有名的溫泉地。
38 伊東位於靜岡縣，在伊豆半島東北部，為有名的溫泉地。

立難安，不得已才會坐下來面對棋盤。一面對棋盤，立刻感到厭煩。最後竟然覺得散在棋盤上的黑子、白子，就是困惱著自己，故意時續時斷、時分時合的妖怪。你哥哥說差點就想打散棋盤，趕走那些妖魔鬼怪。一無所知的我感到有點驚訝，認為自己做了不該做的事。

「不，不只是對圍棋才這樣。」你哥哥說道，並原諒我的過失。那時候我才從你哥哥那裡聽到他的日常狀況。你哥哥的的情況只有在中途停下圍棋才能平靜。從你哥哥的外表看來沒有任何異狀，恐怕連你也無法理解你哥哥的心情吧！對我來說，至少這是一個發現。

你哥哥說在讀書也好、思考問題也好、吃飯也好、散步也好，一整天當中不管做什麼事都無法安心。不管做任何事，就會被無法安心做那件事的情緒所追擊。

「再沒有比自己在做事，卻達不到自己的目的更痛苦了。」你哥哥說。

「就算達不到目的，能夠成為手段不也很好嗎？」我說道。

「雖然沒錯。可是正因為有目的，才能決定手段。」你哥哥回答。

你哥哥的痛苦，在於不管做任何事，既達不到目的，也成為不了手段，只是感到不安，因此總覺得坐立難安。你哥哥說無法安穩睡覺所以就起床。一起床，無法只是起床坐著，所以就走路。一走路，無法只是走路，所以就跑步。既然開始跑步，不管跑到哪裡都停不下來。他說假如只是停不下來也還好，卻非得不斷加快速度不可。你哥哥說一想到那種極端情形，就感到很恐怖。他說恐怖到會冒汗，又說很恐怖，恐怖到無法忍受。

32

我聽了你哥哥的說明，感到很驚訝。但是我從出生以來不曾有過這種不安的經驗，縱使理解也無法有同理心。我以一個不知頭痛為何的人，聽取頭痛欲裂人訴苦的心情，傾聽你哥哥的話。我思索一陣子。在思索當中，所謂人類的命運朦朧地浮現眼前。我想出一個好的說辭來安慰你哥哥。

「假如能夠領悟到你所說的不安是全人類的不安，怎能由你一個人來受苦，不就好了嗎？總之，世情流轉就是我們的命運啊！」

我這種說法不僅含糊籠統，而且溫吞得讓人不愉快。你哥哥銳利的目光輕蔑地瞥我一眼，同時把這些話置之度外。你哥哥如此說道：「人類的不安源自科學的發展。前進而不知停止的科學，不曾容許我們停下來。從徒步到人力車，從人力車到馬車，從馬車到火車，從火車到汽車，然後就是飛艇，再來就是飛機，不管發展到哪裡都不肯停下來。不知到底要把我們帶到哪裡去？實在很恐怖。」

「真恐怖。」我也說道。

你哥哥笑了。

「你所謂的恐怖，應該只是使用所謂恐怖這個詞彙的意思吧？實際上，那並不恐怖，那只不過是頭腦的恐怖。我的恐怖不一樣，我的恐怖是心臟的恐怖，脈搏跳動那種活生生的恐怖。」

我保證你哥哥的話中沒有一絲一毫的虛偽成分，不過我實在無法親身體驗你哥哥的恐怖。

「假如那是所有人的命運，你沒必要獨自一個人感到如此恐怖。」我說道。

「縱使沒必要卻還是事實。」你哥哥答道。然後又說了如下的話：

「我一個人在一生當中，不得不獨自經歷整個人類幾世紀後才遭遇到的命運，因此很恐怖。如果只是一段時期還算好，可是不管十年也好，一年也好，短至一個月也好，一週也好，依然不得不經歷同樣的命運，所以很恐怖。也許你認為我在胡說吧？可是不管從我的生活的任何片斷任意剖開一看，哪怕是只有一小時，只有三十分鐘，那也一定持續要經歷同樣的命運，所以很恐怖。總而言之，我把整個人類的不安集中在自己一個人身上，而且任何一分一秒的短暫時間裡，我都在體驗這恐怖的煎熬。」

「那樣不行。一定得放鬆心情才行啊！」

「我非常清楚那樣不行。」

我在你哥哥面前，默默地抽著菸。我在心裡思考怎樣才能把你哥哥從這種痛苦中救出來，我思考到忘掉其他所有的事。你哥哥一直凝目盯著我看，這時候突然說了一句：「你比我了不起。」正當我認為在思想上你哥哥比我優秀時，對於這句讚美也激不起高興或感謝的心情，我還是默默抽著菸。你哥哥的情緒漸漸穩定下來，然後兩人就一起鑽進蚊帳睡覺了。

33

翌日，我們還是住在同樣地方。早上起床，來到海邊散步時，你哥哥望著有如沉睡中的大海，高興說道：「假如大海都如此寧靜就好了。」最近，你哥哥說他只對一動也不動的東西感到留戀。就這意義而言，比起水，他更喜歡山。雖說喜歡，和一般人欣賞自然時的心情有點不一樣。你可以在以下你哥哥所說的話中，得到理解。

「從外表看來，我留著鬍子，穿西裝，銜著雪茄，確實稱得上是一個紳士，實際上我的內心宛如乞丐般從早到晚毫無目標到處徘徊。一整天都被不安的情緒追著跑，惶惶不可終日。最後，我認為世上應該沒人像我這般沒涵養吧？在這種時刻，坐在電車或哪裡，猛然抬起頭往對面一看，有時會碰到一張無憂無慮的臉龐。當我的目光『啪嚓』接觸到那張毫無邪念臉龐的瞬間，我深深感到一種全身都被刺激的喜悅。我的心有如久旱逢甘霖般甦醒。同時那張——什麼都不思考，很平靜的臉龐，看起來非常高貴。儘管眼睛下垂，鼻子扁塌……不管長相如何，看起來都非常高貴。我很想抱著近乎宗教的虔誠之心，跪在那張臉龐前面，表達感謝之意。我對待自然的態度也完全一樣。現在我簡直沒有心思，像以前只因為美麗才去欣賞。」

你哥哥也把我加入那些在電車內偶遇的高貴臉龐當中，我說「太出乎意料之外」而推辭。你哥哥卻是一本正經地如此說道：「你在一天當中，臉上會有一、二次流露出不在乎得失，不考慮善惡的自然之心。我所謂的高貴，就是說那時候的你。僅限於那時候。」

雖然我聽你哥哥這麼說，但我看起來仍帶著懷疑的神情，他可能為此想提出證據吧，就把昨晚兩人就寢前的我舉來當例子。你哥哥坦承那時候說話的情緒太過於激動，但是看到我的臉時，激動的心情漸漸就平復了。你哥哥斷言說，不管我同意還是不同意，他對此沒必要在意，可是那時候受到我的正面影響，儘管時間短暫，卻是免除了痛苦的不安。

如前所述，那時候我只是默默地抽著菸，忘掉一切的事，一味思索該如何把你孤獨的哥哥從不安中救出來。然而，我沒想到我的心和你哥哥的心竟有如此的默契。當然啦！我並非有意要讓兩者有默契，因此默不吭聲抽著菸，也許在這當中就有純真的誠意。你哥哥從我的臉上讀出那份誠意。

我和你哥哥悠哉悠哉走在沙灘上。我邊走邊想著你哥哥遲早會走進宗教之門，成為一個心平氣和的人吧！如果以更強烈的說詞來重複同樣的意思，你哥哥不就是因為要成為宗教家，現在才會一直承受痛苦嗎？

34

「最近，你思考過神嗎？」

最後，我如此向你哥哥問道。我特別先提到「最近」，因為我回想起遙遠的學生時代。雖然那時候兩人都還是沒什麼主見的毛頭小子，我經常和你那愛思索的哥哥談論神的存在。順便提一下，那時候你哥哥的想法和別人就有點不一樣。你哥哥漫不經心地走著，猛然發覺自己正在走路這件事實，就會把它當成一個不可解的問題而不得不去思考。想走路就走路無疑是他自己的決定，不過想走路的根源和走路的能量，究竟從哪裡偶然湧現出來的呢？那對你哥哥而言，是很大的疑問。

兩人就是從這件事開始經常使用所謂神、第一因[39]之類的用語。如今想起來，我們在使用這些用語，但並未真正理解意思，不過因為嘴巴上慣常使用的結果，最後連神都在不知不覺中變得陳腐落伍。後來，兩人就像協議好般不再談論那些事。不知道已經過多少年，我在寧靜的夏日早晨，佇立在有如深沉大容器的大海前，和你哥哥面對面，再次提起神這個字。

不過你哥哥把那個字完全忘記，甚至想都想不起來。他只是在那帶著嘲諷的嘴角微微露出一抹苦笑，當作對我的回答。

我對你哥哥的這種態度，不至於膽怯到退縮。我們也不是生疏到會把想講的話縮回去的關係。我向前邁進一步。

「既然看到陌生人的臉，時常會讓你覺得感恩的話，那麼時時刻刻膜拜寶相莊嚴的神，也許會感到幾百倍的幸福吧！」

「那種毫無意義的嘴上邏輯，又能起什麼效用呢？假如那樣的話，乾脆把神帶到我面前給我看就好了。」

你哥哥的口氣，還有眉宇之間都流露出焦慮不安。你哥哥突然撿起腳邊的小石子，往四、五公尺外的海岸跑過去，然後把小石子扔到遠處的大海。那顆小石子靜靜地沉入海中。因為努力沒有得到回報，你哥哥好像憤怒般又重複二、三次同樣的動作。他毫不在乎地在被沖上海岸的昆布、嫩海帶以及不知名的海藻上一陣亂跑後，又回到我佇立的地方。

「我喜歡活的人更勝死的神。」

你哥哥如此說道，然後難受地喘著氣。我帶著你哥哥慢慢往住處走回去。

「不管是車伕也好，臨時工也好，小偷也好，當我感受到那感恩剎那的臉龐，不就是神嗎？不管是山川河流，當我感受到崇高瞬間的大自然，不就是神嗎？除此之外，還有什麼神呢？」

你哥哥對我說出這番理論時，我只答說：「確實如此。」當時你哥哥對我露出不滿意的神情，不過後來還是對我表示出欽佩的態度。坦白說，我才對你哥哥反駁我的那番話感到欽佩。

39 第一因為哲學用語，指一切事物生成的究極原因。

35

我們在沼津住了二天。我跟你哥哥商量是否順便去興津[40]，他說不要。在旅程中，你哥哥凡事都由我作主，為什麼他會斷然拒絕我的這個提議呢？我實在百思不得其解。後來聽他說明，才知道他討厭有三保松原、天女羽衣傳說之類的地方。你哥哥無疑是一個頭腦奇特的人。

結果我們到三島[41]就返回了，從那裡換搭前往大仁[42]的火車，終於抵達修善寺。你哥哥剛開始好像很喜歡這裡的溫泉，不過一到這重要的目的地，立刻失望地放聲叫道：「哎呀呀！」實際上，你哥哥喜歡的是修善寺這個名稱，並不是修善寺這個地方。雖說是瑣事，不過也帶有你哥哥的一些特質，所以順便寫出來。

如你所知，這溫泉地位於群山環抱的縫隙陷落到谷底的低窪街町上，一旦走進這裡，舉目都是青色山壁，近到好像要碰到鼻子，只能無奈地仰望天空。低頭走路時，狹窄到連地面顏色都無法好好看清楚。

在此之前，你哥哥都說喜歡山更勝於海，來到群山環繞的修善寺，突然就覺得不舒暢。我立刻陪著你哥哥，走出大門外看一看。如果是一般街町的話，本來應是道路的地方，這裡卻整個都是河床，清澈的水拍打著岩石，從其間流過去。因此，雖說走一走，當然也沒地方可以盡情地走。我邀你哥哥一起去由河中岩間湧出的溫泉，因為那裡不管男女都鬧哄哄在同一處泡湯，還蠻有趣，連一些不登大雅的事都成為話題。你哥哥和我到底還是沒勇氣脫掉浴衣跟著泡湯，所以站在岩石上好奇地望著溫泉水中黑壓壓的人群。你哥哥顯得很開心，他踏著架在岩石和岸邊的危險木板返回原路時，說了一句「善男善女」。那不是半開玩笑的形容詞，他好像確實如此認為。

翌日早晨，你哥哥叼著牙籤跟我一起在室內澡間泡湯時說：「昨晚沒睡好，真傷腦筋。」我認為現在睡不好覺，對於你哥哥來說，最為痛苦且也已成為問題。

「你一睡不著，總是想盡辦法要趕快睡，因此就會變得焦慮嗎？」我問。

「就是這樣，所以就更睡不著。」你哥哥答道。

「你睡不著覺，會對不起誰嗎？」我又問道。

你哥哥露出奇怪的神情，坐在由石頭砌成的澡池邊緣，凝視自己的手和腹部。如你所知，你哥哥一點都不肥胖。

40 興津位於靜岡縣，約當沼津之西，從此地可以眺望有天女羽衣傳說的三保松原。
41 三島位於靜岡縣，約當沼津之東。
42 大仁位於伊豆半島中央部，約當修善寺之北。

「我也常常睡不著，睡不著也很愉快。」我說。

「為什麼？」這次你哥哥問道。那時候我唸了自己還記得的古人詩句「燈影照無睡，心清聞妙香」[43]給你哥哥聽。他忽然瞥我一眼，吃吃地笑起來。

「像你這般的男子，也懂那種雅趣呀？」說完，還露出懷疑的神情。

36

那一天，我又拉著你哥哥出去，這次往山上走。這裡往上只能上山，往下只能泡湯，除此之外，無處可去。

你哥哥好像揚鞭般，那雙瘦腿飛快地走在小路上，不過他比別人更容易累。我這個胖子慢吞吞跟在後面爬上去時，他正坐在樹根上，氣喘吁吁。你哥哥並不是在等人，而是走得上氣不接下氣，不得已才坐下。

你哥哥不時停下腳步，眺望草叢中盛開的百合花。有一次特意指著白色花瓣宣稱：「那是屬於我所有。」雖然我不知道那是什麼意思，卻也不想多問。終於爬上山頂，兩人在那裡的茶屋休息時，你哥哥指著腳底下的森林和峽谷說：「那些也全屬於我所有。」我聽到他重複說了兩次同樣的話，才開始覺得可疑，不過那種可疑也無法立刻消除。你哥哥對於我的詢問，只是以落寞的笑容回答。

我們一動也不動地在折疊椅上躺了一陣子。其間，不知道你哥哥在想些什麼？我只是看著晴空中飄浮的白雲，眼睛炯炯發亮，然後就想到歸途中的酷熱。我催促你哥哥下山。這時候，你哥哥突然抓住我的肩膀，問道：「你的心和我的心究竟相通到哪裡，又在哪裡分離呢？」我站定的同時，左肩被他用力撞二、三下，我的身體感到搖晃，心裡也同樣動搖著。我平常都認為你哥哥是一個愛思索的人。一起旅行後，我也可以把他解釋為想走進宗教，卻為不知大門在哪裡而苦惱的人。我的心之所以動搖，是因為我對你哥哥這個質問是否從宗教立場出發而感到困惑。我的個性是對周遭事物不太在乎，也是一個不太會大驚小怪、非常遲鈍的人。不過，這次行前受你委託，才會對你哥哥變得非常敏感。我似乎有些不夠平常心。

「Keine Brücke fährt von Mensch zu Mensch」（人和人之間架不起渡橋）我以一句還記得的德國諺語作為回答。當然，有一半也因為不想讓問題變得麻煩，故意採取的策略。你哥哥一聽，便說：「是吧！現在你只能這樣回答。」我立刻反問道：「為什麼？」

43「燈影照無睡，心清聞妙香」出自杜甫〈大雲寺贊公房〉中的詩句。

「對自己不誠實的人，絕對不會對他人誠實。」

我領悟不出你哥哥這句話是用在我的什麼地方？

「你為了照顧我，才故意一起出來旅行，不是嗎？我感謝你的善意。可是我認為你出於那種動機的言行，不過是虛偽的誠實而已。作為朋友的我，只能離開你。」

你哥哥如此斷言。然後，就把我丟在那裡，獨自「蹬蹬蹬」往山道跑下去。那時候，我也聽到你哥哥口中迸出一句德語：「Einsamkeit, du meine Heimat Einsamkeit!」（孤獨！汝為吾家）[44]

37

我憂心忡忡地回到住處。你哥哥臉色蒼白地躺在房間裡，看到我仍默不吭聲，一動也不動。我對於尊重自然的人，就採取任其自然的方針。我靜靜地坐在你哥哥枕頭邊抽了一根菸，然後帶著毛巾進澡間，打算把令人不舒服的汗水沖一沖。我站在澡池邊緣開始洗身體時，你哥哥隨後也進來，兩人才開始交談。我問：「累了吧？」你哥哥答：「累了。」

午餐時，你哥哥的心情漸漸恢復了。我終於向他提起剛才在山路，兩人之間戲劇性的舉止。你哥哥一開始只是苦笑，後來重新坐定，變得嚴肅起來。他堅稱實際上自己受不了孤獨感。這時候我才從你哥哥口中聽到他悲慘的告白，他說不僅是在社會上，在家庭中也一樣孤獨。既然你哥哥連親密如我都抱著懷疑的念頭，對家裡的任何人似乎也是懷疑。在你哥哥的眼裡，令尊和令堂都是虛偽的人，妻子看來更是如此。你哥哥說前幾天才往妻子的頭打下去。

「打一次她無動於衷，打二次也還無動於衷，心想第三次總該反抗，還是毫不抗拒。我愈打，對方愈像個淑女，而我愈被當成無賴漢看待。我為證明自己人格的墮落，如同把怒氣發洩在羔羊上。對方利用丈夫的憤怒，來誇耀自己的優越感，不殘酷嗎？你知道嗎，女人比起訴諸武力的男人殘酷多了。我在思索為什麼我打那女人時，她都不反抗呢？不反抗也就算了，為什麼連一句爭辯都不肯說呢？」

這時候你哥哥的臉上充滿痛苦。奇怪的是你哥哥如此清楚講述自己如何對妻子動粗，卻沒有具體說出任何原因導致他採取這種動作。你哥哥只說自己周圍都是虛偽，但是並沒有告訴我是怎麼個虛偽。我對於你哥哥怎會為空洞的「虛偽」這字

---

44 這句話出自德國哲學家尼采《查拉圖斯特拉如是說》一書。

眼如此激動感到疑惑不解。你哥哥說我只從字典上了解「虛偽」這字眼，才會有那種迂腐的疑惑不解。他責備我是一個遠離現實的人，就你哥哥看來，我是一個遠離現實的人。其實，我並不是硬要你哥哥說出虛偽的內容。因此，我絲毫不清楚你哥哥的家庭有什麼麻煩的糾葛。我是一個不愛探人隱私的人，何況就算我不問，對於身為家庭成員的你也無須報告那些事，所以也不追問下去。不過，提醒一句話以供參考，那就是你哥哥儘管不具體地談到你的雙親和他的太太，關於你，也就是連「二郎」這名字都不曾從他口中說出來，還有那個名叫阿重的妹妹的事也是隻字未提。

38

我向你哥哥提起馬拉美[45]，是在從修善寺回到小田原的那一晚。由於專業不同，或許有些失禮，我多加幾句話，馬拉美是法國有名的詩人。其實，連我也只知道這名字而已，縱使提起也無法去評論他的著作。從東京出發前，我拆開外國雜誌的封面，大略瀏覽一下，其中有一篇就是這個詩人的軼聞，覺得有趣而記得，不知不覺就提起這件事，希望能促使你哥哥有所反省。

馬拉美是很多年輕人的偶像。那些人經常聚集他家，傾耳聆聽他的談話直到深夜。不管有多少人聚集，他必定坐在壁爐旁的一把搖椅。長久以來的這習慣有如潛規則般，誰都不會去觸犯。然而有一晚來了一個新客人，聽說是英國的西蒙斯[46]。那個客人完全不知道一直以來的習慣，大概認為坐在哪個位子都一樣，自然而然就在馬拉美那把專用的椅子上坐下去。這使得馬拉美變得不安，以致談話無法像平日般開花結果，在座的人都感到很掃興。

「怎會這般缺乏通融性呢？」

我在講完馬拉美的故事後，下了如此的結論，然後向你哥哥說道：「你的缺乏通融性比馬拉美還嚴重。」

你哥哥是一個感覺敏銳的人。無論在審美、倫理，還是理智各方面都過於敏銳，以致陷入彷彿為折磨自己才誕生到世間的困境。你哥哥沒有甲也好、乙也好的曖昧空間，必得在甲或乙，兩者擇一不可。而且若是選擇甲的話，甲的形狀、程度、色彩，必得完全符合你哥哥的想法，否則他也無法首肯。正因為你哥哥非常敏

45 馬拉美（Stéphane Mallarmé, 1842-1898）十九世紀法國的象徵派詩人、文學評論家。
46 西蒙斯（Arthur Symons, 1865-1945）英國詩人、文學評論家，曾將許多法國象徵主義作品翻譯為英文。

銳，所以認為自己的生活有如在走鋼繩般中行進。另一方面，對方也同樣得走在鋼繩上穩穩地走過來，否則他就無法忍受。不過如果認為你哥哥是任性，那就錯了。若是想像你哥哥所期待有所作為的社會，那必得遠比當今社會更加進步不可。因此你哥哥厭惡在審美、倫理，還有理智各方面不如自己進步的社會。所以這不同於一般的任性，這也不是馬拉美因失去椅子而缺乏的通融性。

不過你哥哥的痛苦也許不僅止於此。我思索著該如何把你哥哥從痛苦中救出來。你哥哥自己也不堪這種痛苦，有如溺水之人不停在掙扎。我清楚看見他內心的糾葛。可是你哥哥那好不容易才變得銳利的眼睛，只為追求平靜這個目的，使天生能力和教養功夫不得不再度遲鈍昏晦，人生又有何意義呢？好吧！縱使有意義，那是生而為人該做的事嗎？

我清楚地知道。我知道在你哥哥那思考又思考，徹底思考過的大腦裡，以血和淚所書寫的「宗教」兩個字，作為最後手段正在跳躍吶喊。

39

「是死呢？是發瘋呢？還是走進宗教呢？我的前方只有這三條道路。」你哥哥果然說出如此的話。那時候你哥哥的神情，不如說很像要走向絕望之谷的人。

「不過怎麼都不想走進宗教，還依戀著紅塵所以不想死，看來只有發瘋一途了。然而別說是未來的我，你說現在的我還算是正常人嗎？難道不是已經變得怪異了嗎？我感到非常恐懼。」

你哥哥起身走到檐廊。從那裡可以看見大海，他倚在欄杆眺望一會兒後，在房間前方來來回回走了二、三回，又回到原來的地方。

「馬拉美失去椅子而擾亂心神，還算是一個幸運兒。我已經失去大部分的東西，甚至連僅剩的這個肉體（甚至連手和腳）都毫不容情背叛我。」

你哥哥的這番話並非隨便說說的形容，而是從以前就善於內省的他，經過深思的結果，如今苦於面對那種內省力的威壓而說出來的話。你哥哥的內心不管處在何種狀態，假如不回頭再仔細思慮，絕對無法往前進。因此你哥哥的生命河流，時時刻刻都在剎那間剎那間被中斷。那就如同在吃飯時，每一分鐘每一分鐘都被叫去接電話般地痛苦。然而假如堅持中斷的是他的心，那麼被中斷的也是他的心，歸根究柢你哥哥被二顆心所束縛，這二顆心有如婆婆和媳婦般從早到晚相互指責，以致片刻不得安寧。

我聽了你哥哥的話，才明白他說什麼都不思考的人的臉龐最高貴的想法。你哥哥是經過一番思考才提出這樣的判斷。不過，思考卻無法讓他進入那種境界。你哥哥希望得到幸福，卻只是一直在研究幸福。可是無論如何研究，幸福依然在彼岸。

我終究還是在你哥哥面前提出「神」這個字眼，沒想到他突然往我的頭打一下，那是發生在小田原的最後一幕。在我被打頭之前還有一些過程，我想先向你報告那一段。但是如前所述，你和我的專業不同，我筆下所寫的事物，你看來也許會帶點奇怪又多餘的博學味道，因此想標注些與你無關的片假名時，就變得猶豫不決。在沒必要範圍內，我盡可能省略類似性質的文字，請你也耐心讀下去。假如你的心中產生絲毫輕浮的疑念的話，我特地寫出來的事情，恐怕從頭到尾就沒有任何作用。

我還是學生時，讀了一本有關穆罕默德的傳說故事。據說有一次穆罕默德宣稱要把對面的一座大山，叫到自己的腳下，想觀看這盛事的人，請於某月某日聚集到某處。

40

到了那天，好多的群眾把他層層圍住，穆罕默德依照約定，大聲命令對面那座山到這邊來，然而那座山一動也不動。穆罕默德若無其事地，以同樣的話再號令一次，那座山依然屹立不搖。穆罕默德不得不重複喊出第三次號令。他眺望那座山絲毫沒有要移動的樣子，於是轉向群眾說道：「我依照約定呼喊那座山，可是那座山好像不想來。既然山不肯來，除了我自己走過去外也別無他法。」他說著，就飛快往山的方向走去。

讀這個故事時我還很年輕，我把它當笑話般到處講給人家聽。當中有一個前輩，當大家都在笑時，只有前輩如此說道：「啊！真是好故事。宗教的本意就在這裡，因為已經說明一切。」雖然我不明白，還是把這話聽進去了。我在小田原把同樣故事重複給你哥哥聽，距離當時不知已經過了多少年。雖然故事還是一樣，卻不是當笑話來講。

「你為什麼不往山的方向走過去呢？」

我如此對你哥哥說道，他卻默不吭聲。我怕你哥哥不明白我的意思，又補充：「你是呼喊山過來的人，呼喊不過來就憤怒，只會捶胸頓足、充滿懊惱，然後只想狠狠批判山。為什麼不往山的方向走過去呢？」

「假如對方有義務走過來，又該如何呢？」你哥哥說道。

「不管對方是否有義務，只要我方有必要，我方就應該走過去。」我答道。

「沒有義務理應就沒必要。」你哥哥堅持道。

「那麼，就為幸福而走過去吧！如果你不願為必要而去的話。」我又答道。

你哥哥又默不吭聲。他非常明白我的意思。不過，你哥哥若不把一直以來所養成對區分是非、善惡、美醜的高標準作為生活的中心，他就活不下去，所以不願意乾脆地拋開那些，逕自去追求幸福。他毋寧是抱著那不放，卻又焦慮地想得到幸福。而且你哥哥也很清楚這種矛盾。

「不要把自己當成生活的中心，徹底拋開那些想法，會變得更輕鬆。」我又向你哥哥說道。

「那要以什麼作為中心而活下去呢？」你哥哥問。

「神。」我回答。

「所謂神為何呢？」你哥哥又問道。

在這裡，我必須坦白。你讀到我和你哥哥如此一問一答，也許會覺得我儼然是宗教家——所以似乎想盡辦法要把你哥哥引進宗教之路。老實說，我是一個和耶穌、穆罕默德都無緣的平凡人而已。我並不那麼需要宗教，只是漫不經心自然過日子的野人。話題之所以會導向那方面，完全因為對象是你那異常苦悶的哥哥。

41

我會被你哥哥打一下的原因全在此。事實上，我對神一無所知，卻開口說出「神」這字眼。你哥哥反問時，我籠統答說那和天、命之類的意思一樣，回答得也許還可以。然而繼續對話下去，已經不容我做那種含糊的說明。那時候的一問一答確實如以下順序進行。

我：「既然世間事不盡如自己的意，那就不得不承認有一種除自己之外的力量在牽引吧？」

他：「我承認。」

我：「而且，那種力量遠比你強大，不是嗎？」

他：「也許更強大吧！因為我輸了。不過那比我不善、不美、不真。儘管我沒理由輸卻還是輸了。因此，我憤怒。」

我：「你說的是弱者之間的競爭吧！我說的不是，而是指更大的存在。」

他：「哪裡有這種曖昧不清的東西呢？」

我：「如果沒有的話，那就救不了你。」

他：「好吧！暫且假設是有……」

我：「凡事都交給祂。你可以拜託祂多關照。你坐人力車時，不就是很安心讓車伕拉著而不會從車上掉下來，不是還能在車上睡覺嗎？」

他：「我不知道有像車伕般讓我信賴的神。你不也是這樣嗎？你所說的事，完全為我而捏造的說教，不是你身體力行的經典。」

我：「才不是。」

他：「那你把自己完全豁出去？」

我：「嗯，對啦！」

他：「死也罷，生也罷，反正神會做出妥善的安排，所以就很放心嗎？」

我：「嗯，對啦！」

我被你哥哥如此追問，感到自己逐漸被逼到死角了。不過前後的形勢讓我騎虎難下，真是無可奈何。這時候，你哥哥突然舉起手「啪」給我一巴掌。

如你所知，我的神經相當遲鈍，所以至今不太跟人爭吵，也不會去惹人惱怒。可能是我感覺遲鈍吧！甚至不記得小時候曾被父母打罵過，長大成人後，更不必說了。那是我生平第一次被掌耳光，不由得發火。

「做什麼？」

「你看！」

我不明白這句「你看」的意思。
「你太亂來了。」我說道。
「你看！絲毫不像是信神的人，不是嗎？不是生氣了嗎？不是為小事就生氣了嗎？不是已經失去冷靜了嗎？」
我什麼都沒回答，也什麼都回答不出來。這時候，你哥哥倏然站起離開座位。我的耳際只殘留著你哥哥往樓梯跑下去「蹬蹬蹬」的腳步聲。

42

我呼叫女傭，問她同來的客人在哪裡？
「剛剛走出大門，可能到海邊吧！」
女傭的回答一如我的意料，我無須太擔心，隨意就躺在那裡。不意看到你哥哥的帽子掛在衣架上，心想天氣這麼熱，怎麼連帽子都不戴就跑出去？像你那般擔心你哥哥一舉一動的人看來，也許會覺得我竟還能仰天躺在那裡，未免太悠哉了。這無疑是我天生神經遲鈍使然，可是除了遲鈍這原因外，還有些可供參考之點，容我說明如下。

我相信你哥哥的頭腦，也尊敬你哥哥比我更敏銳的理解力。他時常說出普通人無法理解的事情，那聽在不了解人的耳裡，或是缺乏教育人的耳裡，宛如有裂縫鐘聲般奇怪的聲音。不過對我這個非常理解他的人來說，反而比起窠臼式的言談更珍貴。我平常就認定那就是你哥哥的特色，才敢堅定向你斷言不必擔心，因此才會一起出來旅行。你哥哥旅行以後的情況，正如我所敘述。不過當我觀察到旅行中的他，我不得不一點一點修正原來的想法。

你哥哥的頭腦比我清晰又敏銳，至今仍然不容懷疑。但是就作為一個人而言，比起以前，你哥哥似乎有些紊亂。假如思考這紊亂的原因，正是來自他那清晰又敏銳的頭腦。以我來說，我對敏銳的頭腦表示敬意，對紊亂的心感到懷疑。以你哥哥來看，敏銳的頭腦就是紊亂的心。我為此感到迷惑。頭腦敏銳，精神卻有些怪異。可以信賴，卻又無法信賴。我這樣的報告，不知道你是否滿意？除此之外，並沒有其他說法，因為我自己本身已經感到傷腦筋了。

任由你哥哥「蹬蹬蹬」往樓梯跑下去，我卻躺在那裡，因為我就是這麼放心。我想他沒戴帽子就跑出去，應該很快就回來。但是你哥哥不如我預料，並不是很快就回來。我終究無法不在意地躺在那裡，最後，我還是抱著不安的心情爬起來。

走到海邊，不知什麼時候太陽已經躲在雲後。陰沉沉的天空下，海邊和大海看起來灰茫茫，顯得無精打采，熱熱的風帶著海邊特有的腥味吹過來。我在那一片灰茫茫中看到一個白點，那是你哥哥蹲在對面岸邊的身影，我默默往那方向走過去。我從背後喊你哥哥時，他立刻站起來，說道：「剛才很對不起。」

他說自己毫無目標地在那裡走來走去，走到最後累了，就蹲在走累的地方。

「到山上去吧！在這裡已經膩了。就到山上吧！」

你哥哥也想到山上。

43

那一晚我們最後決定到山上。雖說是山，但從小田原直接可以抵達之處，除箱根[47]也沒其他地方。我把你這個最不俗氣的哥哥，帶到最俗氣的溫泉地。他從一開始就說那裡肯定是吵吵鬧鬧。儘管如此，因為是山還可以忍耐二、三天。

「為了去溫泉地而忍耐也太超過了。」

47 箱根位於箱根山一帶，自古就是溫泉地，位於小田原之西。

這是當時你哥哥自嘲的話。果然在我們抵達的那一晚，隔壁房的客人吵到不得不忍耐。那個客人不知道是東京人還是橫濱人，從說話的口氣判斷，可能是生意人、承包商或仲介之類的人。不時發出莫名其妙的大聲音，旁若無人地喧鬧。就連對這種事都不太在乎的我，也覺得不舒服。因此，那一晚你哥哥和我沒深談就去睡覺了。總之，隔壁那個人好像為擾亂我們的思緒才吵吵鬧鬧。

翌日早晨，我向你哥哥問道：「昨晚睡得好嗎？」他搖搖頭答：「豈止沒睡好，真是太羨慕你了。」他說怎麼都睡不著就算了，整夜還得聽我的打呼聲。

那一天，從天剛亮就下著小雨，十點左右就變成大雨。中午一過，簡直就像暴風雨的模樣。這時候，你哥哥突然站起來，把衣擺撩起來，然後說要去山裡走一走。他堅持要冒著大雨，不顧山谷斷崖，硬要到處轉一轉。雖然我覺得真是自找苦頭，不過與其勸阻他，不如贊同還比較省事。我終於也說了一聲：「好吧！」就把衣擺也撩起來。

你哥哥立刻冒著幾乎要窒息的大風往前進。那是在水聲、風雨聲，還有不知如何比喻的聲響中，宛如從地面上彈起來的皮球般「嘣嘣嘣」地向前跑，又有宛如血管破裂般的「哇哇哇」的巨大喊叫聲。那種態勢真不知比昨晚隔壁房的客人更猛烈多少倍，聲音也更像野獸的咆哮聲。而且那原始的咆哮聲一出口，立刻被狂風給捲走，然後又被暴雨撲上去，把它擊得粉碎。你哥哥暫且安靜一陣子，然後又開始到處轉來轉去，轉到喘得上氣不接下氣才停下來。

我們被淋得像落湯雞般回到旅館，不知道是已經出去一小時還是兩小時？我的身子從肚臍以下都是冰冷的。你哥哥的嘴唇冷到變色。泡在澡池的熱水當中，你哥哥不斷說道：「痛快！」他對大自然毫無敵意，縱使被征服也感到痛快。我只說道：「太辛苦啦！」就在澡池內把兩條腿舒舒服服伸展出去。

那一晚，隔壁房出乎意料地安靜。一問女傭才知道，那個讓你哥哥懊惱的客人不知什麼時候已經走了。那一晚上，我意外地聽到你哥哥的宗教觀，那讓我有些驚訝。

44

你是現代青年，對於所謂宗教這個古早名詞，大概不太能起共鳴吧？我盡可能不去談複雜的事。但是為了解你哥哥，務必得去觸及這方面不可。也許你既無興趣，又感到意外吧！假如不去談這件事，就無法了解你那心愛的哥哥，所以請靜下心不要漏掉這一段好好讀下去。只要能夠靜下心讀，你就會明白。讀完之後，深切了解你哥哥，再把所了解的事情講給府上的老人家聽。實際上，我很同情為你哥哥過度憂心的老人家。不過現在除了透過你把你哥哥真實的情況告知他的家人外，別無其他方法，所以請你認真地注意那些不常見的冷僻用語。我並不是一時興起而寫這些深奧的事，深奧的事正是你哥哥身體中的一部分，所以沒辦法不寫。假如把兩者分割的話，那麼有血有肉的你哥哥就不存在。

你哥哥說神也罷，佛也罷，他厭惡建立除自己之外的權威（「建立」一詞是你哥哥所使用的詞彙，我照實沿用）。不過那並不是像尼采那般的自我主張。

「神就是我自己。」你哥哥說道。不了解你哥哥的人，私底下聽到他這種武斷的定調，也許會認為古怪。你哥哥因這種偏激的說法被認為古怪也是無可奈何。

「那和主張『自己就是絕對』不就是同一碼子的事嗎？」我非難道。你哥哥無動於衷。

「我就是絕對。」他說道。

如此一來一往當中，你哥哥的口氣愈來愈古怪。不僅是口氣而已，所說的事也漸漸脫離常軌。假如對象不是像我這樣的人，你哥哥在還沒講到最後時，肯定會被當成瘋子而置之不理。但是我不會輕易拋棄，也不會輕蔑你哥哥。我終於讓你哥哥把話講到底。

你哥哥所謂的絕對，並不是從哲學家的頭腦挖出來的一個空洞的紙上字眼而已。那是他身臨其境，親自體驗而得的一種清晰的心理感受。

你哥哥說真正沉著冷靜的人，即使不去追求也會自然而然處在這種境界。一旦進入這種境界，天地萬物以及一切的對象完全不存在，唯有自己才存在。那時的自己，無法歸納在有或無，像似很偉大又像似很渺小，無法為這種境界取個什麼名稱——那就是絕對。他說體驗過這種絕對的人，忽然聽到鐘聲，會覺得鐘聲就是自己。換言之，絕對就是相對。因此，除自己之外，不必為物或為他人而痛苦，也不必擔心受苦。

「其根本要義，在於若不把生和死等同看待的話，無論如何都得不到安心。所謂必須超越現代[48]的才子[49]則是另當別論，總之我認為非超越生死不可。」

你哥哥幾乎是咬牙切齒地做如此說明。

48 必須超越現代，此話出自高山樗牛《無題錄》中，這句話已成為高山樗牛的名言。
49 才子指高山樗牛（一八七一——一九〇二），本名林次郎，明治時代的評論家、思想家。

45

我不得不坦承，在這種情況下，我的思惟是不及你哥哥。我生為一個人不曾思考過應該達到你哥哥所說那種境界。聽到你哥哥說依照明確的順序自然就能達到那裡時，心想原來如此。繼之一想，又覺得沒那回事吧？不管如何我是一個沒資格在那是非曲直當中插嘴的人。我默默坐在他面前，聽他那熱切的言論。這時候，你哥哥的態度突然一轉。我的沉默使得敏銳的他，話鋒變得遲鈍，至今已有好幾次這種例子。而且，全都是來得很偶然。原本像你哥哥那般聰明的人，如果故意做作耍弄沉默的話，肯定立刻被看穿，所以我的遲鈍有時也有好處。

「你不要看不起我，認為我單單只會逞口舌。」你哥哥話一說完，突然把手往我前方一伸。我不知該如何回應。

「像你這般敦厚的人看來，我肯定是一個話多又輕浮的人。但是我並不是嘴巴說說而已，我很想身體力行。從早到晚都在思考一定要身體力行。我認為若不身體力行的話，就無法生存下去。」

我還是為不知該如何回應而傷腦筋。

「你認為我的想法錯了嗎？」你哥哥問道。

「我不那麼認為。」我回答。

「你認為不夠透徹嗎？」你哥哥又問道。

「好像是很根本性的思想。」我又答道。

「然而該如何才能把研究中的我，變成身體力行的我呢？請你告訴我。」你哥哥拜託道。

「我怎有那種能力呢？」我感到意外，立刻婉拒。

「不，你有。你天生就是一個務實的人，所以過得很幸福，而且能夠這般沉穩平靜。」你哥哥重複說道。

你哥哥露出嚴肅的神情。那時候，我很沮喪地對他說：「你的智慧遠比我優秀，我根本無法救你。我的能力，如果用在比我遲鈍的人身上，或許還派得上用場。但是用在比我聰明的你的身上，完全沒用處。簡單說，你是一個長得高瘦的人，而我被養育成一個矮胖的人。假如你希望像我這般矮胖的話，除了縮短你的身高外，沒有其他方法。」

你哥哥的眼淚當場就撲簌撲簌掉下來。

「我認定自己明顯處在絕對的境界。但是我的世界觀愈是清晰，絕對就愈離我而去。簡單說，我是一個攤開地圖，在調查地理的人。因此我焦慮地想要綁起腳套，跋山涉水，和那些實地考察的人有同樣的體驗。我很迂腐。我很矛盾。雖然明知自己迂腐，明知自己矛盾，依然還在掙扎。我很愚蠢。作為一個人，你比我了不起。」

你哥哥又把手伸到我前方，宛如在請罪般低下頭，斗大斗大的眼淚從他眼中掉落。我感到很惶恐。

46

你哥哥在離開箱根時，說道：「再也不來這種地方了。」到目前為止，我們去過的地方，沒有一處讓他滿意。你哥哥不管跟誰到哪裡去都是很快就厭倦吧！那也是理所當然，因為你哥哥連對自己的身體和心靈都說它們是背叛自己的壞蛋。直至今天，我和他一起同行同宿這麼多天，我非常了解那不是半開玩笑隨便說說的話。你收到我這如實告知的信函，應該也會明白吧！

你也許會覺得我竟然能夠和這樣的他一起旅行？我一想起這事，也覺得不可思議。假如我的腦海裡有上述你哥哥的形象，無論我如何遲鈍，也很難理會他。事實上，我和你哥哥這樣形影不離，絲毫不覺得痛苦，我認為至少比旁人所想像的還輕鬆。假如被問到那又為什麼呢？那還真有點不好回答。你對他是否也有同樣的感受呢？假如沒有同樣感受的話，外人的我比起骨肉兄弟的你，天生就具有和你哥哥親近的個性吧！所謂親近，並不只是相處得好，而是彼此都可以分擔起恢復和諧的特性，一起往前進。

我出來旅行後，言行經常觸怒你哥哥。有時候，我的頭甚至還被打。儘管如此，我敢站在你家人面前，明白表示我還沒被你哥哥所討厭。同時，我堅信不疑，至今我仍然衷心敬愛有某一種弱點的他。

你哥哥是一個正直的人，他甚至會在我這般平庸人的面前低頭流淚。他是有勇氣做這種事的人，他具有判斷那樣做是理所當然的見識。你哥哥的頭腦過於清晰，動不動就想丟開自己往前進。你哥哥心以外的某些東西無法和他的理智步調一致地往前進，這正是他的痛苦所在。就人格而言，那裡有漏洞；就成敗而言，那裡潛藏著破滅。我為你哥哥這種不協調感到悲哀，雖然我把一切原因歸咎於過勞的理智，可是我還是無法不對他的理智感到敬佩。假如只把你哥哥解讀為是一個難以接近、任性的人，不管經過多久，也許都不會有機會接近他。因此，不得不眼睜睜看著，儘管只是緩和一下你哥哥痛苦的機緣永遠逝去。

如前所述，我們離開箱根，直接就去紅谷的小別墅。在此之前，我打算停宿在國府津，自己暗中計畫行程，可是終究沒向你哥哥提起。因為我恐怕到時候他連到國府津時也怒說：「再也不來這種地方了。」而且，你哥哥聽了我講這間別墅的情況後，一直很想住在那裡。

47

現在你哥哥很容易受到刺激，也無法忍受任何刺激，住在這種帶著草庵風的別墅也許最適合。你哥哥從安靜的客廳，抬起頭仰望隔著山谷，對面山崖上的高大松樹時，說聲：「真好！」就坐在那裡。

「那棵松樹是屬於你所有。」

我帶著慰藉的語氣，故意模仿你哥哥的口吻如此說道。因為我想起在修善寺時，他所說那令人費解的話，諸如「那百合花是屬於我所有」、「那山谷是屬於我所有」等。

別墅裡有一個看守的老爺爺，因為回到他自己的家而和我們擦身而過。不過，他早晚必定會各來一次，幫忙清掃、擦拭屋內或汲水等。因為兩個大男人不會做飯煮菜，就拜託老爺爺幫我們每日三餐到附近旅館買回來。由於有電燈設備，晚上也省去點煤油燈的麻煩。因此，從早上起床到晚上就寢，我們非動手去做不可的事情只有鋪床、掛蚊帳。

「比自己煮飯輕鬆又悠閒。」你哥哥說道。實際上，至今所走過的山、海，這裡無疑是最安靜的地方。我和你哥哥默默相對而坐，甚至連風聲都聽不到。不過，鄰家被珊瑚樹枝葉所遮蔽，那口井上的轆轤所發出的「咯吱咯吱」響聲，稍稍有些吵，沒想到你哥哥對此卻毫不在意。他好像漸漸冷靜下來。我心想早些把他帶到這裡就好了。

院子前有一小塊地，種著茄子、玉蜀黍。我們想摘茄子來吃，商量後認為做成醃菜太麻煩就作罷。玉蜀黍還沒長到能吃的地步。廚房門口的井邊，種著蕃茄。早上盥洗時，兩人順手就摘來吃。

有時候，在陽光最火熱當中，你哥哥會一動也不動地蹲在那不知該叫院子還是菜園裡。有時嗅一嗅美人蕉的香氣（其實美人蕉根本沒有香氣），有時也會凝視著枯萎月見草的花瓣。抵達這裡那一天，他走到左鄰富翁的別墅邊長著芒草處，久久佇立。我從客廳望見他一直動也不動，最後我趿著檐廊下的草履，特地走到他身旁一看，鄰家和我們住處之間，有一道高約一公尺的土堤作為分界，由於季節的關係，土堤長滿芒草。你哥哥回頭看我，用手指著下面芒草的根。

螃蟹在芒草的根上爬著。那是些小螃蟹，只有大拇指的指甲般大。不只是一隻，眼看著一隻變二隻，二隻變三隻，最後到處都是多到令人厭煩的螃蟹。

「這些傢伙想從芒草爬過去。」

你哥哥還是動也不動，站在那裡觀察。我把你哥哥丟在那裡，自己又回到原來的地方。

看到你哥哥被這些小事吸引到幾乎忘我，我感到非常愉快。我甚至認為帶他出來旅行已有代價了。那一晚，我把這意思告訴他。

48

「剛才那些螃蟹不是屬於你所有嗎？」

我突然向你哥哥如此說道，他難得愉快地放聲大笑。修善寺回來後，我經常把「屬於你所有」這句話用到奇怪的地方，你哥哥只能把這解釋為滑稽，所以聽起來就很好笑吧！讓他覺得好笑遠比讓他生氣好太多，事實上，我是很認真的。

「絕對屬於你所有吧！」我立刻改口道。這次你哥哥不笑了，不過也不吭一聲。結果還是由我開口說道：「你總愛說絕對、絕對，上一次還說出那麼複雜的話，哪有必要如此麻煩去研究什麼絕對呢？只要像那樣入神地看著螃蟹，就不會感到任何痛苦了。像你先意識到絕對，然後想掌握絕對變為相對的剎那，以找出兩者合而為一的境界，恐怕太辛苦了。首先，甚至不知道那是不是人類可以辦得到的事。」

你哥哥無意打斷我的話。看來他比平日冷靜很多。我進一步往下說道：「與其這樣，不如反其道而行，不是更方便嗎？」

「怎麼反其道而行？」

你哥哥如此反問時，眼中放射出真誠的光輝。

「也就是說，你看螃蟹，看到入迷而忘我。假設你自己和對象物合而為一的話，不就像你所說那樣嗎？」

「是嗎？」

你哥哥回答得不太安心。

「什麼『是嗎』，現在你不正在身體力行嗎？」

「原來如此。」

你哥哥的回答還是有些茫然。這時候，我猛然察覺自己至今講了太多多餘的話。坦白說，我根本不了解所謂的絕對，而且從來不曾思考過，也不記得曾經想像過。只是因為受過教育，才知道使用這個詞彙。不過，作為一個人，我比你哥哥更冷靜。假如說更冷靜，聽起來的意思好像比你哥哥更了不起的話，那我覺得很丟臉，所以要改成我的心態比你哥哥更接近一般人；作為朋友，我想對你哥哥做的事，只是想把他拉回像我這種一般人的態度而已。換句話說，就是把非凡的人變成平凡人的愚蠢想法的意思。假如你哥哥沒向我訴苦的話，像我這種人怎會去跟他做那樣的一問一答呢？你哥哥是一個正直的人，只要有不明瞭之處，必得追根究柢。我一被他追問，也變得不明瞭了。如果只是這樣也還好，但是一談起那些批評性的事，他好不容易即將身體力行，恐怕又會使他恢復研究的態度。我最擔心的就是這件事。我真想把天底下的所有藝術品、高山大河或美女，無論什麼都可以，只要能夠奪走你哥哥的心，使他絲毫不萌生研究態度的所有東西通通給他。這樣約莫一年當中，毫不間斷地全部受到這些所支配。你哥哥所謂「屬於我所有」這句話，追究起來，不就是「屬於物所有」的意思嗎？我認為「絕對屬於物所有」，就是「絕對屬於我所有」。你哥哥不相信神，只有在那裡才能夠在世上平靜下來。

49

前天晚上，兩人到海邊散步。從我們的住處到海邊約三百多公尺。從狹窄的小路，來到街道，假如不從那裡橫穿過去，就看不到大海的顏色。那時距月亮出來，還有一段時間。海浪在暗處翻動。在眼睛適應黑暗前，根本分不出海水和岸邊的界線。你哥哥毫不在意快步走著。我的腳底不時被帶著熱氣的海水沖襲，捲上岸邊的餘波，好像塊狀年糕般平坦地擴展開來，意外地推向遠方。我在你哥哥後頭，問道：「木屐都弄濕了吧？」他下命令似地說道：「把衣服下擺撩起來。」你哥哥從剛才就覺悟腳會被弄髒，早就把衣服下擺撩起來了。四周很暗，距離四、五公尺處就看不清楚。可能是季節的緣故吧！這裡既然是避暑地，當然碰到不少人。而且碰到的人，必定是成雙成對的男女。他們好像約定好般，默不吭聲地摸黑走過來。因此他們若不是突然出現在我們眼前，根本不可能察覺到。當他們從我們旁邊擦身而過，我抬起頭一看，盡都是年輕男女。我碰過好幾對男女。

我從你哥哥口中聽到有關阿貞的事，就是在那時候。聽說阿貞才剛嫁到大阪，你哥哥可能因為那一晚碰到好幾對年輕男女，才會聯想起新娘子阿貞吧！

你哥哥說阿貞是家裡欲望最少、最善良的人，還說這種人天生就很幸福，他很羨慕，希望自己也能夠那樣。我不認識阿貞，無法加以評論，只是「嗯、嗯」地回應。你哥哥說道：「阿貞就像是女版的你。」然後他停下腳步，佇立在沙灘上，我也跟著停下腳步。

隱約可以看見對面高處有微微的燈光。白天裡，往那個方位看過去，可以望見一棟隱蔽在樹木間的紅色建築物，所以那大概是紅色洋樓的主人所點的燈火吧！黑暗的夜色中，燈光宛如遠方的一顆星般閃著光芒。我面向著燈火的方向，你哥哥面向著一波波海浪捲來的大海。

這時候，從兩人的頭頂上忽然傳來鋼琴聲。那是在比沙灘高約一公尺的地方，有一棟以石牆整齊圍起來的屋子。可能是為了方便從院子走到海邊，在石牆一端修有台階，斜斜地通往院子。我順著石階走上去。

從屋內流瀉出來的燈光，好像線般落在院子裡。微弱燈光照射下的地面是一片草坪。四處好像有花盛開，由於太暗而且院子又很大，所以分辨不出來。鋼琴聲好像是從洋樓正面燈光明亮的房間傳出來的。

「洋人的別墅吧！」

「可能是吧！」

你哥哥和我並坐在最上一層的石階上。隱隱約約的鋼琴聲，不時掠過兩人的耳際。兩人都沉默不語。你哥哥抽著菸，菸頭時而變得紅紅的。

50

我以為你哥哥還會繼續講阿貞的事，在黑暗中等他說話，可是你哥哥好像被菸迷住了，不時把菸頭抽得紅紅的，就是不開口說話。當他扔到石階下的菸蒂滾到我這邊時，話題已經離開阿貞了。我感到有些意外。你哥哥所講的，豈止和阿貞毫無關係，甚至和鋼琴聲、寬廣的草坪、美麗的別墅，乃至避暑地、旅行等我們周遭完全沒關聯的古代一個和尚的故事。

和尚名叫香嚴[50]。以俗話來說，聽說他是一個聞一知十、問十答百，天生聰明伶俐的人。你哥哥說，可是他的聰明伶俐卻成為悟道的絆腳石，修練很久始終無法入道。連不懂「悟」的我，也清楚你哥哥的意思，你哥哥一直苦於無法超脫自己的智慧，肯定有更深切的理解吧！他特別提醒道：「完全是多知多解所帶來的煩

50 香嚴為中國唐朝禪師。生歿年不詳。曾隨百丈禪師、溈山等修禪。「香嚴擊竹」為禪學上有名的公案。

惱。」

香嚴跟隨一個叫百丈禪師[51]的和尚修禪數年，毫無所成之際，師父就死了。因此就投身到一個叫溈山[52]的門下。聽說溈山如此斥責他「像你這般賣弄自己的聰明才智而洋洋得意的人，沒有用」，又對他說「回到父母生下你之前」。香嚴回到僧寮，把自己平日熟讀書籍上的知識一字不漏地總點檢討，嘆息道「畫餅終究不能充飢」。於是，就把自己所收藏的書籍全部付之一炬。

「我已經心灰意冷。今後只以喝粥度餘生。」

他如此說道，後來連「禪」字都不願再想起。善也丟棄，惡也丟棄，父母未生前的狀態也丟棄，一切都放下。然後找到一個閑靜的地方，想要蓋一間小小的草庵。他在那裡割草除根，為整地而把石頭撿起來，其中一塊丟進竹林，發出「嘎」的響聲。聽說他一聽到這清脆的響聲，瞬間頓悟。而且欣喜地說道：「真是一擊忘所知。」

「我也要成為香嚴。」你哥哥說道。你應該能夠明白他的意思。他想卸下一切重擔，輕鬆過日子。你哥哥說他不懇求神為自己負起重擔，只想把那些丟到垃圾堆。你哥哥的聰明才智和香嚴和尚很相似，所以更加羨慕香嚴。

你哥哥所說的故事，和洋人的別墅、時髦的樂器毫無關聯。我不了解他為什麼坐在黑暗中的石階上，嗅著海潮味，突然講起這個故事？你哥哥說完話時，已經聽不到鋼琴聲。不知是靠近海邊，還是夜露，身上的浴衣已濕了。我催促你哥哥從原路走回去。走到街道時，我們順便到糕餅鋪買甜包子。我們在黑暗中邊吃邊默默地走回住處。幫我們看家的老爺爺家的孩子不怕蚊子叮，正在呼呼大睡。我把多的甜包子給他，要孩子趕快回去。

51

昨天早餐時，由於飯桶擺的位子，我接過你哥哥的碗，幫他盛第一碗飯。於是，他又在我耳邊提起阿貞的名字。你哥哥說阿貞還未出嫁時，就像現在我這樣子，始終在伺候他。昨晚，他從個性方面把我和阿貞作比較，今天早上從伺候情形把我和阿貞作比較，我忍不住向你哥哥提出一個問題。

---

51 百丈禪師（七二〇—八一四）為中國唐朝禪師，為馬祖道一的弟子，建洪州百丈山大智壽聖禪寺，因以為號。

52 溈山（七七一—八五三）為中國唐朝禪師，隨百丈禪師修禪，受師命在長沙溈山建寺（即日後的同慶寺），因以為號。

「你認為跟那個叫阿貞的人一起生活，會幸福嗎？」

你哥哥默不吭聲，把筷子靠著嘴巴。我從他的態度推斷，恐怕是懶得回答，所以沒追問下去。沒想到你哥哥在吃了二、三口飯後，竟出乎意料地回答問題。

「我說阿貞天生就是幸福的人，可是我沒說阿貞會帶給別人幸福。」

你哥哥的話，從邏輯上來看從頭到尾都是正確的，不過內心深處已經充滿矛盾。他曾明白對我說過，只要看到不受拘泥的自然臉龐就會高興到心存感恩。這不等同既然自己生來幸福，也可以帶給他人幸福的意思嗎？我看著你哥哥的臉，吃吃地笑。以他的個性，碰到這種狀況，豈能善罷甘休，立刻就抓住不放。

「真的是這樣。若是你懷疑，我就很傷腦筋。實際上，我說過就有說過，沒說過就沒說過。」

我並沒有反駁你哥哥。不過我認為他頭腦如此清晰，竟然毫不在乎地玩弄平常最看不起的言語邏輯，真是有些可笑。因此，我毫不客氣把我認為他的矛盾講出來。

你哥哥又默默地吃了兩口飯，吃得臉頰鼓鼓的。這時候，他的飯碗又空了，飯桶還是在我旁邊，那是他手搆不到的地方。我打算再幫他盛飯，把手伸到他面前。然而你哥哥並沒反應，而是說「把它推過來」。

我把飯桶往對面推過去。你哥哥自己用飯勺，盛了滿滿一碗飯。然後，他把那碗飯擺在餐桌上，也不動筷子就向我問道：「你以為結婚前的女人和結婚後的女人，還是同一個女人嗎？」

如此一來，變成我無法立刻回答，因為我平常不曾思考過這件事。這次輪到我連續吃了二、三口飯，吃得臉頰鼓鼓的，等待你哥哥的說明。

「出嫁前的阿貞和出嫁後的阿貞，完全不一樣。現在的阿貞已經被丈夫寵壞了。」

「她到底嫁給什麼樣的人呢？」我插嘴問道。

「不管嫁給什麼人，女人只要一出嫁，就會因丈夫而變壞。我都不知道自己把妻子寵壞到什麼程度了。我怎會厚臉皮地去自己寵壞的妻子那裡追求幸福呢？幸福是無法從出嫁後、失去天真的女人那裡求得啦！」

你哥哥話一說完，立刻端起碗，囫圇吞棗地把滿滿一碗飯吃光光。

52

我打算把你哥哥出來旅行至今的情況，儘量寫得詳細。從東京出發，宛如才昨天的事，屈指一算卻已經過了十幾天了。你和老人家翹首等候我的音信，也許會覺得這十幾天，等得實在太久了。我也明白這一點。可是，就如我在這封信開頭所說，在沒到這裡前，幾乎沒有提筆的時間，不得已才會拖延。還好過去的十天，在信中沒有漏掉你哥哥的任何一天。我仔細地把你哥哥的每一天都寫進這封信。那是我的說明，同時是我的自豪。這比我當初預期還順利地完成所託的任務，我就是在這種自信下寫完這封信。

我所花費的時間，並不能以時鐘來計算，而是一種看不見的努力，所以無法告訴你花掉的時間數字，但是肯定花了很大的力氣。我生平第一次寫那麼長的信，當然不是一口氣就寫成，其實一天也寫不完。我是一逮到空閒，就坐在書桌上持續地寫。不過，那也不算什麼。假如我看到的你哥哥，我所理解的你哥哥，能夠躍然於這封信當中的話，即使花費比現在多幾倍的時間和勞力，我也不厭其煩。我為親愛的你哥哥而寫這封信，同時也為同樣親愛哥哥的你而寫這封信，最後就是為充滿慈愛的老人家，也就是你和你哥哥的父親、母親而寫這封信。我所看到的你哥哥，恐怕和你們所看到的哥哥並不一樣吧！我理解的你哥哥，也不是你們理解的哥哥吧！假如這封信值得付出這樣的努力，其價值完全就在這裡，請思考一下。我認為以不同的角度去觀察同一個人，就會映照出不同的樣貌，也請參考一下。

你們也許特別期望，能夠得到有關你哥哥未來的明確訊息，但是我不是預言家，對於未來沒有置喙的資格。當烏雲蔽天，有時會下雨，有時不會下雨。只是當烏雲蔽天時，看不到太陽卻是事實。你們說你哥哥讓旁人不愉快，多少帶有非難你那可憐哥哥的意味，但是自己不幸福的人，理應不具有讓其他人幸福的力量。強迫被雲遮蔽的太陽，給予溫暖的陽光，那是強迫者的無理吧！在這段期間，我儘量為你哥哥趕走烏雲。你們希望你哥哥散發出溫暖陽光前，首先替他把籠罩在頭上的烏雲趕走，不就好了嗎？假如不趕走烏雲的話，你們家也許會發生悲劇。對你哥哥來說，也是悲哀的結局吧！我也會感到悲痛。

我把你哥哥過去的十天都寫下來了。你哥哥過了這十天，未來的十天會怎樣才是問題，不過誰都回答不出這個問題。好吧！縱使我再接受下一個十天，接下來的一個月，接下來的半年，又是誰去接受你哥哥呢？我只是把你哥哥過去的十天忠實地寫出來而已。我的頭腦不敏銳，也沒時間再讀一次，提筆就寫，當中也許會出現矛盾。你哥哥頭腦敏銳，在不留意的言行裡也許會有矛盾。不過我可以斷言，你哥哥是認真的，絕對沒有對我敷衍了事。我也是忠實的，對你沒有絲毫的欺騙。

我開始寫這封信時，你哥哥正在酣睡。現在這封信快寫完了，他也是在酣睡。我偶然在你哥哥睡覺時寫信，偶然在他睡覺時寫完信，實在很奇妙。不知怎樣我覺得你哥哥就這樣一覺不醒，可能會很幸福吧！同時不禁覺得假如就這樣永遠不醒，可能也是很悲哀吧！

解說

君往何處去？——《行人》的三角問題

林皎碧

夏目漱石的《行人》於大正元年（一九一二）十二月六日至翌年十一月五日，同時在東京、大阪《朝日新聞》連載。〈朋友〉、〈哥哥〉、〈歸來〉等三章於大正二年四月七日連載結束後，終章〈塵勞〉卻一直要到同年九月十六日才開始連載。其間中斷五個月之久，原因是漱石宿疾胃潰瘍病發，陷入危篤狀態，小說連載不得不停止。

世人通常將漱石的《三四郎》、《從此以後》、《門》稱為前期三部作，《彼岸過迄》、《行人》、《心》則是後期三部作。前期與後期之間，漱石經歷胃病大吐血的所謂「修善寺大患」生死關頭，此後對生命體驗進入另一層的境界。很明顯可以感受到的是，前期三部作裡，漱石總是保持下俯視角，到了後期三部作，儘管還保有作家該有的距離，其視線卻與登場人物等高，因登場人物的痛苦而痛苦。

《行人》的構成，延續《彼岸過迄》寫作方式，以短篇的〈朋友〉、〈哥哥〉、

〈歸來〉、〈塵勞〉組成一部長篇小說。故事從二郎在大阪車站下車開始，以大阪、和歌山等關西地區為主要舞台，在漱石作品裡相當罕見，一直到了後半部方才回到了漱石小說常見的關東地區。這部作品主要透過一個以自我為中心的明治菁英和妻子之間解不開的糾葛，描述近代日本知識分子的苦惱。一般認為這是漱石最難解的作品，不過，就某種意義來說，也是漱石文學的最高峰。

《行人》中有好幾個焦點，都可獨立成論。本文限於篇幅，也避免挂一漏萬，直接鎖定「一郎」、「阿直」、「二郎」三人的糾葛而論之。

「一郎」和「阿直」的夫婦關係

明治維新以來，在政治、社會持續變革，遂也帶動文化變遷，知識階級興起，自由主義、個人主義意識抬頭，人們逐漸從封建制度中解放出來。於此新舊交替、青黃不接之際，明治婚姻漸趨多樣，有像岡田、阿兼不經父母決定，自由戀愛之後，岡田「有如搶親般把阿兼帶走」的結合方式；也有像阿貞、佐野僅憑照片，直到婚禮當天才初見面的古老做法，這種婚姻，連二郎都忍不住說：「一紙就要永久決定阿貞的命運，對於自己的輕率多少感到愧疚」。不過，身為長野家長子的一郎，其婚姻卻迥異於上述。

阿重透露二郎去相親一事時，母親一聽，不是詢問女方容貌等當事人身邊事，而是如連珠炮般追問對方「家裡有多少財產啦，親戚當中有沒有窮人啦，或家族有沒有不好的遺傳病啦」。母親對於次男（二郎）婚姻尚且如此，遑論在家裡，弟弟和哥哥交談得以敬語，母親稱呼哥哥得在名字加上「桑」，父親一心一意想「栽培成為家中最有權力」的長男一郎了。長野家鄭重斡旋一郎婚事實屬理所當然。

阿直雨夜探訪二郎，「在樓梯口等待的車伕，手提著的燈籠上有她娘家的家徽」，出身連燈籠都有家徽的家庭，自必經過婆婆嚴選慎擇，而以隆重婚禮，「有簫、有太鼓演奏，巫女左右穿梭的身影宛如蝴蝶翩翩起舞般華麗」熱鬧迎娶進門。此外，二郎側寫阿直「嫂嫂那豔麗而耀眼的身影」、「好像寂寞的秋草擺動著，不時會笑著露出一個酒窩」以及「有一次偶然走到嫂嫂房間去借女性雜誌什麼的」等，無不點明阿直是一個漂亮且受過教育的女性。

以世俗眼光看來，一郎和阿直可算是一對郎才女貌、門當戶對的夫婦，最後卻搞到同床異夢，「雖然並排走著，可是兩人之間隔著約一公尺多的距離」的地步。這就不能不從各自的性格加以審視了。

「哥哥是學者，又有見識，還帶有詩人般的純真氣質，（中略）只能說他比一般長子還要嬌生慣養」、「我不知講了一句什麼話惹得哥哥動怒，他竟抓起棋子往我額頭丟」。又「我眼中的嫂嫂，絕對不是一個熱情的女人，（中略）她天生不是一個殷勤親切的人」。在二郎眼中的兄嫂，一個是有學問、嬌生慣養的霸道丈夫；一個是冷淡、不會獻殷勤的妻子。

然而，二郎所看到也僅只冰山的一角，當一郎丟出一句「阿直不是愛上你嗎？」後，直接就說要聽二郎內心深處真正的感受，還要弟弟把事實講給他聽，甚至提出匪夷所思的「我想要你幫忙去試試阿直的貞操」。這個神經質、潔癖又難相處的學者，經常把家裡的氣氛弄得烏煙瘴氣，卻指責妻子是「利用我慣於思考的頭腦，故意逼使我去思考」，到底阿直如何逼迫一郎呢？

阿直的「反覆」與一郎的「猜忌心」

阿直平日對待丈夫態度冷淡、行禮如儀，嘴角不時還露出冷笑。不過有時候「他們就跟普通夫婦一樣，有說有笑」、「我很久沒看到嫂嫂表現出作為人妻的殷勤來對待哥哥。我也不曾看過哥哥因為這種殷勤，而將軟化的情緒全都集中在他的眼睛裡」。根據二郎的觀察，「我佩服嫂嫂能夠在短時間內，把宛如刺蝟般尖銳的哥哥收服得服服貼貼的手腕。（中略）正因為嫂嫂具有這種靈巧的手腕，才有辦法對哥哥始終不屑一顧。而且我懷疑她是否對自己的手腕故意有時使出、有時收回——不礙於時機和場合，完全隨心所欲，收放自如」。

阿直始終不讓人看到她的真心，似乎有意要弄手段，使得一郎對妻子的真假虛實摸不著頭緒，「若是無可奈何地往後退縮，她又突然出人意外地展現強大力量。那力量當中，有一種難以接近的恐怖」。一郎在妻子身上找不到一貫性，每當這時候，他就變得更孤獨，更不平靜。

雖然一郎在家中具有權威地位，就連父母親也一切以他為主，可是這個自稱「我豈只是不會哄自己孩子而已，連哄自己父母親的本事也沒有，何況要去哄自己的妻子？」成天只知專心研究學問，無暇顧及他事的哥哥，對於體格比自己好、活潑開朗，和家人親密互動的弟弟，不由得產生知識分子的孤獨及自卑。加上妻子對他忽冷忽熱，對弟弟卻表現親近，無怪乎一郎會吶喊「我和一個抓不住她的靈魂、抓不住精神的女人結婚，那是千真萬確的事情」、「對方利用丈夫的憤怒，來誇耀自己的優越感，不殘酷嗎？你知道嗎，女人比起訴諸武力的男人殘酷多了」。

一郎在二郎決定搬離家中時，引述保羅和法蘭西絲卡叔嫂兩人，背著丈夫相愛，丈夫發現而慘遭殺害的悲戀故事給他聽，甚至問弟弟「你打算現在和未來都當一個永久的勝利者吧！」此事說明他對二郎抱持極深的猜忌心，說得嚴重些，根本已是被害妄想症。只是硬說一郎是被害妄想症，似乎有些冤枉他。因為二郎和嫂嫂的關係，不但母親、妹妹阿重抱持懷疑，連好友三澤隱約也透露出疑問。為什麼周圍的人都會如此感覺？二郎和阿直兩人的叔嫂關係，當真是清白的嗎？

不懂「女人心」也不懂「人心」的二郎

二郎說自己對女人絲毫沒研究。實際上，豈止不懂女人心，根本連起碼的人心都不懂。當岡田向他吐露希望有個孩子，他竟一轉身就去問岡田的妻子阿兼，想不想有個孩子呢？「阿兼默不吭聲地望著窗外。她轉過頭來時，也不看我，只盯著榻榻米上的汽水瓶看。我絲毫沒有察覺到還問她：『太太為什麼不生孩子呢？』沒想到阿兼整張臉忽然漲紅起來」。不要說是明治時代的女人，即使現代的女人生不出孩子的苦，豈能輕易告訴別人呢？然而，一郎竟異想天開，委託這個白目又不懂人心的二郎，去試探妻子的心，希望打開夫婦間的僵局，這也只能說是「請鬼拿藥單」了。

阿直身為人妻、人母、媳婦、嫂嫂的多層身分，面對丈夫的冷淡、幼女的教養、婆婆的挑剔、小姑的不滿，她在長野家的處境誠然困難。但縱使如此，在那種時代裡，離婚女人絕無能力養活自己，最終恐怕只能像三澤家「那小姐」般鬱抑至死或發瘋吧！所以她總是冷漠以對地說：「我怎樣都無所謂！」沉默寡言，極力維持一種局外人立場。

她唯一吐露真心就是在和歌山暴風雨之夜，「如果我想死的話，可不願用上吊或割咽喉那種小家子氣的方法，我希望被大水沖走，或被雷劈死那種壯烈的死法」。這一告白赤裸裸表現被壓抑女人充滿痛苦的內心，她甚至還說「只有死這件事，無論如何都無法從我心中離去」。假如把阿直這一段話，連接到後日夜訪二郎，她說「我就好像父母親親手栽種的盆栽般，一旦栽植完成後，除非有人來搬動，否則就是動彈不得，只能一動也不動在那裡。除了一動也不動枯死外，沒有其他辦法。」——這個倔強女人在婚姻中所受到的煎熬和心酸，似乎就快達到飽和點了。

假如二郎把阿直的狀況坦白以告，一郎也許就會從中思考妻子的立場和痛苦，夫婦的心結也能慢慢解開。然而對於不懂人心的二郎而言，「一旦真正從她口中聽到真實的情況，簡直就像踏入禁地般，一切都變成不可解」，而且「昨天有過和嫂嫂度過一天一夜的經驗後，料想不到從反面來看這個痛苦不堪的哥哥時，出現眼前的結果竟就是瞧不起他」。那一夜儘管二郎心旌蕩漾，還是自律地守住禮教，並沒有和嫂嫂發生肉體關係，不過二郎的精神已經被阿直占領，由於同情嫂嫂，竟站到哥哥對立面，不肯說出實情。這一結果等同抹煞阿直的發言權，導致一郎的猜忌愈來愈深，終於一步一步釀成悲劇。

結論

這部《行人》，乍讀之下，似乎平鋪直敘顯得平凡，深度解讀之後，則可以感受到夏目漱石以男女之間的深刻對立，將自己的內心世界文學化。特別是在第四章〈塵勞〉裡，漱石像在解剖近代知識分子的嫉妒、我執、利己主義的內心苦惱，也像在大病後，參透人生的自我告白。此一小說內容被公認是複雜、難解，由於漱石生前並未對「行人」這一書名有過任何說明，同樣也是複雜、難解，眾說紛紜。筆者比較服膺的是漱石弟子小宮豐隆（一八八四—一九六六）的看法，小宮推測書名出自《列子》〈天瑞篇〉：「晏子曰：『善哉，古之有死也！仁者息焉，不仁者伏焉。』死也者，德之徼也。古者謂死人為歸人。夫言死人為歸人，則生人為行人矣。行而不知歸，失家者也。」換言之，漱石的《行人》，指的是相對於「歸人」

的「行人」。

閱讀漱石作品，每每感嘆漱石學貫東西，淵博難說。本文所觸及僅是作品某一點，其他諸如「精神病小姐」、「盲女故事」，特別是作品中所提到的幾個公案，皆可順藤摸瓜追及漱石的愛情觀、倫理觀和思想，這些就留待為今後的課題吧。

行人

作　　者　夏目漱石
譯　　者　林皎碧
主　　編　呂佳昀

總 編 輯　李映慧
執 行 長　陳旭華（steve@bookrep.com.tw）

出　　版　大牌出版 / 遠足文化事業股份有限公司
發　　行　遠足文化事業股份有限公司（讀書共和國出版集團）
地　　址　23141 新北市新店區民權路108-2號9樓
電　　話　+886-2-2218-1417
郵撥帳號　19504465 遠足文化事業股份有限公司

封面設計　許晉維
排　　版　新鑫電腦排版工作室
印　　製　成陽印刷股份有限公司
法律顧問　華洋法律事務所 蘇文生律師

定　　價　480 元
初　　版　2017年11月
四　　版　2024年09月

電子書 E-ISBN
ISBN：9786267491683 (EPUB)
ISBN：9786267491676 (PDF)

國家圖書館出版品預行編目資料

行人 / 夏目漱石作 ; 林皎碧譯. -- 四版. -- 新北市 :
大牌出版 : 遠足文化發行, 2024.09
424面 ; 14.8×21公分

ISBN 978-626-7491-69-0（平裝）

861.57　　　　113012166